講談社文庫

偽りのレベッカ

アンナ・スヌクストラ｜北沢あかね 訳

講談社

ONLY DAUGHTER
by
Anna Snoekstra

This edition is published by arrangement with
Harlequin Books S.A. through Japan UNI Agency,Inc.,Tokyo

目次

偽りのレベッカ

●主な登場人物〈偽りのレベッカ〉

私　万引きで捕まった家出娘。二十四歳

レベッカ・ウィンター〈ベック〉　十一年前、十六歳の時に失踪したまま行方不明に

リジー（エリザベス・グラント）　レベッカの少女時代の親友

ヴィンセント（ヴィンス）・アンドポリス　レベッカ失踪事件を担当する警部

ポール　レベッカの双子の弟。弁護士の卵

アンドリュー　同じく双子の弟。医大生

ピーター　〝私〟の元恋人

ルーカス（ルーク）・マスコーニー　レベッカのバイト仲間。ハンサムな青年

マシュー（マティ）・ラング　同じくバイト仲間。大柄な男性コック

エレン・パーク　レベッカのバイト先の女性マネジャー

マックス　ウィンター家の隣人

ジャック　リジーの兄

私は昔から、芝居をするのが得意だった。低俗なやつには誘惑する謎めいた女になるし、庇護してくれる相手にはあどけない眼をした無邪気な子供になる。警備員にもその両方をやってみたのだけど、どちらも効果はないみたいだ。

もう少しだった。スーパーのドアは私のためにもう開いていたのに、彼の大きな手に肩をがっちりつかまれてしまった。幹線道路までほんの十五歩だった。静かな道路には黄色やオレンジ色の葉をつけた木が並んでいた。

警備員の手に力がこもった。

そして、私は裏の事務所に連れてこられた。窓もない小さなセメントの詰め所は、古いファイルキャビネットと机にプリンター、それだけでもういっぱいだ。警備員は私のバッグからロールパン、チーズ、それにりんごを取り出して、私たちの間にあるテーブルに並べた。そんなふうに並べられると、恥ずかしさがこみ上げたが、彼から目を離さないように頑張った。彼は身元が確認できるものを示さなければどうにもならないと言った。幸い、財布は持っていない。お金がないのに財布を持つ必要なんてないでしょう？

彼に対してありとあらゆる常套手段を試みた。取り入ろうとしても通じないとなると、ぼろぼろ涙も流した。最高の演技とはいかなかった。パンを見ずにいられなかったのだ。胃が痛くなっていた。こんな空腹を感じたのは生まれて初めてだった。

今は、鍵をかけたドアの向こうで彼が警官と話しているのが聞こえる。私は机の上にかけてある掲示板を見上げた。今週の従業員の勤務表がある。それに並んで、下にスマイルマークが描かれたクレジットカードの処理方法についてのメモがあり、夜間営業の際に撮った写真が数枚貼ってある。

私はスーパーで働きたいと思ったことなど一度もない。どこで働きたいと思ったこともない。でも、何だか急に身にしみて羨ましくなった。

「こんなことで面倒をかけて申し訳ない。でもこのけちなあばずれは身元が確認できるものを何も出さないんですよ」

彼は私に聞こえてるのを知ってるのかしら？

「いいですよ――ここからは我々が引き受けます」と、べつの声。

ドアが開いて、二人の警官が覗き込んで私を見た。女と男だが、二人とも私と同じくらいの年齢だろう。女は黒い髪をきっちりポニーテールにしている。男は青白い顔で痩せている。ひと目見ただけで、ろくでもない男だとわかる。二人はテーブルを挟んで前に座った。

「私はトンプソン巡査で、こっちはシアース巡査。あなたは万引きの現行犯で店に捕まったのですね」男の警官が言った。退屈な話だと思ってるのを隠そうともしない口ぶりだ。

「いいえ、本当は違うのです」私は継母の育ちのよさを完璧に真似て答えた。「レジに向かっていたところを、捕まえられてしまって。あの男性は女性の扱いに問題がありますわ」

二人は疑わしげに私を見た。視線が不潔な服から脂じみた髪へと移る。匂いもあるのかしら。あざのあるはれ上がった顔もプラスにはならない。そもそも捕まったのは、たぶんそのせいなのだ。

「ここに連れられてきた時にも、口汚く罵って――」声を潜めて、「――あばずれとか、淫売とか。胸が悪くなります。わたくしの父は弁護士です。今日ここであったことを話せば、職権乱用で訴訟を起こすと思いますわ」

彼らは顔を見合わせた。信じていないのは、私にもすぐにわかった。泣けばよかったのだ。

「あのね、大丈夫よ。住所と名前を教えてくれればいいの。そうすれば、今夜のうちに家に帰れるわ」と女警官。

同じくらいの年齢なのに、まるで子供扱いだ。

「さもなければ、あなたを告発して、署に連行することになるの。そして、私たちが身元を探す間、留置場で待たなきゃならない。今名前を教える方がずっと簡単なはずよ」

二人は私を脅そうとしていて、それは効果を上げている。でも、彼らが考えている理由からではない。彼らが指紋を採れば、身元はほどなくわかってしまうのだ。彼らは私の行状を知ることになる。

「もうお腹がぺこぺこだったの」声の震えは演技ではない。

彼らの目に浮かんだ表情のせいだ。同情と嫌悪の入り交じった表情。私には何の価値もなく、単に片付けなくてはならない浮浪者にすぎないみたいな。と、ある記憶が甦ってきて、この苦境から抜け出す道がはっきり見えた。

これから言うことの影響力はものすごく大きい。それが一杯のウォッカさながら体を駆け巡って、喉のこわばりを消し、指先をピリピリさせた。もう無力感はない。絶対にうまくやり通せる。女警官から男警官に目を移しながら、私はこの瞬間を味わった。二人を注意深く見守って、その顔が変わる瞬間を楽しんだ。

「私の名前はレベッカ・ウィンター。十一年前に誘拐されたの」

1

二〇一六年

私は取調室に座っている。うつむいて、コートで体をしっかりくるんでいる。ここは寒い。もう一時間近く待たされているが、心配はしていない。私があの鏡の向こう側に巻き起こした騒ぎを想像してみる。きっと失踪者捜索班に助けを求め、レベッカの写真を調べて、慎重に私と見比べている。彼らを納得させるには十分なはずだ。私は彼女に気味が悪いほど似ているのだから。

私はそれを数ヵ月前に知った。その時、私はピーターと一緒に丸くなっていた。暖かい小さな塊だ。いつもは二日酔いの時には悲しくなって、一日中部屋に閉じこもって悲しい音楽を聴いている。でも、彼と一緒の時は違う。お昼頃起きて、あとはずっとカウチに座り、気分が良くなるまで、ピザを食べ、煙草を吸っていた。両親の財産などどうでもよく、私に必要なのは愛だけだと思っていた頃の話だ。

私たちは『捜索中』とかいう下らない番組を見ていた。メルボルンにあるホールデン・ヴァレー老人ホームという場所で起きた一連のおぞましい殺人事件についての話だ。私はリモコンを探し始めた。おばあちゃん殺しなんて、ムードがぶち壊しだ。チャンネルを変えようとしたその時、次のエピソードが始まって、画面に一枚の写真が現れた。彼女は私と同じ鼻、同じ目、同じ銅色《あかがねいろ》の髪をしている。同じそばかすまである。

「レベッカ・ウィンターは、二〇〇五年一月十七日にキャンベラの内陸南、マヌカ郊外にある〈マクドナルド〉の遅番を終えました」男の大げさな声が写真にかぶった。「しかし、バス停と自宅の間のどこかで失踪し、二度と姿を見せていません」

「あれっ、君じゃないか？」ピーターが言った。

女の子の両親が現れて、娘は十年以上行方不明だが、まだ望みは捨てていないと語った。母親は今にも泣き出しそうだ。べつの写真が現れた。レベッカ・ウィンターは明るいグリーンのワンピースを着て、ティーンエージャーの女の子に腕を回している。こちらはブロンドだ。馬鹿な話だが、一瞬、私はあんなワンピースを持っていたかしらと思い出そうとした。

次は家族写真。三十歳は若く見える両親、それにレベッカを挟んでにやにやしている二人の弟。素晴らしい。背後にはホームドラマよろしく白い囲い柵だってありそうだ。

「くそっ、あれはずっと行方不明になってる双子の弟だとか？」

「ええ、何とでも言って！」

私たちはピーターのムカつくような想像について冗談を言い出したが、彼はすぐにそんな話は忘れた。ピーターの心に長く留まるものなど何もないのだ。

あの番組から得た詳細を一つ残らず思い出そうとしてみる。彼女はキャンベラ生まれで、ティーンエージャー、行方不明になった時にはたぶん十五歳か十六歳だった。私の顔の半分にあざがあってはれていて、ちょうどいい。私たちの微妙な違いを隠してくれる。あざがうすくなる頃には、私も元気になって、きれいさっぱりどこかへ消えているはずだ。私にはこの警察署を出て、たぶん空港まで行く時間があればいいだけなのだ。一瞬、それから何をするのだろうと思った。パパに電話？　家出して以来、一度も話していない。何度か公衆電話の受話器を上げて、パパの携帯の番号を叩くところまでしたことはある。でも、カチッという吐き気を催す小さな音が頭に響いて、震える手で受話器を置いたのだった。パパは私とは話したくないはずだ。

ドアが開き、女警官が覗き込んで、ほほ笑みかけてきた。

「もう少しだと思うわ。食べ物を持ってきましょうか？」

声にも、私を見る目にも、いくらか戸惑いがある。と、彼女はすぐに目を逸らした。

「ええ、お願い」

私の勝ちだ。

彼女は隣のテイクアウトの店から熱々のヌードルの箱を持ってきた。脂っこくて少しぬるぬるしていたが、食事がこれほど美味しいと思ったことはなかった。ようやく刑事が部屋に入ってきた。ファイルをテーブルに置いて、椅子を引き出す。太い首に小さな目、粗野に見える。彼の座り方から、自尊心をくすぐるのがベストだと思った。最大限に場所をふさごうとしているみたいで、片腕を隣の椅子にかけ、脚を大きく開いている。彼がテーブル越しにほほ笑んできた。

「時間がかかって申し訳ないね」

「かまわないわ」私は目を大きく見開き、小さな声で答える。そして少し横を向いて、あざのある方の顔がちゃんと見えるようにする。

「すぐに病院に連れていくから、いいね？」

「怪我はしてないわ。家に帰りたいだけなの」

「手順があるんだよ。ご両親に電話しているんだが、今のところまだつながらなくて」

私は、誰もいないレベッカ・ウィンターの家で電話が鳴っているところを想像する。たぶんそれが一番いい。彼女の両親なんて事を面倒にするだけだ。刑事は私が黙っているのはがっかりしたからだと判断した。

「心配はいらない。きっともうすぐ連絡が取れる。お二人にはここで身元確認をしてもらわなきゃならないが、それがすめば一緒に家に帰れる」

それだけは勘弁してほしい。警官でいっぱいの部屋の前で、嘘だと非難されるなんて。自信が揺らぎ出す。方針を変えなくては。

私は自分の膝に目を落とす。「何でもいいから家に帰りたいわ」

「わかるよ。もうしばらくの辛抱だから」子供の頭を撫でるような声だ。「美味《うま》かったか？」彼が空っぽのヌードルの箱を見た。

「とても美味《おい》しかったわ。みんな、すごくよくしてくれてるの」私は臆病な被害者の演技を続ける。

彼がマニラ紙のホルダーを開いた。レベッカ・ウィンターのファイル。尋問の時間だ。私はその最初のページに素早く目をやる。

「名前を教えてくれるかな？」

「レベッカ」目を伏せたまま答える。

「それじゃこれまでどこにいたんだ、レベッカ?」彼が私の声を聞こうと身を乗り出した。

「わからないわ」私はささやくような声で答える。「すごく怖かったの」

「そこには他にも誰かいたのかな? 君と一緒に軟禁された者が他にもいたのか?」

「いいえ。私だけだったわ」

彼がさらに身を乗り出して、私の顔にほんの数インチまで顔を近づけた。

「あなたが救ってくれた」私は彼の目をまっすぐに見て言う。「ありがとう」

彼が胸を張るのがわかる。キャンベラはここからほんの三時間だ。もうひと押しすればいいだけだ。彼は今ボスになった気分なので、絶対にノーとはいえないはず。それこそ私の唯一のチャンスだ。

「お願い、家に帰らせてくれない?」

「我々としては、君に事情聴取して、検査のために病院に連れていかなきゃならないんだ。大切なことなんだよ」

「キャンベラでってわけにはいかないの?」

そして、涙をこぼす。男は女の子が泣くのを見るのは嫌いだ。なぜか彼らを気まずくさせるのだ。

「すぐにキャンベラまで送るが、まず従うべき手順があるんだ、わかるな?」

「でも、あなたはここのボスなんでしょ？　あなたが行かせると言えば、みんな従うわ。私はママに会いたいだけなの」

「わかった」彼が勢いよく椅子から立ち上がった。「泣くなよ。何とか取りはからってみるから」

彼が戻ってきて、話はついたと言った。私を連行した警官がキャンベラまで車で送ってくれて、そこでレベッカ・ウィンターの事件を担当する失踪者捜索班刑事が引き継ぐと。私はうなずいて、私の新しいヒーローだというように彼を見上げてほほ笑んだ。

でも、私は絶対にキャンベラには行かない。空港の方が簡単だろうけど、彼らから逃げ出す方法はきっとある。彼らが私を被害者だと考えている以上、それほど難しくはないはずだ。

一緒に取調室を出ていくと、みんなが振り向いて私を見た。女性がひとり、受話器を耳に押し当てている。

「彼女はここにいます。訊いてみますので」彼女は受話器を胸に押し当てて、刑事を見上げた。「ウィンター夫人です。ようやくつかまりました。レベッカと話したいそうです。かまいませんか？」

「もちろんだ」刑事が私にほほ笑みかけた。

女性が私に受話器を差し出した。私は部屋を見回す。みんな、下を向いているが、耳をそばだてているのはわかる。私は受話器を受け取って、耳に持っていった。

「もしもし？」

「ベッキー、あなたなの？」

私は口を開く。何か言わなくてはならないのに、何を言えばいいかわからない。彼女は話し続けた。

「ああ、ハニー、よかった。信じられないわ。それで、大丈夫なの？　怪我はしてないと聞いたけど、私には信じられない。心から愛しているわ。元気なの？」

「大丈夫よ」

「そこにいてちょうだいね。パパと二人で迎えに行くわ」

まずい。

「ちょうど出かけるところなの」私は蚊の鳴くような声で告げる。声がまるで違うと気づかれたくない。

「だめよ、お願い、どこにも行かないで。安全な場所にいてちょうだい」

「この方がきっと早いわ。もう決まったことだから」

彼女がぐっと唾を飲み込むのが聞こえた。重苦しく辛そうだ。

「すぐに行けるのよ」押し殺したような声だ。

「もう行かなきゃ」私はみんなのそばだてた耳を見回してから、付け足す。「じゃあね、ママ」

受話器を返す間も、彼女のすすり泣きが聞こえていた。

太陽の最後の輝きが消えて、空は淡いグレーだ。もう一時間ほど走っていて、話すこともなくなった。警官はどう見ても、今までずっとどこにいたのか訊きたくてうずうずしているが、我慢している。

本当に助かる。この十年間レベッカ・ウィンターがいた場所については、たぶん彼らの方が私よりましな意見を持っているからだ。

ラジオではポール・ケリーがささやくように優しく歌っている。雨粒が車の屋根でパラパラと音を立て、窓に流れ落ちてくる。眠ってしまいそうだ。

「暖房を強くしようか？」トンプソンが私のコートに目をやって尋ねた。

「私なら大丈夫よ」

実際には、たとえ少し暑いと感じても、コートを脱ぐわけにはいかないのだ。肘の少し下に母斑があるから。コーヒー色のしみは二十セント硬貨ほどの大きさだ。子供の頃は大嫌いだった。母はいつも天使がキスしてくれた痕《あと》なのよと話してくれた。あまり多くはない母の記憶の一つだ。大きくなるにつれて、母斑もいくらか好きになった。母のことを思い出させてくれるからかもしれない。もうすっかり私の一部になっているからというだけかもしれない。でも、これはベックの一部ではない。この二人の間抜けのどちらかがあの行方不明者ファイルを詳しく見て、母斑欄の下に「無」という単語を見たとは思えないが、危険を冒す意味はない。

私は無理をして逃亡計画を立てようとした。でも、考えられるのはレベッカのママのことだけだ。私に「愛しているわ」と言った時の口ぶり。あれは、私のパパが、誰かが見ている時とか、私を行儀よくさせようとしている時に決まって言った口調とは違った。彼女の口ぶりは、とても無防備で、ひどくしわがれていて、心の底から出てきたようだった。私たちがエンジン音を響かせて向かっているこの女性は、本当に私を愛している。というか、彼女が思い込んでいる人を愛している。今この瞬間には何をしているだろう。友だちに電話して知らせている、私のためにシーツを洗っている、追加の食べ物を買うためにスーパーに走っている、それとも、すごく興奮して眠れないのではないかと心配している？　警官が彼女に電話して、私を途中で見失ったと告げた時にはどうなるだろうと想像してみる。この二人の警官はかなりの苦境に陥るだろう。それは知ったことではないけれど、彼女はどうなるのかしら？　私を待っているきれいに整えられたベッドは？　冷蔵庫の食べ物。あの愛のすべて。それらがあっさり無駄になる。

「トイレに行きたいわ」私はパーキングエリアの標識を見つけて言った。

「わかったわ。付き添わなくても大丈夫かしら？」

「いらないわよ」この人たちに礼儀正しくするのはもううんざりだ。

車は未舗装の道に入って、煉瓦造りのトイレ棟の外に停車する。その隣には古いバーベキューグリルとピクニックテーブルが二つ。その先はよく茂った低木林地だ。うまく出し抜けば、二人があそこで私を見つけるのは無理だろう。

女警官がシートベルトをカチリとはずした。

「子供じゃないのよ。おしっこくらいひとりでできるわ、まったくもう」

私は車を降りて、後ろ手にドアをバタンと閉め、文句を言う間を与えない。雨粒が顔に落ちてきた。汗ばんだ肌には氷のようだ。あのうだるように暑い車から出るのは気持ちがいい。トイレ棟に入る前に、ちらっと振り返ると、雨の中にヘッドライトが光を放ち、フロントガラスのワイパーの奥では、あの警官が座ったまま体の向きを変え、話しているのが見えた。

トイレはむかむかするほど汚らしかった。コンクリートの床は水浸し、丸めたティッシュがミニチュアの氷山さながら浮かんでいて、ビールと吐瀉物のひどい匂いがする。便器のそばにはカールトンドラフトのボトルがあって、トタン屋根には雨が打ちつけている。こんな雨の中に隠れる私の今夜がどんなか想像してみた。町にたどり着くまでさまよわなくてはならないだろう。でも、それからは？　またすぐにお腹が空くだろうし、私は相も変わらず無一文だ。先週、あれほどぞっとするいやな日々はこれまでになかった。ただ寝場所を確保するために、バーで男を拾わなくてはならなかった。しかも一夜などは、中でも最悪だったのだけど、公園の公衆トイレに隠れるしかなかった。どんな音にも心臓が飛び出るほど驚いた。最悪の事態を想像してしまった。あの夜は、永遠に続くような気がした。夜明けは決して来ないみたいな。あの公衆トイレはいくらかここに似ている。

一瞬、気力が失せて、代案を考えてみた。暖かなベッド、お腹はいっぱいで、額にキスしてもらう。それで十分だ。

ボトルは便座で簡単に割れた。大きな破片を取って、個室にしゃがみ、片方の腕を膝の間に伸ばす。自分がべそをかき出したのがわかったが、優柔不断になっている暇はない。一分もすれば、あの警官が様子を見に来るだろう。破片を茶色のシミの上に押しつける。痛みは衝撃的だった。思ったより血が出たがやめなかった。皮膚がジャガイモの皮のように剝けた。

ジャケットを着直すと、裏地が傷口に当たった。サニタリーボックスに血だらけの証拠品を投げ込んで、手についた血を洗い流した。視界がぼやけ出し、脂っこいヌードルが胃の中をぐるぐる回った。洗面台をつかんで、呼吸を落ち着かせた。私ならやり遂げられる。

車のドアがバタンと閉まる音がして、足音が聞こえた。

「大丈夫?」女警官が尋ねた。

「ちょっと車酔いしちゃって」私は答えて、洗面台に血がついていないかチェックした。

「まあ、もう少しだから。もし吐きそうになったら、車を停めるように言って」

雨は激しくなり、空は真っ暗だ。でも、身を切るほどの寒さが吐き気を抑えるのに役立つ。私は這うようにバックシートに乗り込むと、何ともない方の腕でドアを引いて閉めた。車は幹線道路に戻った。私は、血が手首まで垂れてくるといけないので、ズキズキする腕をヘッドレスト近くまで上げ、頭を窓にもたせた。もう吐き気はしない。朦朧として目眩がするだけだ。単調な雨音や、ラジオの穏やかな声、それに車の暖房のせいで、眠ってしまいそうだ。

無言のままどれくらい走ったのかわからないが、二人がしゃべり出した。

「彼女、眠ったと思うよ」男の声だ。

女がレザーを軋ませて私を見るために振り向くのがわかったが、動かなかった。

「そうみたいね。あんないやな女でいるのは、さぞやくたびれるでしょうよ」

「ずっとどこにいたんだと思う？」

「あたしの推理？　男と駆け落ちして、たぶん結婚した。でも、男はきっと彼女に飽きて捨てたのよ。彼女の人を見下す態度を見ると、男は金持ちだったんだと思うわ」

「誘拐されたと言ったぜ」

「それはそうだけど、そうは見えないんじゃない？」

「そうだな」

「それに体調はすごくよさそうよ。もし誘拐されたのなら、男は彼女がすごく好きだったのね。あたしが言えるのはそんなところ。あなたはどう思ってるの？」

「正直興味ないな」と男警官。「けど俺たちもこれで表彰されるかもしれないぜ」

「それはどうかしら。けど彼女、病院かどこかにいなきゃいけないんじゃない？　彼女に指をパチンと鳴らされただけで、あの間抜けが勝手に行かせることにしちゃったのかもしれないのよ」

「それじゃ手続きはどうなってるんだろう？　ああいうガキが行方不明になった時、俺たちが何をすべきかは習った。けど、戻ってきた時はどうなんだろう？」

「さっぱり。その日はきっと二日酔いだったんだわ」

二人が笑い、車はまた静かになった。

「あのね、彼女を見てると誰かを思い出すってずっと考えてたの」女警官が急に言い出した。

「今思い出したわ。高校にいた子でね、脳腫瘍のために一週間学校を休んで手術を受けるって、みんなに言い触らしたの。あたしたちのグループは彼女のために募金活動を始めたわ。みんな、彼女が死んじゃうと思ってたの。けど、彼女は月曜日に健康そのもので戻ってきたわ。で、数時間は学校一の人気者だった。その後、誰かが彼女の髪はまったく剃られてないって気がついた、ほんの一インチすら。初めから終わりまで嘘だったのよ。あの子は、このお姫さまがあそこであたしたちに会った時にあなたを見たのと同じ目つきをしてたわ。そうやってあなたに取り入って、あの冷たく輝く目であなたをしっかり調べる。あなたをからかう最良の方法を見つけようとして、頭は毎分百万マイルも飛んでるって感じね」

しばらくすると、私は二人の話を聞くのをやめた。キャンベラでは刑事と話さなくてはならないことを思い出したが、目眩がひどくて、答えを組み立てられない。車が幹線道路で止まった。

急にブレーキがかかり、女警官がドアを開けて室内灯が点灯したので、目を覚ました。

「起きて、お嬢さん」と彼女。

私は座ろうとする。でも、筋肉がゼリーでできてるみたいな気がする。

初めて聞く声がした。

「あんたたちがシアース巡査とトンプソン巡査だな。私はアンドポリス上級警部だ。超過勤務で彼女を送ってくれてありがとう」

「気にしないでください」

「すぐに始めた方がいいな。母親が大喜びしてるんだが、まず彼女に聞かなきゃならないことがたくさんある」

彼が私の側のドアを引き開けた。

「レベッカ、君に会えて、私がどんなにうれしいか想像もつかないだろう」そして、彼は私のそばに膝をついた。「大丈夫か?」

私は彼を見ようとするが、彼の顔はぐるぐる回っている。

「ええ、大丈夫」私は呟く。

「どうしてこんなに顔色が悪いんだ?」彼が急に大声をあげる。「何があった?」

「彼女なら大丈夫です。車酔いしただけです」女警官が答えた。

「救急車を呼べ!」アンドポリスは彼女に厳しく言って、手を伸ばして私のシートベルトをはずす。

「レベッカ? 私の声が聞こえるか? いったいどうした?」

「逃げる時に腕を怪我したの」と自分の声が答えた。「大丈夫、ちょっと痛むだけよ」

彼が私のジャケットを脇に引っ張り寄せた。鎖骨までべったり乾いた血がこびりついている。それを見て、私の視界はますますぼやけた。

「お前ら、馬鹿か！　大馬鹿者め！」彼の声が今では遠くで聞こえる。巡査の反応を見ることはできない。顔が青ざめるのも見ることができない。でも、想像はつく。

意識がついに消える中、私はほほ笑んだ。

2

ベック、二〇〇五年一月十日

ベックは何ヵ月も前に、いつも人に見られていると思って生きようと決めた。映画のスタッフが角に隠れていたり、鏡がマジックミラーだったりという万一に備えてだ。もう手で口を隠さずにあくびもできないし、トイレに座りながら鼻をほじるわけにもいかないということだ。常に幸せでかわいい十六歳の少女そのものに見られたかった。

でも、これは違う、このうなじがチクチクする感じは。本当に誰かに見られている感じなのだ。もう数日になる。でも、さっと振り向いても、いつだって誰もいない。もしやと思ったことが現実に起きても、みんなにはあなたの頭がおかしいのだとあっさり片付けられてしまったら恐ろしいだろう。隣家のマックスは一晩中わめいていたものだ。ママは、彼はきっと電話で誰かと言い争っているだけなのよと言った。でも、ある朝四時に起こされてカーテンから覗くと、彼は暗闇の中で誰にともなく叫んでいた。数週間後にはベックの家のキッチンに大きな石を投げ込んできた。その夜にはパパが通報して、マックスは連れ去られた。そして、戻ってきてからは、もうわめかなかった。家の前階段に座って、虚空を見つめるばかりで、じわじわと太っていった。

絶えず何かを恐れる方が、何も感じないよりましかしら。ベックにはまだわからなかった。

太陽がミルク色の雲間から照りつけている。このままあまり長く外にいると、きっと日焼けしてしまう。でも、自分のこのイメージは気に入っていた。リジーの家のプールで仰向けに寝そべっている。グリーンのビキニで、そばかすのある腕を伸ばし、息をするとおへそは水でいっぱいになる。この瞬間も見られているのかしらと思った。リジーのお兄さんとお父さんの寝室がプールを見下ろしているのだ。この何年かの間に二人が彼女を見下ろしているのを何度か見かけた。ゾッとしてもいいはずだが、それはなかった。

コンクリートに足がペタペタ当たる音がして、しばらくの静寂があった。と、リジーが大砲さながら飛び込んで水面が爆発した。彼女は息継ぎに顔を出して、派手にキヤッキャッと笑った。濡れた髪が顔にへばりついている。

「もう少しであなたを仕留められたわ！」

「もうどうしようもない馬鹿なんだから」ベックは笑って、背中を水に沈めようとした。リジーがその腰をつかんだ。二人は格闘すべく、ウナギのようにツルツルした手足をからめ合い、金切り声をあげて笑った。ベックがリジーの頭をがっちり沈めると、リジーは浮かび上がって咳き込んだ。

「休戦？」

リジーはまだ咳き込みながら、小指を差し出した。二人は小指をからめ合い、ベックはリジーの気が変わらないうちに素早く泳いで離れた。そして、プールのタイルの縁に身を乗り出して、呼吸を取り戻した。ここが自分の家で、まるで似ていなくてもリジーが姉妹だとよいのにと思った。ベックは痩せていて、胸も平らな方なのに、リジーの体は付くべき所に付くべきものが付いている柔らかな曲線美だ。リジーが赤い口紅をつけている時など、ベックは親友がマリリン・モンローにそっくりだと思うが、本人にそう告げたことはない。

「ああ、また頭がクラクラする」ベックを一心に見つめるリジーのまつ毛に水滴がくっついている。

「自分が悪いんでしょ」ベックは腕に頭をもたせかけた。二日酔いは消えてきている。目眩も収まって、胃は落ち着き始めた。

「昨日の夜はすごかったわよね？」そう言ったベックの顔に、危険な笑みがかすかに広がった。リジーはその最高の部分を知らないのだ。

「ついてたわよね」リジーはため息をついて、プールの縁から体を離した。「あなた、行った方がいいわ。エレンとトラブることになるから」

「いっけない！　今何時？」ベックはプールから出た。焼けたコンクリートが、リビングに向かって跳ねていく裸足の足を焦がした。キッチンのベンチから携帯を取った。二時半だ。急げば何とか間に合う。ショートメッセージが来ていた。彼からだ。

〝今起きた。君と一緒の夜はいつだって最高だよ〟

ベックはリジーがそばにいなくてよかったと思った。仕事着を取りに階段を駆け上がる彼女の顔には、惚けた笑みがはり付いていたからだ。メッセージは頭を何度も駆け巡った。これは彼が私を好きだということ。これで確信できた。踊り場で、リジーの兄のジャックとぶつかった。彼の部屋のドアが開いていて、寝室からヘビメタの軋るようなサウンドが流れてくる。彼は反射的に片手をさし出した。ベックの腰に当てられたその手は熱かった。ほんの一瞬、二人はとても近くて、まるで抱き合っているようだった。ベックは彼の息づかいを感じて、彼の匂いを嗅いだ。彼がさっと手を引っ込めた。

「失礼!」

彼は気まずそうに床を見た。顔が赤くなっている。ベックは不意に自分がほとんど裸だと気がついて、小さな甲高い笑い声をあげ、リジーの部屋に駆け込んだ。ビキニを脱ぎ、カーペットの上に濡れたグリーンの塊を残して、店の制服を着る。制服は揚げ物油の匂いがして、濡れた肌にはり付いた。ちゃんとシャワーに入って、髪を洗えればいいのにと思う。普段は髪を整えずにどこかへ出かけることはないのだ。化粧バッグをつかんで、コンシーラーをぼかし、ファンデーションを厚塗りしたら、その上に頬紅、そしてマスカラだ。最近はリキッドアイライナーを使うのも好きだが、急いでいる時にはついメークを台無しにしてしまう。パンダみたいな顔で学校に行ったことがあって、あの経験は二度と繰り返したくない。バレエフラットを履いて歩きながら、バッグを引っつかみ、一段置きに階段を下りた。

「じゃあね、あばずれ!」と声をかけると、リジーがプールで中指を突き立てた。

通りに駆け出すと、門が後ろでバタンと閉まった。二時四十三分だ。きっと間に合う。歩みが遅くなった。暑くてとても走れない。大気が重く感じられて、道路の中まで押し込まれそうだ。夏のいやなところだ。連日四十度を超えている。髪に指を走らせると、もうほとんど乾いていた。うまくいけば、チリチリにならない。

月曜日、彼は非番だ。それでも来てくれればいいのにと思う。二日酔いを比べ合い、昨夜の出来事をもう一度話して笑うのだ。親指がキーパッドの上を横切った。〝仕事に向かってるところ。ああ、あなたもあそこにいればいいのに☺〟何度読み返しても、確信が持てない。あまり見え見えなのはいやだ。雑誌で明白なのはよいと読んだけど。行動を起こさせるためには自信を与えなくてはならないと。スマイルマークはボツだわ。子供っぽ過ぎるもの。送信ボタンの上で指がためらった。心臓がドキドキしている。目を閉じて、勇気を奮い起こしてボタンを押した。秘密の小さな笑みが再び顔に広がり、リジーは気づいているかしらと思った。ベックはこの秘密があるのが気に入っていた。火遊びをしてるみたいに危険な気がするのだ。

一瞬、べつの秘密が心に浮かんだ。その記憶は灼熱した金属さながら焼けるように強烈だ。ベックはそれを押し戻そうとした。

角を曲がって幹線道路へ出ると、足の下でユーカリの葉がバリバリ砕けた。乾燥したユーカリには刺激臭がある。おかげで目が潤んだ。葉は周りが黒くパリパリになっていて、熱い大気に焼かれたみたいだ。一瞬、吐くかもしれないと思った。やっぱり昨夜のビールが戻ってくるみたい。ベックは立ち止まって枝につかまり、目をギュッと閉じて気を静めようとした。

昨夜は楽しかった。今日少し気分が悪くなるくらいかまわないわよ。外で楽しく遊ぶ最高の夜は、いつだって不意に訪れるものだ。店じまいをしているところだった。

床にモップをかけ、指で鼻をつまんでフライヤーを洗った。マティは鉄板を受け持った。太い指が脂で黒くなっていた。なぜ絶対に手袋をしないのかわからない。以前はマティが少し怖かった。図体は大きいし、腕にはタトゥがあった。でも、こんなに優しい男性はめったにいないと思うほど優しいことがわかった。暴走族というよりむしろテディベアだ。

「これからパブでエレンとルークに会うんだ。君も来るか？」

「リジーもこっそり入れると思う？」彼はイエスと答えた。でも、答えがノーでもベックは行っていたと思う。

五人でポケットビリヤードをした。マティとルークは代わる代わるボールを突き、グラスビールを買ってくれた。ベックはビールが嫌いだが、サイダーを頼むのはいやだった。男の子たちの仲間みたいな感じが大事なのだ。パブは暗くて、麝香の香りがした。化粧室のドアを開けた時には、明るい蛍光灯に反応する前、鏡の中に自分の広がった瞳孔が見えた。メークを直しながら、イメチェンできるようなものを持ってくればよかったと思った。でも、そんなことで今夜を台無しにはしないわ。

ベックはあまりルークを見つめないようにしていた。それでも、彼がこちらに、より近くに来てくれればいいのにと思った。結局ベックはゲームから抜け、彼も抜けた。

「調子はどうだい、メイト《相棒》？」彼にそう呼ばれるのが大好きだ、まるで対等みたいに。子供扱いされるのが何より嫌いなのだ。

彼が隣に座ると、体が発散する熱が感じられた。二人で他の人たちのゲームを見ながら、みだらな冗談を言い合った。彼を何とか笑わせられると、晴れやかな気分になった。彼が秘密を教えてくれた。ベックは熱心に聞いた。キスしてくれればいいのにと思った。彼はしてくれなかったが、一度だけ手を取って、ギュッと握りしめてくれた。その目は彼女を一心に見つめていた。何も言わなくてもいい。彼の考えは想像できた。私は子供過ぎる。ある夜遅くまで働いた時、彼の友だちにはルールがあると話してくれた。自分の年齢の二分の一に七年足した年齢の相手とはデートしてもいい。それより若い子はいけない。

「で、君はいつ十七歳になるんだい？」彼が冗談みたいに言った。三ヵ月前の話だ。今ではあと一ヵ月だ。辛抱すればいいだけだわ。

ファンデーションが崩れ出した。ベックは頑張ってもう少し早く歩き出した。〈マクドナルド〉にはエアコンがある。ドライブスルー係ではあまり役に立たないけど。今日はメインカウンター係になれますように。その時、また感じた。あのチクチクする感じだ。振り向いた。後ろには誰もいない。通りには不思議なほど人影がない。みんな、冷房の部屋に閉じこもっているのだ。ベックは足を速めた。うなじはまだチクチクしていた。

仕事を終えて、バスを降りた時には、空は真っ暗だった。大気はまだ鬱陶しくて暑い。遅く帰宅する時には、家の周辺はいつも静まり返っている。夜リジーの住む通りを歩くと、まるで呼吸しているように感じられる——照明がついていて、窓は開け放たれ、人々は声をあげて笑い、音楽が流れている。玄関網戸からは歓迎する熱いディナーの匂いが漂ってくる。

でも、ベックの住む辺りは、誰もがカーテンをきっちり閉めていて、その端からテレビの青い光がかろうじて見えるだけだ。

早く家に帰り着きたい。玄関を開けて、涼しい屋内に入りたい。家族はテレビの前に座って、下らない連続コメディーか何かに合わせて笑っている。快適で、家族の一員で、安全だとほっとする。家にいると安心するのだ。

少なくとも、家とはそういうものだと思いたい。でも、それはどこかよその家庭だ。ベックの家ではない。

自宅のある通りまで丘を登っていくと、手足が痛くなってきた。長いシフトだった。エレンはベックに腹を立てていた。結局十分遅刻してしまったのだ。ステンレスに彼女が映った時、エレンは崩れたメークとチリチリの髪を見てしまった。ベックにはどちらもどうしようもなかった。ドライブスルーの窓口に座っていると、前腕が日焼けするのが感じられた。日焼け止めすら塗っていなかった。

　この世の終わりのような感覚が忍び寄ってきた。ひどく疲れているのですべてがおかしいと感じてしまう、あの感覚だ。ルークのことは考えまいと思った。考え出すと、勝手にケチをつけて、くよくよしてしまう。彼は私のことなんか好きではないし、私が馬鹿なだけで、みんなが私を笑っていると思ってしまうから。

　ベックはゆっくり家に近づいた。家は暗い。窓はどれも真っ暗だった。

3

二〇一六年

真っ暗な中に白色の管が浮かび上がった。再び目を閉じる。明る過ぎる。喉が渇き、頭はズキズキしている。うめいて目をこすると、何かが頬に当たった。瞬きをして目のかすみを払い、手首を見る。太字で「ウィンター、レベッカ」と書かれた病院のプラスチックバンドが巻かれている。朦朧としたまま見回すと、ベッドの足下にある椅子で、昨夜の警官が眠っている。

まあ、大変。これは思ったよりずっと厄介になるわ。

あの暗いトイレ棟に立っていた時には、寒さと恐怖と極度の疲労の方がよりつらいと思われた。でも、眠っている刑事がドアをふさぐ病院のベッドで目を覚ました今、間違えたかもしれないと思い知った。まっさらな人生を始められる、それくらい簡単だと思ったなんて、なんて馬鹿だったのかしら。

部屋は静かだ。刑事の寝息と、少し離れた部屋から押し殺した話し声が聞こえるだけだ。右側には窓がある。もしかしたらできるかも。

できるだけ音を立てないように体を起こして座った。腕には包帯が巻かれ、消毒剤の匂いがするが、痛みはほとんどない。何であれ、手につながれた点滴に入っているもののせいに違いない。自分を見下ろすと、薄い病衣と下着しか身につけていない。誰かに服を脱がされたのだ。笑える話だ――これまでに何度、服を脱いだ姿で見知らぬベッドで目覚めたことがあったかしら？

刑事が大きないびきで鼻を鳴らして目を覚ます。

「ベック」彼が目をこすりながらほほ笑んだ。

私はじっと彼を見る。もうあのドアから出るのは絶対に無理だ。

「昨夜会ったが、私のことは覚えているかな？　ヴィンセント・アンドポリスだ」彼が注意深く私を見る。展開が早過ぎる。どう答えていいか考えもつかない。

「何もかもがちょっとぼやけてて」私の声は眠気と鎮痛剤のせいでまだ不明瞭だ。どうすべきか思いつくまでは、単純にしておくのが一番だ。

この刑事のことは覚えている。失踪者捜索班の刑事で、付き添いの二人の警官を「大馬鹿者」と呼んだ。昨夜はあまりよく見分けられなかったが、殺菌された病院の冷たい照明の下では違って見える。グレーの瞳と広い肩がかつては魅力的な男性だったことを匂わせている。でも、お腹はシャツにぴったりくっついているし、髪は胡麻塩というよりは白髪の方が多い。

「一晩中ここにいたの?」私は尋ねる。

「君をまた行方不明にするわけにはいかないからね。君のママは、今のままでも私たちを訴えられるんだから」彼が口元をひん曲げてにやりとすると、「具合はどうだ?」と、私の腕を身振りで示した。

「大丈夫よ」私は答える。ひどくズキズキしているのだけど。と、彼のそばの椅子に小さな山があるのに気がついた。彼が私の視線を追った。

「ご両親は私の相棒と話している」彼が咳払いした。「再会させる前にいくつか必要な手順があるんだ」

椅子には、パジャマのズボン、Tシャツ、それに下着がきちんとたたまれていて、その上にヘアブラシが載っている。

「もうここに来たの?」そんなはずはない。

「お二人は実際に君を見るまで、にわかには信じられなかったんだぞ」

頭がクラクラする。二人はここにいた。眠っている私を見た。それでも私を娘だと信じた。顔のあざが彼らにも効果があったのだろう。最大のハードルはすでにクリアされた。私が気づきもしないうちに。ほほ笑まずにいられない。アンドポリスが笑みを返してきた。

「私も正直にならなくては、ベック。君に会えてこれ以上うれしいことはないよ。奇跡のようだ」

奇跡。何寝ぼけてるの？　こんな男にどうして失踪者捜索班刑事が務まるのかしら？　少し前に感じたパニックが消えた。もしかしたら、これを乗り切るのはそれほど厄介ではないかもしれない。

「奇跡よ」私は彼に最高に自己満足したニタニタ顔を向けた。

彼は黙って私をじっと見つめている。この瞬間を共有していると思っているのだろう。

「いつここを出られるのかしら？」私は尋ねる。

「たぶん今日中に。いくつか片付けなくてはならないことがあるが、それが済めばオーケーだ」

「片付けるってどんなことを？」

「そうだな、どうしても訊かなくてはならない質問がまだいくつかある。それに検査も。君が健康だと確認するだけだ」

私は瞬きを何とかこらえる。困ったわ。

彼がポケットから手帳を取り出す。「ニューサウスウェールズの警察が、君が誘拐されたと申し立てたと知らせてくれた」

私はうなずく。どうするつもりか決めるまでは、できるだけしゃべらない方がいい。

「さらった犯人、あるいは犯人グループを知っているのか？　つまり、さらわれる前からの知り合いだったのか？」その目から彼が熱心なのがわかる。

私は首を振る。

「拘束されていた場所を覚えているか？　どんな小さなことでも助かるんだが」

「何もかもがぼんやりしていて。はっきり思い出せないわ」私はゆっくり答える。彼が私を静かに見守る。続きを待っているとでもいうように。二人の間に静寂が広がる。

とうとう彼が目を逸らして、手帳を素早く閉じ、ポケットに戻した。「少し時間を取ろう。検査を終えてから再開すればいい」

「そうすれば家に帰れる？」

彼の目が私の目をじっと見つめる。まるで何かを待っているかのようだ。

「家に帰るのが君の望みなのか？」彼がとうとう尋ねる。

「ええ、もちろんよ」

私は安心させるようにほほ笑んでみる。しばらくすると、彼の顔に口元をひん曲げるあの笑みが戻ってきた。

「看護師がすぐに来るから」

彼が後ろ手にカチリとドアを閉めた。私はベッドから飛び出す。目眩がするが、かまっていられない。点滴を引きずって、まず窓へ行く。ただのガラス窓だが、ぐるりと目張りされていて、開けられない。人が飛び降りないよう気づかっているのだ。三階でも何らかの損傷を与えてしまうから。外では、エントランスの周りを人がぞろぞろ歩いている。医者や医療技術者が入ってくる。病人がふらふら出てくる。車やタクシーや救急車がある。レベッカの両親が置いていった服を着たとしても、ここを出るだけでも大変だろう。

椅子まで行って、ピンクのTシャツと猫柄のパジャマのズボンを体の前で広げた。身長と体重は彼女と同じくらいらしい。ほとんどぴったりだ。ラッキーだ。ブラシを取り上げると、ブラシの毛の間にきらめく銅色の髪がからまっていた。

看護師が検査のために入ってきた時には、おとなしくベッドに戻っていた。これを乗り切れば、新しい身元を獲得したことになる。このゲームの見返りはあまりに大きくて、そう簡単に諦められない。

医者が突っついている間は、ずっとこぶしを握っていた。医者はどんな傷も見逃さないように私の体をだんだん下へと調べていった。今は、脚の間から大きな声で話しかけてくる。

「これは少し冷たいから」

「チクッとするかもしれないよ」

「これでほぼ終わりだ」

私は屈辱的だという顔をする。実際には、男にその辺をやたら突っつかれるのには慣れているのだけど。

「ありがとう、レベッカ。よく我慢してくれたね」と医者。「もう起きていいよ」

医者は、私にまだ守るべき慎ましさがあるとでもいうように後ろ手にカーテンを引いた。私は彼が看護師に話す声に耳をそばだてながら、下着を身に着ける。

「ミトコンドリアを取る綿棒を用意してくれるか？　それに注射器から移すためのガラス瓶も三個いる」

それはないわね。私がＤＮＡや血液を提供するなんてあり得ない。それも、私がレベッカ・ウィンターではないことを知られてしまうからだけではない。私の正体までバレてしまうかもしれないからだ。カーテンが開いた。

「いいかな、レベッカ？」医者が尋ねた。

走って戻ってきた看護師が私の目を見て、すぐに目を逸らす。

「すぐに家に帰らなきゃ」

私は頭を下げ、髪で顔が隠れるようにして、準備する。

「ちょっと押しつけがましいのはわかるけど、あと少しで終わるわ。頬の内側を綿棒で拭って、血液を少し採取するだけよ」

「痛いのはもういや、お願い。耐えられない」私の声は完璧だ。すっかりパニック状態で甲高い。

指にはレベッカのブラシから取った銅色の髪の房をからめている。私は自分の髪をグイッと引っぱる。まさか抜けるほどの強さではない。

「これでいい？　もう耐えられないの」私は手を上げる。彼女の髪の房がぶら下がっている。顔を上げなくても、看護師が小さく息を呑むかすかな音が聞こえる。

そこで、私は泣き出す。子供みたいに本気で泣き叫ぶ。しゃくり上げるたびにさらに激しく。それに合わせて全身が震える。始めてしまえば、難しくはない。この数週間には泣きたいことが山ほどあったのだから。看護師は進み出て、慎重に髪を私の手からラテックス手袋をはめた手で受け取る。

楽勝だ。

車はレベッカ・ウィンターの住む通りに向かって急な坂を登っていった。そして、ようやく彼らが見えた。どこから見ても平凡な中年のカップルだ。私の新しい両親。背筋を伸ばし、うつむいている。二人は大きな白い家の前に押し黙って立っている。ガレージ脇のユーカリの古木が家のファサードにまだらな光を投げかけている。私を待っている、まさしく理想的な中流階級の郊外生活だ。

車の音を聞いて、母親の頭がはじかれたように上がった。私の鼓動がさらに激しくなった。病院はまぐれ当たりだったということもある。意識を失ったあざのある顔に、彼らは見たいと思ったものを見たのかもしれない。今はもう私は目を開け、動くことも歩くことも話すこともできるのだ。私には彼女を騙す手だてはない。アンドポリスがさっと目を上げて、バックミラーで私を見るのが感じられた。私を見た瞬間に、彼女は私の嘘に気づくだろう。どれだけ時間が経ったかなんて関係ない。母親なら自分のひとり娘を必ず見分けるはずだ。

「通常なら、こうしたケースにはサポート職員を同伴するんだが」と彼。「ご両親が必要ないと仰って」

私はうなずく。不安でいっぱいで感謝する余裕もないが、それはたぶん間違いなくことを簡単にしてくれる。両親を納得させるだけでも、十分すごい芸当になるはずなのだ。やたら同情したがるリベラルがドヤ顔に笑みを貼り付けてお手伝いするなんて、私には何の足しにもならない。彼らはこうした状況で被害者が実際にどうふるまうか知っているはずだ。

「君はすぐにカウンセラーと話さなきゃいけなくなる、いいな、ベック？　でも、少しずつ進めることにしよう」

私は彼に弱々しくほほ笑んでみせる。カウンセラーとなんか絶対に話さないわよ。

車が私道に入った。一瞬、このまま車内にいられればいいのにと思う。もう少しだけバックシートに隠れていられたらいいのに。アンドポリスは車を降りると、私の側まで回ってきて、ドアを開けた。二人を見てしまった今、うまくやれるかどうか自信がない。レベッカ——ベック——は人間で、登場人物ではないし、私は彼女に会ったこともないのだ。声すら聞いたことがない。

車を降りても、母親を見ることができない。私はうつむいたまま、目は小道の脇に咲く白いゼラニウムを凝視する。

「ベッキー？」彼女が近づいてきて、恐る恐る私の腕に触れた。私が現実ではないかもしれないとでもいうように。

私は顔を上げた。目を上げなくてはいけない。彼女の目が私の目を覗き込んだ。彼女の目には強烈な愛があふれている。世界から他のすべてが消えてしまったみたいだ。彼女と私しかいない。他に重要なものは何もない。彼女が私を腕で包み込み、彼女の心臓が私の肋骨に打ちつけてくるのが感じられる。彼女の体温が私の体温と混ざり合う。彼女はバニラの匂いがする。

「ありがとう。ヴィンス」パパが彼女の肩越しに言うのが聞こえた。

「いやいや、どういたしまして」とアンドポリス。「彼女を三時に連れてきてくれ」

「それじゃその時に、メイト」

ドアが開いて、アンドポリスが車に乗り込む音がした。と、エンジンがかかり、彼は走り去った。ママが私を放し、父親が私をじろじろ見た。スーツにオープンシャツを着て、きれいにひげを剃った黒い瞳の顔は、典型的なホワイトカラーだ。長い間行方不明だった娘が帰宅する。まだショックを受けているので今日は休むことにしたのに、出勤する支度をしてしまったのに違いない。

「何と言っていいかわからないよ、ベッキー」

彼が私を引き寄せてハグした。母親とは違って、少しぎこちない。アフターシェーブの他に、何かが腐っているような妙な匂いがした。

母親が向きを変え、ドアを引き開けた。彼女が顔を拭くのを見た気がする。

「入って、ベック」

声がしわがれている。私はテストにパスしたのだ。私は中に入る。ここは私の家で、私の生活がある。

今から、私はレベッカ・ウィンターだ。

熱いシャワーの素晴らしさをすっかり忘れていた。たとえ、怪我をした腕をシャワーの外に出していても、髪を洗って、脚をシェーブするのは爽快だ。私は体にタオルを巻いて、蒸気の中で楽しく息をつく。もしべつの選択をしていたら、今この瞬間もどこかでひとり寒い思いをしていただろう。汚い服はあの雨のせいできっとまだ湿っている。そう思うと震えが出た。

バスルームを出て、どれがレベッカの部屋か知らないことに気がついた。バスルームの隣のドアを開ける。戸棚で、たたんだリネン類が詰まっている。その向かい側のドアをゆっくり開ける。キッチンにいる二人に聞こえませんように。こちらは寝室だ。壁には何も貼られていないし、シングルベッドが二つある以外家具もない。これが私の部屋ってこと？　もう一つドアがある。足音が階下に聞こえないように、カーペットをそっと歩いて、そちらを試すことにした。

デスティニーズ・チャイルドとグウェン・ステファニーのポスターが私をにらんだ。ベッドはピンクのシーツで整えられている。キャベツ人形がベッドサイドテーブルに腰掛けている。十年生の教科書が机にきちんと重ねられ、上の棚にはハリー・ポッターシリーズが四作目まできちんと並んでいる。それに、あちこちに写真がある。

彼女がいる。ほほ笑んでポーズを取り、様々な友だちに腕を回している。たいていは長いブロンドの女の子だ。この部屋では生活が静止して、同じ十六歳が戻るのを待っているみたいだ。

私は裸の体にタオルを巻き付け、濡れた髪からカーペットに滴を落としながら、彼女の写真に目を凝らした。写真からでも、この女の子の生活と活力が見て取れる。自信にあふれ、悠々としているように見える。あらゆる角度から彼女の顔を見て、当初思ったほどには似ていないことに気がついた。鼻は私より小さいし、目は私より大きい――顔の輪郭までいくらか違う。まあ、十年経てば、顔も変わるはず。違いは歳月のせいにできる。

歳月には他の問題もある。今、頭の中で計算してみて、ベックが二十七歳くらいだと知った。私はまだ二十四だ。今回ばかりは、自分が老けて見られたいと願っているのに気がついた。

クロゼットのよろい板張りの戸を引き開けてみた。彼女の衣類がきちんと掛かっているが、淀んだ空気がこもっている。この戸は長いこと開けられていなかったのだ。すぐ前にベックの制服が掛かっているのを見て、妙な気分になった。少し胸が悪くなって、私は素早くジーンズとTシャツを取って戸を閉めた。子猫のパジャマよりは何だってマシだ。そのかわいらしさにツッコミを入れたくなるのだ。ジーンズとTシャツは、サイズはちゃんと合うが、それでも子供っぽい。二十五歳になろうかというのに、十六歳のローライズのジーンズとゲスのトップスを着るのはおかしい気がする。繊維が肌にはり付いて、麝香のような馴染みのない体臭に気がつく。彼女の体臭が今もコットンのTシャツにまといついているのだろう。震えがひっそり背筋を走った。

母と父はリビングの二人掛けソファに座っていた。二人の前にはそれぞれ手をつけていないサンドイッチが置かれ、誰も座っていない向かいの椅子の前にもサンドイッチがある。私はそこに座り、べつの肘掛け椅子には猫が丸まっているのに気がつく。私はずっとペットがほしかった。

「今日はここでランチにしようと思って。あなたができるだけ快適なように」とママ。

「素敵、ありがとう！」私は彼女が何を言っているのかよくわからないまま言う。レベッカについてもっとわかればいいのに。どんな人物なのか、もっとはっきりした印象があればいいのに。でもわからないので、親なら誰もが望む役を演じることにする。従順な娘だ。健全で、感謝ができて、素直な娘。私はサンドイッチをひと口食べて、改めてどんなに空腹だったか思い知った。

「とっても美味しいわ。作ってくれてありがとう、ママ」

「いいのよ」彼女が顔をほころばせた。しめしめだ。

「昨夜ポールとアンドリューに話したよ」パパが言った。

「ホントに？」相手が何を話しているのかわからない時に、質問の形に変えるのが会話を続ける簡単な方法だ。

「ああ。二人とも今夜飛んでくる」

私は部屋を見回した。壁には額に入った写真が何枚もある。そばかすのあるそっくりの少年が二人、ベックの両側で得意そうに歯を見せて笑っている。彼女の肩まで大きくなると、突然二人だけになって、笑みも満面ではなくなるが、ティーンエージャーの服装で無精ひげを生やしてまだ成長を続け、次はがっちりした下あごのスーツ姿だ。彼女の弟に違いない。

「早く会いたい、待ちきれないわ」と私。

「よしよし」父がほほ笑んで、サンドイッチを食べた。

「リジーに電話したいんでしょうね」とママ。

私はうなずいて、急いで残りのサンドイッチを口に押し込む。リジーが誰かわからないのだ。

「メディアと接触しかねないと思う相手に連絡は取るなよ。それだけは勘弁してほしい」と父。

「そんなことをする人がいると本気で思うの？」私はとぼけて尋ねる。

「ひょっとしたらな」

もちろん、そんな人もいるだろうけど、私はかまわない。レベッカの昔の友だちはできるだけ避けるつもりなのだ。覚えていなければならない嘘をもう十分ついてしまっている。私はお皿のパン屑を手で拾った。サンドイッチのお代わりをしたいが、まさか頼もうとは思わない。顔を上げ、二人が私を見つめているのに気がついた。女警官が車の中で言ったことを思い出す。私は誘拐されたようには見えないと言っていた。

「家に帰れてうれしいわ。また安全になれて」私は言った。

その言葉に母親が泣き出した。しわがれ声の悲痛なすすり泣きに胸が上下した。両手を盾のように掲げて顔を覆っている。彼女はなかなか泣きやまなかった。


警察署に着くと、一緒に来てくれるかと両親に尋ねた。私はママの手をしっかり握っている。質問に答えるために、彼女には一緒にいてもらいたいのだ。ここの人たちは嘘を見抜くよう訓練されている。私がどんなにうまくても、正体を見破るのが彼らの仕事だ。

「そうしてほしいなら、頼んでみるわ」ママが言って、一歩踏み出す。パパがその腕をつかんで止めた。

「ヴィンスはお前と二人だけで話したいのだと思うよ、ベック。でも、すぐ外で待っているから」母親は一歩下がってうつむく。目がまだ赤くはれている。

デスクの制服警官が私を中へ通した。レベッカのTシャツもいくらか馴染んできている。

真新しいスーツを着た男が、手を差し出しながら近づいてきた。

「レベッカ・ウィンター？」彼が尋ねる。私がうなずくと、きびきびと握手してきた。

「私はヴァリ・マリク刑事。ヴィンスの相棒です」

「ベック！」アンドポリスがファイルを脇に抱えて、こちらに向かってきた。「ずっと調子がよさそうに見えるよ」

そう言えば、相棒がいると聞いた気がする。「ありがとう」と私。

「こっちへ」マリクが言って、完璧に磨き上げた靴の向きをくるりと変えた。

二人のあとについていきながら、私は左側の部屋を覗き込んだ。中には大きなボードがあってメモで埋まっているが、ここからでは読めない。それに地図と、カメラにほほ笑みかけているレベッカの大きな写真、さらには草地に落ちている壊れた携帯の近接写真が貼り付けてある。大きなテーブルに数人の男が座っていて、そのひとりが顔を上げて通り過ぎる私を見た。アンドポリスが大きな手を私の腰に押し当てて優しく導き、安心させるようにほほ笑んだ。

「ここだ」彼が右側のドアを開けて、私のために押さえてくれた。

シドニーと同じような冷たいコンクリートの小部屋を予期していた。でも、招き入れられたのは、日当たりのよい部屋だ。長椅子があり、隅にはミニチュアのテーブルと玩具を入れたプラスチックの桶がある。シドニーと同じように、壁の一つには大きな鏡。今通り過ぎてきた警官たちが来て、観察するのかしら。マリクが長椅子の一つを身振りで示した。私が腰を下ろすと、椅子が軋んだ。

「何かほしいかな、レベッカ？　紅茶か、コーヒーでも？」

「私ならけっこうよ。でも、ありがとう」

「家にいるのはどんな気分だい？」アンドポリスが向かいの長椅子に座りながら尋ねた。

「素晴らしいわ」

マリクが私の左隣の椅子に座って、ファイルを開いた。

「それはよかった」と、彼がほほ笑んだ。

「検査の結果はよさそうだ」マリクがファイルの中の書類にざっと目を通した。

勝ったわ。見事にやってのけたのが、自分でも信じられないけど。でも、ここで調子に乗るわけにはいかない。ゲームのこの新しいステージに集中しなくては。

私はしばし二人を眺める。マリクは少なくとも十五歳はアンドポリスより若い。まだ体型はどこも崩れていないし、身だしなみも非の打ち所がない。彼と並ぶと、アンドポリスは老けてしわくちゃに見える。

「私が今朝意識を取り戻した時にはいなかったわね」私はマリクに言った。

「ああ。ご両親と話していた」彼が無駄のない笑みをまたちらっと浮かべた。「君がまた家族と一緒になれてうれしいよ、レベッカ。でも、俺たちは本気で捜査に集中しなくてはならない。長く放置すればするほど、答えは得にくくなるから」

そのとおりだ。彼らにはどんな答えも得てほしくない。彼らをできるだけ寄せ付けないようにしなくては。手帳がまた現れた。ゴーンゴーン、第二ラウンド開始。病院での第一ラウンドでは予想以上の成果をあげた。だからうまくいけば、ここでも同じように成功を収められる。そうすれば、物事はぐっと容易になるだろう。

「監禁されていた場所を説明できるか？」マリクが単刀直入に訊いてきた。

「私は……」そこで効果を狙って言葉を切る。「私は、ちゃんと外は見てないの。あれはどこであってもおかしくないわ。ごめんなさい」

「いいんだよ、ベック。自分にプレッシャーをかけるな。逃げ出してから警察に捕まるまでには、どれくらいの時間があったと思う？　君はシドニーで捕まった。だから、たぶんその近くに監禁されていたんだ」とアンドポリス。

私はキングスクロスの安い宿泊所で過ごした最後の夜のことを考える。ほんの一週間前なのに、もっとずっと前のような気がする。マットレスの上にお金を出して数え、これでは足りないので、朝にはチェックアウトしなくてはならないのがわかった。眠ろうとしたことを思い出す。窓から、女の叫び声や、瓶の割れる音、男の悪態が聞こえた。明日には私も外であの人たちのひとりになるのだとわかっていた。

「だめ。わからないわ、ごめんなさい」

ここは妙な匂いがする。病院みたいな。子供が手に取るたびに、玩具は消毒しなくてはならないのだろう。私はミニチュアの椅子とテーブルを見て、アンドポリスもあそこに子供と一緒に座って、人形を使ってどんな虐待に遭ったのかやってみせるように話したことがあるのだろうかと思う。

「つらいのはわかるんだが、覚えていることを全部話してもらう必要があるんだ」とマリク。

私は息を吸い込んで、彼らが喉から手が出るほど聞きたがっていることを話す準備をする。話はばっちり練ってある。拷問部屋も、覆面をした男たちも、他のすべても。警察はそれらを受け入れて、オーストラリア中無駄足を運ぶことになる。が、話し始めようとしたその時、捜査室にあった写真が目に浮かんだ。若く幸せなレベッカ・ウィンター。私は本気で彼女の運命をそんなひどいものにしたいのかしら？　私は待っている二つの顔の間に目を向ける。馬鹿だった。私が何を言おうと、彼女の身に実際に起きたことと何の関係もない。そんなことは考えるだけで愚かだ。今ではこれは私の生活、彼女のではない。私はうまく立ち回らなくてはならない。私が話をすれば、彼らは当然それを徹底的に調べ始め、穴を見つけるだろう。余計なものはない方がいい。賢いやり方は話をいっさいしないことだ。

「それが問題なの」私は急いで言った。「何も覚えていないのよ」

「何も？」マリクは苛立ちを隠そうとするが、その声を聞けばわかる。

「もっと最近のことはどうだ？　誰が殴ったんだ？　そのあざは誰につけられた？」

アンドポリスが私の顔の横をじっと見る。私は恥じているかのようにうつむく。本当の話はいささかばつの悪いものだ。私は屋台の果物売りから逃げていた。りんごを二個盗んだのだが、転んで縁石に顔をぶつけた。誰かに殴られたわけではない。

「わからないわ」

「その腕のことは？」アンドポリスが静かに尋ねる。苛立っているとしても、それを表には出さない。

私は頭を振る。

「最初に会った時」アンドポリスが優しく言った。「君は逃げる時に怪我をしたと言った。それは覚えているか？」

「ええ」いいえ、忘れてたわ。

「それじゃ逃げたことは覚えてるんだな？」マリクが訊いてきた。

私は一つ息をつく。何かを与えなくてはならない。

「窓ガラスを割ったのを覚えてるわ」私はトイレでボトルを割ったことを思い出しながら言った。思い出すと体が震え、二人はそれに気がついた。

「腕が引っかかったけど、私はやり続けた。時間があまりないとわかってたことだけは覚えてるわ」

「どうして時間があまりなかった？」マリクが間髪を入れずに尋ねる。

外にいる警官が入ってきて、私を調べるとわかってたからよ。恨みがましく思われずに、彼女がクビになったかどうか尋ねる方法はあるかしらと思う。たぶん聞かないに限る。

ここで、ポーズボタンが押せればいいのに。外に出て、煙草を一本吸って、この事態に対処する最善の道を本気で考えるのだ。ひとりの刑事に対応すべく準備してきたので、二人が両側に座っていると萎縮してしまう。一つの質問が、私が考える間もなく、次の質問へと転がってしまうのだ。

「どれくらい私を探したの？」私は尋ねた。質問をしている方が安全な気がする。

マリクがアンドポリスを見た。彼はたぶん当時はまだ刑事ではなく、新米の制服警官にすぎなかったのだ。

「捜査は長期間続いた。我々はあらゆる場所を探した」アンドポリスがゆっくり答えた。

彼の目に浮かぶ激しさの意味がわかってきた。彼は私に重大な多くの質問をしたいに違いない。

「容疑者はいたの？」と私。

「興味のある人間は何人かいた」

「それは誰？」

「最初から始めようじゃないか」マリクが割って入った。「君が最後に覚えていることは何だ？　誘拐の前に」

彼は私に焦点を戻してきた。私の頭はあのテレビ番組に飛んだ。

「私は〈マクドナルド〉で働いていた。その後のことは何もかもぼやけてしまってるの」

アンドポリスが私にほほ笑んだ。口元をひん曲げるあの誇らしげな笑みだ。私はちゃんと答えられたのだ。彼が私たちの間にあるテーブルにファイルを置いて開いた。中には、スタッフの写真らしいものが何枚も入っている。異なる五人の顔写真で、全員が〈マクドナルド〉の制服姿でほほ笑んでいる。

「この人たちを覚えてるか？」彼が尋ねた。

「ええ。もちろん。でも……ほら、ずいぶん前のことだから」心臓がバクバクで、汗が出て、脇の下にTシャツがはり付く。テストされている気分だ。

「彼女を覚えてるか？」彼が若い女の子を指差した。不格好な制服を着ていても、とてもかわいらしい。ブロンドをポニーテールにしていて、目がキラキラしている。彼女なら見分けられる。レベッカの壁にあった写真のほとんどに写っていた。

「親友だったわ」私は言って、さっき聞いた母親の言葉を思い出す。「リジーよ」

「それじゃ他の人たちは？」マリクが尋ねる。つまり、私はちゃんと答えられたのだ。

「リジーは覚えてるわ。他の人たちは……知ってるのはわかるの……」私は取り乱した様子を見せようとする。「こんなふうに見分けがつかないのって、すごくいやだわ」

「いいんだよ、ベック。ゆっくりやろう」アンドポリスの声は慰めるようだ。「彼らは行方不明になる前の君を最後に見た人たちなんだ。これはエレン・パーク。君の管理者だった」

たぶん二十代半ばで、その目には年齢にはまだ早い気苦労が見える。

「これはルーカス・マスコーニー」彼が二十代前半のハンサムな男を指差した。

「そしてこれがマシュー・ラングだ。彼はコックだった」この男は、大柄で筋骨たくましく、片方の耳に銀のリングをたくさんつけている。「彼のことは覚えてるか？」

「ちょっとは」と私。

「何か具体的なことは？」マリクが迫った。このマシューという男は容疑者だったに違いない。警察は一番それらしく見える者に決めてかかるものだ。

「ないわ」私は答える。少し雑な言い方になってしまった。

私は手を見下ろして、無理やり息をつく。何かしなくては。私はいつしか演技をやめて、素の自分になってしまっていた。一瞬たりとも被害者以外の者になってはいけないのに。

「それじゃ探すのを諦めてからはどれくらいになるの？」私は尋ねる。

アンドポリスが顔を上げて私を見た。その顔に何か暗いものが走った。

「諦めたわけではないんだ。捜査が行き詰まっただけだよ」彼は話しながら目を逸らした。私は彼の気持ちを理解する。罪悪感だ。「手がかりはすべて追ったんだ。わかるか？」

「ええ」

彼が隠そうとしても、私にはまた罪悪感が見えた。

「あの日に焦点を合わせてみよう」マリクが言った。「〈マクドナルド〉での君の最後のシフトについて話していたんだ」

マリクを追い払わなくては。優秀な刑事なのはわかるが、自尊心はあまりなさそうなのだ。この事件を自分の仕事だと思っているだけで、私は単にその重要な一部にすぎない。

「あの、紅茶をいただけないかしら。差し支えなければだけど」私はマリクを見ながら、静かに告げる。

「いいとも」と彼。「すぐ持ってくるよ」

ドアがかちりと閉まるや否や、私は身を乗り出す。

「私、彼が嫌い！」と怯《おび》えたような小声で告げた。

「どうして？」アンドポリスが驚いて尋ねた。

「私を怖がらせるの。彼がここにいると落ち着かないのよ。あなただけというわけにはいかない？」

アンドポリスの胸がほんの少しふくらむのが見えた。馬鹿ね。彼もマリクのことが好きではない。おそらく自分の事件を新任の腕利きと分担したくないのだ。

「あなたのことは信頼してるの」私は言い足す。「ねっ？」

「何とか取りはからってみよう」

彼はソファから立ち上がり、部屋を出ていった。今、鏡の向こうで二人はどんな話をしているのだろう。私は無理をしてそちらを見ないようにする。

数分後、アンドポリスが紅茶をもって戻ってきた。口元に勝ち誇ったような笑みがかすかに浮かんでいる。

「さて、ベック、これからは私だけだから」

「ありがとう！」

「いいんだ」彼は紅茶を小さなテーブルの私の前に置く。「もし腹が立ったり、不愉快に感じたりした時には、私に言ってほしい。できるだけのことはするから。いいな？」

「いいわ」私は最高に無邪気な目を彼に向けて答える。彼は私たちが味方同士だと思っているのだ。

「よかった。それじゃ君さえよければ、どうしてもあの夜のことを話し合わなくてはならない。君がさらわれた夜だ。覚えていることがあれば、犯人を見つけるのにとても役立つんだが」

彼は私をか弱い子供のように扱っている。思うつぼだ。

「覚えてることはあるわ」と私。

「それは？」彼が尋ねた。

私はしばし虚空に目を凝らし、頭の中で十数える。部屋は重苦しい静寂に包まれていった。

「寒くて、怖かった」十数えたところで言った。「どこもかしこも真っ暗だった」

私はゆっくり話して、緊張をでっち上げる。「サイレンを聞いたのを覚えてる。だんだん近くなってきて、私は助かったと思った。でも、サイレンはそのまま通り過ぎ、小さくなっていった。私を助けに来たのではないとわかったわ」

私は彼を見上げる。彼の顔は罪悪感と不面目で歪んでいる。うまく騙せたのだ。

「もう疲れたわ。それに両親に会いたいの」


父親の運転で帰宅する間、バックシートで眠り込みたかった。本当に疲れている。

「彼らが来る前にちょっとお昼寝をしてもいいかしら？」私は尋ねる。弟たちの名前などもう忘れてしまった。

「いいとも。疲れきってるのだろうから」

レベッカのシーツの間に入り、一瞬交換されているのだろうかと思う。それとも十一年前に家を出て二度と戻らなかったあの朝に彼女が寝ていたのと同じシーツなのだろうか。きっと交換されたに違いない。

ほどなく、玄関が開く音がして、それから二人の男性の声がした。彼女の弟たちが到着したのだ。彼らは私が下りていって出迎えると思っているだろうが、もう一度起き上がるなんて考えただけで無理な気がする。腕はズキズキしているし、包帯はきつ過ぎる気がする。少ししたら行くわよ、と私は決める。記憶喪失や腕の傷といった詳しい話をするのは、母親に任せよう。

寝返りを打って気がついた。レベッカのシーツが交換されていてもいなくても、どうでもいいと。シーツは温かくて絹のように柔らかい。病院でベッドを独占できたのもよかったけど、これは素晴らしい。こんなに安全で居心地よく感じると、この一週間のことが信じられない気がしてくる。何らかの悪夢のような。

目を覚ますと、暗くなりかけていた。寝入ったことすら覚えていない。ベッドから出ると、口はいやな味がした。髪を指でとかしながら、寝室のドアを開けた。遅かれ早かれ彼らと顔を合わせなくてはならないし、避ければ避けるほど、対面は厄介なものになるだろう。階段を下りながら、家が妙に静かなことに気がついた。照明はすべてついているのに。一瞬、みんなで出かけたのかもしれないと思う。でも、こんなに早く彼らが私をここでひとりにするはずはない。

右側でかすかな動きが聞こえた。そちらに向かうと、正面にキッチンが見えてきた。彼らがいる。母親、父親、それに二人の弟が丸いキッチンテーブルを囲んで座っている。それぞれの前には汚れたお皿がある。夕食を終えたところに違いない。誰も口を開かず、互いを見ようとすらしていない。

私はちょっとの間戸口でためらう。彼らが動いたり、私がいることに気づいたりするのを待つが、彼らは動かない。彼らは黙って一緒に座っている。背筋は伸ばしていても、虚ろな目をしてうつむいている。彼らにとっても大変な一日だったのだろう。それでも、この華麗な家族像はどこか奇妙だ。どこかおかしい。でも、今の私はもっと大きな問題を抱えている。だからそんなことは無視して、彼らに加わるべく入っていった。

4

ベック、二〇〇五年一月十一日

ベックがようやく寝室のドアを閉め、ベッドシーツの間にするりと入って照明を消したのは、午前一時に近かった。疲れきっていて、てきぱきとは動けなかったのだ。シャワーの中には二十分近く立って、腕の油脂をごしごし洗い落とし、鼻孔に残る焦げた肉の匂いを消し去ろうとした。ようやく横になった時にはほっとしてうめいた。肌に当たるコットンのシーツが清潔で柔らかく感じられる。閉店の片付けをやりたくないとエレンに話そうかと思う。一時間分の割り増し手当をもらっても、この痛みや疲れ果てた気分の割に合わない。

ただ、今は頭の働きが鈍くなっていて考えられない。いずれにしろ明日は非番だから、その間に決めよう。丸一日したいことができる。きっと素敵だわ。静かな自分の部屋に横になっているのはこの上なく素晴らしい気がして、心配事なんかで台無しにしてはいけないと思う。伸びをすると、猫のヘクターの熱いずっしりした体が脚に押しつけられ、首の鈴が小さくチリンと鳴った。

何かが位置を変えた。それで目が覚めたのだ。体重を移動させて軋む音。部屋に誰かいる。

ベックは怖くて目が開けられなかった。何がいるのかなんて見たくない。いるのがわかるだけでたくさん。空気が重苦しく感じられるのは、誰かが呼吸しているからだ。シーツに温かくくるまれた肌が冷たくなってチクチク痛い。こんなことがまたあるなんて。

耳をそばだてた。カチッカチッと時間が過ぎる。何の音もしない。あれは恐ろしい夢だったのかも。

目を開けなくてはいけない。確認するために。納得するために。静寂の下から聞こえる音はとても低くて、ほとんど聞こえないほどだ。猫がゴロゴロ喉を鳴らす低い音。ベックはそっとゆっくり目を開けた。

まず気づいたのはヘクターがもうベッドにはいないことだった。小さな洋梨型のふわふわした背中が見える。ヘクターは部屋の隅に座って、何かを見ながら喉を鳴らしている。自分を笑ってやらなきゃ、とベックは思った。猫だったんじゃない。でも、手足はまだ凍りついている。何かがおかしい。

目が慣れてくると、ベックは喘ぎをこらえなくてはならなかった。隅にあるはずのない影がある。炭色を背景に漆黒がかろうじて見える。あるはずのないしみだ。それが動き出して、ベックの心臓が肋骨に激しく打ち当たった。

それがゆっくり身悶えした。手足が伸びて、人間とは思えない形で大きくなっていく。ベックは目を固く閉じた。悲鳴が喉で引っかかる。それが隅から出てきた時にも、何に見えるか知りたいとは思わなかった。顔を見たくない。

氷のように冷たい恐怖が全身にしみていき、ベックは影が触れてくるのを待った。あの冷たい手がまた頬にかかるのを、ただ待った。

ドアが軋んだ。

出ていったの？　ベックは息を吐きたかったが、恐怖のせいで体が麻痺してしまったみたいだ。と、何か重たいものが膝にぶつかった。ベックは這って逃げようとしたが、シーツが足首にからんで、カーペットにドシンと落ちてしまった。肩から痛みが広がっても気にしないようにして手を伸ばし、枕元の照明をつけた。

一瞬、目がくらんだ。やがて、彼が見えた。猫のヘクターだ。マットレスの真ん中に座って、驚いたように彼女を見ている。ベックは悪態をつきながら抱き上げた。へクターが彼女に向かってうなった。その声が静寂をつんざくようだ。ベックはヘクターをしっかり抱きしめた。ヘクターの小さな鼓動が胸に感じられると気持ちも落ち着き、ベックは起き上がって、寝室のドアをもう一度閉めることができた。ノブの下には椅子を押し込んだ。

何かがここにいた。猫がいただけではない。それは確かだ。手はまだ汗ばんでいて震えている。アドレナリンが血管を駆け巡っている。

ベックはスマホを取った。誰かと話さなくては。自分の頭がおかしいのだと感じないために、今あったことを誰かに話すのだ。前回はたぶんただの悪夢でも、今回は現実だ。でも、午前三時を過ぎている。起こしたら、リジーはカンカンになるだろう。しばし自分を外から見てみる。リジーはたぶん、お化けを怖がる子供みたいだと私を笑う。いやだわ。それよりメールを書こう。〝部屋に何かいたの。私の家は幽霊が出るのだと思うわ〟そして、スマホをベッドサイドテーブルに戻した。

照明を消す直前、ヘクターの首から小さな銀の鈴がなくなっているのに気がついた。幽霊にはできないことだ。

もしかしたらヘクターは前からつけていなかったのかも。ベックは自分に言い聞かせて、毛布の下で体を丸めた。

なかなか寝付けなかった。寝付いても、熱っぽくて凶暴な夢を見た。ビクッとして目を覚ますと汗びっしょりだった。スマホを調べると、十一時十五分過ぎ。リジーからの電話が三回、メールが二通あった。一通目は〝ハハ、おっかない〟それから、不在着信の後には、〝大丈夫？〟ベックは返信した。〝ええ。まだ街に出る気はある？すっかり聞かせてあげるわよ〟

朝の光の中では、部屋も違って見える。平和で、隅々まで自分が知っている部屋だ。ジョニー・デップとグウェン・ステファニーの顔があり、友だちと一緒に撮った写真があり、デスティニーズ・チャイルドはみんなで完璧なポーズを取っている。クロゼットの戸のよろい板も、ベッドの上の本棚も、すべてが温かく親しみがある。昨夜の悪夢は、まさしくそれだという気がした。悪夢だ。自分の寝室で実際には起き得ないことだ。でも、目を閉じると、あの暗い影がまた見えた。隅に異様な姿で身をかがめていた。あれは実際の記憶、仕事でモップをかけたり、バス停から歩いて帰ってきたりするのと同じくらいはっきりしている。

スマホが鳴った。リジーだ。〝一時間後、シルバークッションで〟ベックはベッドから出て、鏡で肩を見た。昨夜ベッドから落ちたところが薄いグレーのあざになっている。忌々しい猫。

家がどこか違って見えるかもしれない、と思っていた。何らかの痕跡を昨夜のあの幽霊が残したのではないかと。でも、いいえ、寝室のドアを開けても、すべてがまったく同じに見えた。クリーム色のカーペットは、廊下を歩いていく足指の間で同じベルベットのような感触だ。

ポールとアンドリューの部屋を覗いて、笑い出したくなった。まったく同じだ。同じ衣類とレゴが床一面に散らばっている。二つのシングルベッドのシーツはよじれて山になっている。そろそろどちらかが空き部屋に移るべきではないかとママが提案した時に、二人がどんなに大騒ぎしたか思い出した。ベックはドアを閉めた。古い汗じみたソックスが悪臭を放ち出している。思春期が近づいているのが匂いでわかる。

白い木の手すりは、いつものように手のひらに滑らかで温かい。裸足で歩いていくと、一階の磨き込まれた床板が軋んだ。キッチンからくすくす笑う声が聞こえる。弟たちが家にいるのだ。両親の部屋を覗いてみた。見事に空っぽの空間に、きちんと整えられたダブルベッドがあるだけだ。隣の空き部屋は、冬物をしまったプラスチックケースでいっぱいだ。母親の書き物机が、まだ使われないまま隅に立てかけてある。洗濯室を覗いた。洗濯かごの後ろにはガレージに続くドアがある。それが少し開いている。ガレージは家でも最も気味の悪い場所で、よほどのことがないかぎり、誰も入ろうとしない。暗くてじめじめした匂いがして、何段にも重なった段ボール箱が詰め込まれているし、コンクリートの床は汚い。もう車すら停めていない。あそこには絶対にクモがはびこっている。ガレージの暗さが戸口の隙間からこぼれ出ているようだ。夜の闇が彼女を再び捕らえて、悪夢に連れ戻そうとしている。ベックはドアを閉めた。

リビングも何も変わっていなかった。ソファは相変わらずヘンに離れているし、テレビの木製の扉は閉じている。両親がテレビなどないふりをするためだ。ベックは満足してキッチンに入っていった。あれが何だったにせよ、今はもう絶対にいない。

ポールとアンドリューは丸いキッチンテーブルに並んで座っていた。二人の間にはココポップスの箱があり、二人のボウルはチョコレートミルクがあふれんばかりだ。

二人はまだ半袖のパジャマを着ていて、馬鹿笑いしている。濃い赤毛はツンツンに立っている。ベックは不意に二人への愛がわき上がるのを感じた。髪をくしゃくしゃにしてやりたいのだが、庇護者ぶっていると思われてしまうのはわかっていた。

「いいか?」ポールが訊いた。

「いいよ」とアンドリュー。

二人はチョコレートミルクの入ったボウルを手に取った。

「一……二……三!」

二人はボウルからミルクを一気飲みし始めた。喉が動き、茶色の滴がテーブルに落ちる。

「終わった！」アンドリューが金切り声をあげてボウルを落とすと、手の甲で口を拭った。

「ああ、クソッ！」ポールが不満の叫び声をあげた。言葉は口から不自然に発せられたように聞こえる。二人はベックをちょっとの間見て、そんな言葉を使ったことを叱るかどうか確かめようとしたが、やがて笑いをこらえられなくなった。

「あなたたちにはムカつくわ！」ベックは言ったものの、彼女もほほ笑んでいた。昨夜の恐怖が徐々に消えていく。

「ヒットラーみたい！」ベックはポールに言った。上唇にまだチョコレートミルクの口ひげがついているのだ。

「グーテ　モルゲン！」ポールが答えて、アンドリューがまたドッと笑い出した。ベックは頭を振《おはよう》って、自分用にノンシュガーのミューズリーをボウルに出した。

「今日は何をするの、ベッキー？」アンドリューが訊いた。

「街までリジーに会いに行くわ」

「一緒に行ってもいい？」ポールがすぐさま訊いた。そっくりの淡いブルーの瞳が二組、彼女をじっと見た。二人がすっかり退屈しているのはわかる。二ヵ月に及ぶ夏休みの最中なのに、二人だけで地元の店より遠くへ行くのは禁じられているのだ。ママはものすごく過保護だ、とベックは思う。まるで世界で安全な場所はこの界隈だけみたい。ここはキャンベラなのよ、まったく。それでも、二人がどうして出かけてしまわないのかわからない。私は絶対に告げ口なんてしないのに。でも、自分から提案はしたくない。なぜかそれは間違っている気がするのだ。

「お願い」とポール。

ベックはかわいそうだと思ったが、リジーにどうしても昨夜のことを話さなくてはならない。でも、弟たちがそこいらを走り回っていたらそうはいかない。しかも、リジーとやらなくてはならないことが他にもある。彼らが一緒では絶対にできないことだ。

「ごめん。また今度ね」

「明日？」

「そうね、明日は仕事だから、木曜日じゃどう？」

「いいよ」とアンドリュー。でも、二人とも憤慨しているのがわかる。ベックは弟たちを怒らせるのが大嫌いだ。他のことではあり得ないくらい応えてしまうのだ。

「よかったらプールへ行く？」

「僕たちがへまをやらかしても文句は言わない？」

「ええ。神にかけて誓うわ」ベックは胸で十字を切る仕草をしてみせた。二人は顔を見合わせてから、顔を輝かせて彼女に向き直った。

「すごい」とポール。ベックは二人の頭を軽く叩いた。二人とも不満の声をあげたが、そうせずにいられなかった。それから、着替えるために二階に上がった。

リジーはガレマプレイスにあるベンチで待っていた。シルバークッションから数フィート離れている。キャンベラには奇妙な立体芸術作品がたくさんあるが、なぜかベックはこれがお気に入りだ。中身が半分ほど入った巨大なワイン袋が黒い階段の上に寄せかけてあるみたいなのだ。夏には、そのメタリックな銀色の表面に太陽が反射して、見るのがつらいし、触れば絶対に火傷する。ベックはベンチのリジーの隣にドスンと座った。

「どうしてわざわざ移動したの？」ベックは尋ねた。

「エモ・ファッションよ」リジーの答えに、ベックは目を向けた。ひどいアイライナーにべったりした髪で黒と赤の縞のソックスをはいたティーンエージャーが四人、シルバークッションの周りに座っている。

「伝染が心配だわ」リジーが震えながら言った。ベックには彼女が本気なのがわかる。リジーはひどい服装が何より嫌いだ。だから二人は親友としてこんなにうまくいっているのだ。二人はお互いの完璧なアクセサリーのようだ。今日は二人ともサマードレスを着て、茶色のサンダルを履いている。電話をかけ合う必要もない。とにかく苦もなくコーディネートできてしまう。服装についてだけではなく、すべてについてだ。まるで同じ素材で作られてるみたいだ。同じ心を持ってるみたい。

もしメールしていなかったら、ベックは昨夜のことをリジーに話さなかっただろう。ここに座っている二人のイメージは完璧なのだ。延々と続く夏が投げかけてくるすべてを待ち受けている、屈託のないかわいい二人のティーンエージャー。彼女の部屋の影はそのイメージに馴染まない。

「で、何があったの？」リジーが訊いてきた。完璧なイメージはちらちら揺れて消えた。

「歩きながら話さない？」


「弟たちがあなたを怖がらせようとしただけなんじゃない？」ベックが起きたことを簡単に説明すると、リジーが言った。

「いいえ、それはないわ。私をそこまで怖がらせられたとなったら、あの二人は思いっきり大笑いしたはずよ。それに、あれは、ほら、人間とは思えなかった」

「それじゃ、その、ポルターガイストだとか？」

「私は、幽霊かと。妖怪やお化けじゃないけど、あそこにいてはいけない邪悪で不当なものよ」

「ワオッ」リジーは彼女を見もしないで言った。「おっかない」

ベックはリジーが笑って、あなたは頭がおかしいと言うかもしれないと心配していた。でも、彼女はベックと同じくらい心からショックを受けているようだ。

「おっかなかったわ」

「また起きると思う？　今夜は私の家に泊まる方がいいかもよ」

「かもね。オエッ、もう考えるのもいやだわ」

「忘れさせてくれるものがあるわよ」ベックはリジーの目がキラリとするのを見た。

「絶対に誘ってもらえないと思ってたわ！」


エスカレーターの最後の数段を駆け上がる間も冗談を言っていた。デパートの白いファサードが二人の前で輝いている。デパートに入ると、ぴたりと笑うのをやめた。万引きで最も大切なのは、できるだけ地味に大胆になることだ。ベックは始めたばかりの頃にそれを学んだ。ここそこそしたり、大き過ぎる声で笑ったりすれば、警備員に付きまとわれて、その日のチャンスはふいになる。

二番目に大切なのは、裏地のついたものを選ぶこと。ベックはティーンエージャーの売り場のラックを見ていった。母親が知っているようなブランドで値段の高いものを探そうとしていた。スキャンラン&セオドアなら完璧だ。今ではとてもうまくなっていて、目をつぶってもできてしまいそうだ。ワンピースのストラップを輪にして、前にあるハンガーに後ろからかける。こうすると、ハンガーには服が一着しかかかっていないように見える。実際は二着なのに。試着室には六着まで持ち込める。手早くかさばる服を他に五着取った。薄いシルクの布地は他の服の厚手のニットやフリルに隠れてほとんど見えない。試着室の女の子はくたびれた顔でろくに見もせずにハンガーを数え、6と書かれた赤いプラスチックの小さな札を渡すと、ベックを中へ通した。

ベックはシルクの服を頭からかぶって、鏡に映る自分を見た。いずれにしろ盗むつもりでも、それが似合うと気分がいい。これはグリーンがかったブルーで、色白の肌に映えて素敵だ。それに、柔らかなプリーツがいい感じで体に沿って流れている。ルークの前で着る時には、何か口実を見つけなくてはならないだろう。ワンピースを脱ぎ、ハンドバッグから小さな鋏を出すと、プラスチックの盗難防止タグの付いた裏地をタグに沿ってきちんと切った。きれいに取れると、べつのスカートのポケットにそっと入れ、ワンピースは丸めてハンドバッグにしまった。六つのハンガーを持って入り、同じ数のハンガーを持って出る。

「ごめんなさい、どれも似合わないの」ベックは店員に言った。店員は明らかにまるで気にしていなかった。

「何か見つけた?」彼女を待っていたリジーに尋ねた。

「まあね。行きましょ」


デパートのエアコンの中にいたせいで、外の大気がますます暑く感じられた。それに風があって、歩いている二人のむき出しのくるぶしにゴミや枯れ葉を打ちつけてくる。ベックの体からアドレナリンが急に失せて、極度の疲労感に取って代わった。

「何をゲットしたの？」リジーに訊いた。

「マークの服を二着。あとで見せるわ。一着にするつもりだったのだけど、あの女の子は、私がたとえハンガーだけ持って出てきても気づかないと思ったの。あなたは何を？」

「スキャンラン＆セオドアよ。一着だけだけど、三百ドルくらいするわ」

「すごい！」


ベックは汗をかき出した。上唇に塩分がたまるのがわかる。うなじを手で拭くと、脂汗でぬるぬるしている。気持ち悪い。

「〈ガスのカフェ〉に行く？」リジーが訊いた。

〈ガスのカフェ〉の店内はいつも涼しくて暗いし、一日中朝食メニューがある。

「いいわね」


食べ物に少しくらいお金を使っても、家に帰らなくてよいならそれだけの価値はある。

と、足が止まった。お金。どうしてこれまで考えなかったのかしら？　部屋にいたのが何であれ、人間ではないと思い込んでいた。でも、もしそうだったら？　もし、それが最も明白な説明だったら？　泥棒だったら？

「すぐ家に帰った方がいいのかも。急に疲れが出てきちゃった」

リジーが立ち止まって、心底心配そうにベックを見た。

「ホントに大丈夫なの？」彼女が尋ねた。

「ええ」ベックは答えたが、自分でもとてもそうは思えなかった。

リジーは彼女を引き寄せて素早くギュッとハグした。暑くて何であれ長くはできない。

「気が変わって、泊まりに来ることにしたら電話して、いいわね？」

「ええ、ありがとう」ベックは答えた。

ベックはバスに座っていた。パニックがふくらんでいく。バスは誰かを乗せるために数ブロックごとに停車して、ものすごく時間がかかっている。冷房のことなど気にしていないようなものだ。ドアが大きく開くたびに、暑い空気が吹き込んでくる。風に乗ってくるのは、かすかでも何かが燃える強い匂いだ。ベックは鼻にしわを寄せた。『キャンベラ・タイムズ』で、記事を初めて見た時から、ずっと心配していた。四ページに猛火のモノクロ写真があった。普段は新聞など読まないのだが、この記事は読んだ。誰も一大事だと思っていないようだ。さもなければ、今起きている他のいろいろなことに注意が逸らされているのか。記事のすぐ隣には、一面広告があった。『何か見たら、声をあげて』と大きな太文字で書かれている。これならよく知っている。その下の番号に電話すれば、十に一つのチャンスでママと話すことになる。今ではどこでも繰り広げられているらしい新しい対テロキャンペーンだ。新聞だけでなく、広告掲示板でも、テレビでもやっている。さらに悪いことには、ママは仕事から帰ると、隣人をスパイする人の下らない話をくどくどするのだ。ベックには政治のこともその手のこともまったくわからない。それでも人々が、匂いがするほど近い山火事のことより、隣人の新しい車のことを心配するのは奇妙な気がした。

バスを降りる時にも、運転手にありがとうすら言わなかった。そして、家に向かって道路を勢いよく登っていった。半ばまで来ると走り出した。髪が乱れても、メークが汗でぐっしょりになってもおかまいなしだ。焼けるような熱風が顔に吹き付けても、目がヒリヒリしても気にしなかった。お金がまだあることを確認するより大事なことはない。戸口の外階段に着くまで走り続けた。キーを取り出し、ドアを後ろ手にバタンと閉めた。

「ふざけてただけなんだよ！」アンドリューの訴えるような声がキッチンから聞こえた。

「冗談ではすまない」ベックは階段の下でためらった。パパの声は本気で怒っているようだ。

「あまりつらく当たらないで」母親の声は穏やかだ。「まだほんの子供なの。わかっていないのよ」

「君は甘過ぎる」パパが静かに言った。

ベックはそんな言葉を聞きたくなかった。一段置きに階段を駆け上がった。

「ベック？」ママが階下から呼ぶのが聞こえたが無視して、自分の部屋のドアを乱暴に開けると、整理ダンスの上のおしゃべりキャベツ人形をつかんだ。服をぐいとまくって、背中のマジックテープを引き開ける。電池パックを入れる場所だ。が、中には黄色とオレンジ色の五十ドルと二十ドル紙幣が入っている。よかった。昨年一年分の稼ぎなのだ。六千ドル近くが人形のお腹の中にきっちり押し込まれている。ママが階段をゆっくり上るしっかりした足音が聞こえた。ベックは慎重に人形を元の場所に戻すと、ハンドバッグからワンピースを引っぱり出し、体の前に当てて鏡を見た。

「どうかしたの？　何を走り回っているの？」ママが尋ねて、ワンピースを見た。

「これをもう一度着てみたかったの」ベックはほほ笑んだ。「で、何があったの？」

母親が自分の手に目をやった。

「ポールとアンドリューが、どうやら隣の家に忍び込んでいたらしいのよ。マックスは、ベッドの下でささやいている二人を捕まえたって言ってるの」

「ささやいてる？」

「二人はマックスが頭の中で聞いている声のふりをしていたの」母親がため息をつく。「まだ子供だから理解できないのよ。冗談だと思ってるの。彼は頭がおかしいのだから、べつにかまわないじゃないかって」

「でもまあ、マックスの頭はおかしいんでしょ？」ベックは尋ねながら、鏡に映ったワンピースから目を離さなかった。弟たちをもう少し外に出させてやれば、きっとそんなことはしなかったとママに指摘したい。

「いいえ、彼は病気なの。統合失調症なのよ」

ベックには異論もあったが、そんな話はもうしたくなかった。ママの目がワンピースに吸い寄せられている。

「まあ、ベック、すごく高そうなワンピースじゃない」

「スキャンラン&セオドアよ。値段は訊かない方がいいと思うわ」ベックはそう言って、眉を吊り上げた。

母親が腕を組んだ。

「一生懸命働いても、お給料を右から左へ使ってしまうのね。本当に素敵なもののために取っておいてもいいのに」

「これは本当に素敵よ！」ベックは気を悪くしたふりをしたが、内心はまんざらでもなかった。ふりをするのもますます容易になっている。

「それはそうね、あなたのお金ですものね。でも走り回るのはやめてね。熱中症になるわ」ママはそれだけ言うと、部屋を出て、カチリと小さな音をさせて後ろ手にドアを閉めた。

ベックは盗んだワンピースを前にあてがって鏡に映る自分を見ながら、一瞬罪悪感に駆られた。髪は縮れ、顔はてかてかしている。と、その時、鏡に映るキャベツ人形が目に入った。もう勝利感しか感じなかった。

5

二〇一六年

一瞬、家に戻った気がした。私は毛布の中で指を十字に重ね、継母がマタニティピラティスの朝のクラスに行っていて、パパと二人で朝食がとれますようにと祈る。継母が甘やかされたプードルみたいにキャンキャン吠えたり、クーンと鳴いたりするのを聞かなくてすみますようにと。目を開けると、部屋が周りから私に向かって傾いてくるような気がした。古臭いティーンエージャーのポスター、壁に貼られた写真、キャベツ人形はベッドサイドテーブルから迫ってくる。先週のことがどっと甦った。パースからシドニーへと逃げて、昨日の病院に至るまで。私は喉につかえる不安を飲み込もうとした。まったくの別人になるのは難しい作業になるだろう。

頭の中で計算してみた。あの両親のことは完全に騙したが、アンドポリスは慎重に扱わなくてはならない。彼は当初考えたほど間抜けではなさそうだ。でも、彼が見かけどおりレベッカを見捨てたことに罪悪感を感じているなら、まだ私の手の中に入れておける。私を悩ませているのは双子だ。私が夕食に割り込んだ時には、温かくしっかり抱きしめてくれた。でも二人のどちらにもためらいが感じられた。これまで姉役を演じた経験はないので、どうなるのか見当がつかない。二人はどちらも魅力的で、優秀だ。ひとりは弁護士の卵だし、もうひとりは医大生だ。私はすでに、二人を見分けられないという深刻な問題を抱えている。私がもし双子なら、できるだけ違って見えるように頑張るのに、ポールとアンドリューは違うらしい。二人ともきれいにひげを剃っているし、赤毛も短く刈っていて、ぴっちりしたTシャツを着ている。二人には早く帰ってもらうのが一番だ。

自分をベッドから押し出して、レベッカのクロゼットを開けた。麝香のような匂いはもうそれほど強くない。私が慣れてきただけかもしれないけど。彼女の服を、品定めしながらゆっくり見ていった。驚いたことに、上等のブランド物が何着かある。服をどけてみると、奥にピンクのキルトと縫いぐるみがいくつか押し込まれていた。私は笑いそうになった。レベッカはもう子供には見られたくないけど、捨てるのもいやだったということだ。つかの間、彼女のことを行方不明者の掲示板にある写真より、生身の人間として思い描くことができた。

デザイナーズブランドをやめて、ふんわりしたコットンのワンピースを取り出した。ローウェストと淡い色のコットンが純真さをアピールしているみたいなのだ。今日もアンドポリスに会うし、彼が持っている私のイメージをできるだけ補強したい。顔のあざは汚らしい黄色へと薄らいできていて、この先あまり当てにできない。役に相応しい服装をする必要があるのだ。

ワンピースを頭からかぶりながら、ポケットに何か固いものがあるのに気がついた。たたんだ紙切れだ。一番上に、大文字で『悪魔払いの呪文』と書かれている。見出しはゴシック文字で『現代の魔女のための呪術』。ベックが異教のものにはまっていたなんて想像もつかない。部屋はいかにも良家のお嬢さん風だ。でも、その反面、ティーンエージャーというのは隠し事をするのが好きだ。私は紙切れをたたみ直してクロゼットに投げ込み、彼女が隠している他の物と一緒にした。彼女がこれまで何とか隠し通してきたのなら、私も暴露するつもりはない。

私が十六歳の時には、カーテンの合わせ目にマリファナを隠していた。私のヒッピー時代だ。ドレッドヘアに絞り染めのTシャツを着て、駅近くで大道芸をしていた年上のグループと知り合ったのだ。丸一ヵ月間、私は彼らにフリーマントル近くのコミューンに住んでいたと信じ込ませた。誰も服を着ることを許されないコミューンだと。巧妙な嘘の技術を会得する前の話だ。が、なぜか彼らのひとりがパパのことを知った。彼らはパパを〝石油王〟と呼んで、私が笑っても面白がらなかった。ヒッピーはいつだって愛と優しさを口にするが、私はあれほど意地悪で皮肉っぽい人のグループに会ったことはない気がする。ベックのブラインドの合わせ目を絞り上げてみた。何もない。

部屋を出ると、弟たちがぼそぼそ話す声がした。何か聞き取れないかと立ち止まると、話し声は唐突に途切れた。私の足音を聞いたのだろう。一瞬ノックしようかと考えるが、彼らに何を話していいかわからない。

階下では、パパがリビングに座って、テレビを見ていた。もっとも、本当に見ているのかただ眺めているだけなのかはわからない。目がどんよりしているのだ。気味が悪い。私が入っていっても、顔を上げないので、そのままキッチンへと歩いていった。ママがシンクに立って、食器を洗っていた。

「おはよう」私の声に、彼女が飛び上がった。

「ごめんなさい、ベック。考え事をしていたものだから。朝ご飯はいる?」

「ええ、もしよかったら」

「もちろんよ」彼女はシンクの栓を抜き、ゴム手袋をはずした。水が甲高い音を立て、シンクが空になった。

「ありがとう! 手伝いましょうか?」従順な娘を演じるのを忘れずに、私は言う。

「いえ、いいのよ。あなたは座って、ゆっくりしていて。ヴィンスはいつ来るの？」

「よくわからないわ。午前中としか言ってなかったから」

私は彼女が卵とミルクを素早く混ぜてから、フライパンに流し込むのを見守った。その匂いに口の中に唾がたまってくる。本当の飢えを知ってしまった今、果たして食べ物を以前と同じように見られるものだろうか。

「あなたに携帯を用意したわ」彼女がカウンターの真新しいアイフォーンにうなずいた。

「ワオッ！」と私。「ホントにありがとう！」

電源を入れると、胸にあの強烈な感情が生まれた。ピカピカで新しいものを持った時に感じるあの気持ち。私は抑えようとする——その感覚を追求したせいで、多くのトラブルに巻き込まれたことがあるのだ。

「昔の番号になっているわ」と彼女。

「すごいわ。どうしてわかったの？」

「プランに払い続けていたから、それほど大変じゃなかったわ」

私はアイフォーンをテーブルに置く。レベッカはたぶん死んでいる。でも両親は十年以上も彼女のプラン料金を毎月払っていた。そうなると、ここでこの新しい玩具に興奮するのは気まずい。ちょっと悲しい。

「さあ、どうぞ」ママが言って、湯気の立つ卵を私の前に置いた。「心配しないで。コーヒーも忘れていないわ」

　私は彼女を見上げてほほ笑む。これこそ母の愛というものだろう。私のママも私に対してこうだっただろうか。私が大切な人間のように給仕してくれただろうか。それは怪しいと思う。もしそうだったら、彼女にもっとよい印象を持っているだろう。彼女のことを考えても、父がマントルに今も置いている額入りの写真が思い浮かぶだけだ。あれがなければ、私は彼女の顔すらわからないかもしれない。私は卵を口にかっ込む。かすかに塩気があって、もう完璧にクリーミーだ。

「ありがとう、ママ」私は言って、飲み込んだ。

　ママの手からマグが滑り落ちるのは見ていなかった。ただ、床に落ちて割れる音が聞こえた。

「くそっ、大丈夫？」下品な言葉をすぐに後悔するが、母親は気づかないようだ。彼女はタイルに手と膝をついて、湯気の立つブラックコーヒーを必死で拭いている。彼女の周りにはマグの破片が散らばっている。私は手伝おうと立ち上がる。

「ごめんなさい！」彼女がささやくように言って、私を見上げた。

「いいのよ。手伝うわ」

「まあ、いいのよ、そんなことしないで。私のミスなの。本当に馬鹿ね」

私はビニール袋をつかんで、磁器の欠片を拾うために、彼女の隣に膝をつく。

「本当にごめんなさい、ベック」彼女が押し殺した声で言った。

「大丈夫よ。大したことじゃないでしょ？」

「彼らには言わないでね？」

そして、怯えた子供のように私を見上げた。彼女が使っているぼろ布にはコーヒーの濃い茶色だけでなく、赤いシミがある。

「切ったの？」私は彼女の手をつかんだ。親指と人差し指の間の皮膚が開いている。

「大丈夫よ。不器用なことの罰よ」

「私がするわ。手を洗って、絆創膏《ばんそうこう》か何か貼ってちょうだい」

「ああ、ベッキー。あなたは昔からかわいい女の子だったわ。前にもっとあなたに気を配ってあげるべきだった。本当にごめんなさい」

私は初めて彼女に心から同情する。この人はベックに起きたことで自分を責めている。

「いいのよ、ママ。早く手当てをして」傷口から流れる血に、私はいくらか気分が悪くなっていた。彼女が立ち上がって、手を洗った。私はコーヒーを拭き終わり、磁器の欠片をゴミ箱に捨てた。

「ほら、すっかりきれいになったわ！」私は元気づけるような声を出そうとするが、励まし役には慣れていない。

「あなたがどんなに大切な存在か、ちゃんと示すべきだったわ」と彼女。遠くを見るような目をしている。私は自分のパパのことを思う。私にそういう言葉を絶対に言ってくれない人。私のことを大切だとは思っていなかった。邪魔だっただけだ。

「いいのよ」私は彼女を慰めようとする。「私は戻ってきたのだし、いい娘になるわ」

「あなたがあなた自身でいてくれるだけで十分よ」

彼女が私の手をギュッと握りしめた。彼女は本心から言っている。彼女に愛してもらうために、私が役を演じる必要はない。もう愛してくれているのだから。

「あなたにはどうしてもここにいてほしいの。また私を置いていかないわよね？」彼女がシンクを覗き込みながら静かに言った。とても疲れて打ちひしがれているように見える。

「ええ」私は答える。

彼女が顔を上げて私を見た。ちゃんと私を見ている感じだ。その目は希望と愛と不安にあふれている。圧倒されそうだ。

「約束してくれる？」と彼女。

「ええ」私は答える。本気だ。いつ決心したのかはよくわからない。でも、以前の私に戻る気がないのは確かだ。私はこの新しい生活のために頑張った。その対価を自分の体を傷つけて払ったのだ。今回は間違いなく、私は本気でやっている。

アンドポリスの青い車に向かって歩いていくと、彼はシャツのカラーの下に何かをたくし込んでいた。私がドアを開けると、ほほ笑みかけてきた。私は隣でシートベルトを留めた。

「おはよう！」私の声は快活さと温かみにあふれている。

「おはよう。今日の気分はどうだい？」

「とってもいいわ。自分のベッドに戻るって本当に素晴らしいわ」

「それはよかった」

車内は温かい食べ物の匂いがする。ここまで運転しながら、朝食をとったのに違いない。

「で、どこへ行くの？」と私。

「遠回りして署に行こうかと思う」彼がエンジンをかけ、車をバックさせた。「何かが君の目に留まるかもしれない」

彼がリア・ウィンドウを見ようと体を回すと、シャツが胸でピンと張った。首にかけたチェーンの先に十字架の輪郭が見える。私は窓から外を見て、笑みを隠した。カトリックだわ。罪悪感と自責の念はそのせいだ。それならもう楽勝だわ。

「つらいのはわかるが、さらわれた夜のことを思い出してみてほしい」彼がドアのリモコンを使って自分の側と私の側の窓を開ける。「音や匂いに引っかかるものがないかどうか確かめてみよう」

しばらく二人とも黙って座っていた。キャンベラが飛ぶように過ぎていく。パースとはずいぶん違う。車は周辺部を縫っていく。低木の茂みがあちこちにあって、殺風景な建築物と対照的だ。

家々は手入れが行き届いていて新しい。ペンキを塗られたばかりの柵があり、芝生もきれいに刈り込まれている。私が見慣れている古いテラスハウスやコテッジは一軒もない。どれもこの五十年の間に建てられたもののようだ。市街地に近づくにつれて、道路は広く堂々としたものになっていく。至る所に循環式噴水や重要な大型ビルがある。すべてが申し分なく清潔で均整が取れている。大都市の汚らしさはみじんもない。それどころかすべてが無菌化されているように見える。

車は警察署の裏の駐車場に入った。

「今日は私たちだけ？」私は尋ねる。愛想のないマリクに嗅ぎ回られるのだけは遠慮したい。ここでの言い間違いは破滅的な結果を招いてしまう。

「うちのカウンセラーが本気で君と話をしたいと言ってるよ」

こっちはそうは思わないわ。

「私はあなたとしか話したくない」

「心配するな。今日はゆっくり進めよう。でも、君さえよければ、彼女は間違いなく君の助けになると思うよ」

この男は本物の馬鹿かもしれない。

彼がまた私の背中に手を当てて、昨日と同じ部屋に導き入れた。ソファと子供の玩具はまだあるが、今日は古いビデオデッキを接続したテレビもある。彼はそれについて何も言わずに、私の向かいのソファに座った。

「昨夜はどうだった？」彼が訊いてきた。

「夢のようだったわ」声が感傷で甘ったるくなるようにする。

「想像もつかないな」

彼が私を見る目が少しおかしい。ほほ笑みが消えると、残ったのは張りつめた真剣さだ。彼が罪悪感を感じているのは知っているが、それだけには見えない。取り憑かれたような目だ。彼はレベッカの写真を自宅に貼り付けているのかしらと一瞬思う。そうだとしても、私は驚かない。

「あれは何のため？」私はテレビを身ぶりで示す。正直言って、とにかく私を見つめるのをやめてほしい。ぞっとするのだ。

「君の記憶を呼び起こす装置だよ」彼は答えてから、身構えるように片手を上げる。

「誘拐についてのではない。それはまだだ。その前についてだ」

前？　なぜレベッカが行方不明になる前にあったことを知る必要があるのかしら？

関連があるとは思えない。でも、それで時間をつぶせるなら大賛成だ。

アンドポリスはソファの肘掛けからリモコンを取り、しばしそのまま両手に持っている。

「いくらか君を動揺させるかもしれないのはわかってる。でも、私は重要だと考えている。いいかな？」

「いいわ」願わくはただのホームビデオでありますように。彼女のことをもっと知ることができるかもしれない。私のこと、いいえ、私のことを、だわね。

彼がプレイボタンを押した。画面に黒い筋がチカチカしてから、急に灰色の部屋がはっきりと映る。ティーンエージャーの女の子がカメラの前のテーブルについて、両手で顔を覆っている。

「エリザベス・グラント、五回目聴取、二〇〇五年一月三十日、午後九時四十七分」

カメラの背後で声が言う。少女の前には男が座っている。頭の後ろしか見えないが、
アンドポリスだと気がついてハッとする。

「もう全部話したわ」少女の声が詰まる。「どうしてまだ話し続けなきゃならないのかわからない」

取調室だが、私がシドニーで入れられた部屋と似ている。

「我々は一部始終、すべてを知りたい。たとえ関連がなさそうに見えても」

少女が顔を上げる。顔はぐしゃぐしゃだ。目の下にはメークが黒くにじんでいるし、顔全体がしみだらけで赤い。鼻水も流れている。それでも、私は彼女を見分ける。レベッカの親友のリジーだ。

「わかったわ」

私は彼女がかわいそうになる。まだあんなに若いのに、あそこまで疲れ果ててぼろぼろになってるなんて。

「最後の数週間については聞いた。でも、私は他にも何か目立ったことを覚えているんじゃないかと考えている。学校の話や家のことでどこかおかしいと思ったことだ」

「いいえ」と彼女。「ないわ」

彼女は何か隠している。私にはわかるけど、アンドポリスにはわかるかしら。彼はしばらく彼女を見つめたまま、静寂の中で身悶えさせている。

「君の友だちは行方不明になっている」彼がやがて口を開く。その声は今と違って冷たい。「私たちがこんなゲームをしている今も、どんな暴力を受けているか知れないんだぞ」

「ゲームなんてしてないわ！」リジーが泣き叫んだ。

私はアンドポリスに目を向ける。あの態度はどう見ても手厳しい。彼があんなに容赦ないなんて、全然彼らしくない。でも、彼は動じることなく画面を見続けている。

「それじゃもっとよく考えろ」画面の中の彼が続ける。「レベッカが違って見えた時のことを。何か普通ではないと思われた時のことを」

リジーがいくつか深呼吸する。私は身を乗り出して、彼女を観察する。

「あるわ。役に立つとは思えないけど、もし知りたいのなら……」彼女が彼を見上げる。明らかに怯えているが、彼が返事をしないので続ける。「すごく前の話よ。去年の夏、私は叔母のところへ泊まりに行ったの。で、帰ってきた時、ベックは違って見えた」

「どう違ってた？」

「どうかしら。説明は難しいわ」リジーの言葉がつっかえ始める。「彼女はちょっと……すごくかすかなことなの。たぶん何の意味もないわ。他の人は誰も気づきもしなかったでしょうね。どっちにしろ誰も何も言わなかったわ。けど、私たちは親友同士。姉妹みたいなの」

リジーがごくりと唾を飲み込んだ。あごが震えている。

「もう泣くのは勘弁してくれよ、頼むから」アンドポリスが言う。

なんてこと言うのよ。私はソファをずれて、彼からいくらか離れる。画面では、リジーが震える手をテーブルについて落ち着こうとしている。

「ごめんなさい」彼女はささやくように言って、もう一度ごくりと唾を飲み込む。

「彼女のどんなところが変わったんだ？　詳細に知りたい」とアンドポリス。

「説明するのは難しいの。彼女はびくびくしてた。すぐ怯えるようになって。ホントにちょっとしたことも怖がるの。それに、ほら、変わったの。彼女はいつだってまっすぐに立ってた。できるだけ背が高く見えるように。けど、私が帰ってきた時には、違って見えた。服がヘンなふうに体にからみついてて、理由がわかるまでずいぶん時間がかかったわ。彼女が猫背みたいになってるのに気がついたのよ。自分の身を守ってるとか、そんな感じで」

「成長痛か？」アンドポリスが尋ねる。

「知らないわよ！」彼女が答える。私はその口調の辛辣さに驚く。リジーはただの怯えた女の子ではないのかもしれない。「他にもあったわ。以前のように私を信じなくなったの。それに、ジャックの話では、私が留守の間に家に来たんですって。私がいないのがわかってるのに、どうして来るわけ？　ヘンよ」

「彼女には訊いたのか？」

「いいえ」

私は身を乗り出して、リジーを観察する。他にも何かあるのか、アンドポリスに話していないものがあるのか見極めようとする。でも、近づけば近づくほど、彼女の顔は小さな色の塊へと分解されていった。

アンドポリスがビデオを止める。

「それでだが、何があった？」彼が私をまともに見る。「行方不明になる前の夏に何があった？ 二〇〇四年の夏だ」

そこまで考えてなかったわ。

「どうかしら。何もなかったわ。彼女の想像にすぎないと思う。私が大人になっていったたけよ」

「彼女の想像か、それとも君が大人になっていったのか。どっちだ？」

私は厳しく尋問されているような気がする。彼は私が大人の女性で、リジーのような怯えたティーンエージャーではないことを忘れてるみたいだ。

「たぶん両方ね。ずいぶん昔の話よ」早いところ話題を変えなくては。彼は口外している以上のことを知ってるのかもしれない。

「リジーはすごく悲しそうだわ」と私。「かわいそうに。画面に手を入れて、ハグしてあげたかった」

「時間は戻せないんだよ、ベック」彼の声には深い苦悩がにじみ、目にはあの取り憑かれたような表情がまだ浮かんでいる。

これはまずい。私には彼が読めない。口元をひん曲げて笑う優しい男とは別人のようだ。マリクを選ぶべきだったのかもしれない。

「今こそその時だ。私は今ここで知る必要がある」彼はまだ私から目を離さない。

「えっ？　何を？」

「君が誰かをかばっているのかどうかを」

これには心底びっくりする。彼にもそれが伝わるといいけど。

「そんなことしてないわ。もちろんしてないわよ！　私にこんなことをした人を、私がどうしてかばうと言うの？」私の声は甲高く、震えている。私は裏切られたという顔で彼を見る。

彼はそれに引っかかった。

「悪かった、ベック。君を困らせるつもりはなかった」彼は私を慰めるために腕を差し出したが、考え直してやめた。彼は謝った。でも、それではすまない。力関係が変わった気がするのだ。彼はあまりに早く支配権を取り戻し、私には手が届かない。

その後、車で家に送ってもらう間、私は二人の間に静寂を広げる。人は不確実さを嫌う。誰かにすごく親切にしてから、理由もなく急に冷たくすると、相手がひどく苛立つことを、私は知っている。

「大丈夫か？」彼がとうとう尋ねた。

私は答えない。彼が車を路肩に寄せる。

「どうした、ベック？　署で私が言ったことをまだ怒っているのか？」

私は首を振る。

「それじゃどうした？」

私は膝に目を落としたまま十数える。

「いつまで続くの？」

「酔ったのか？」私が車での移動のことを言ったと思っている。

「いいえ。私はただ、思い出したくないことを思い出そうとするのにうんざりしてるの」

「犯人を捕まえたくないのか？」彼は心底ショックを受けているようだ。

「私は家に帰って、家族と楽しく過ごしたいだけなの」これはちょっと喧嘩腰になり過ぎた。私は涙が出るまで頬の内側を噛む。

「どうして私を幸せなままにしておいてくれないの？」私は彼を何かのモンスターだとでもいうように見上げる。

「私は君のためにやっているんだぞ、ベック！　私は君をさらったやつを見つけて、罰してやりたい」

「私の気持ちはどうでもいいの？」

「もちろん、そんなことはない」彼が静かに答えるが、私たちは二人ともそうだというこくらいわかっている。

私は黙っている。少しすると、彼が再びエンジンをかけた。まったく。私は彼とこのゲームを続けることにいや気がさしている。私はリラックスして、新生活に満足したいだけなのだ。彼にいくらか譲歩させる方法があるはずだ。でも、絶えず演技していてはとても考えられない。いくらかでもひとりになる時間が必要だ。

私はスマホを見て、操作方法がわからないかのようにアイコンを押す。

「やった！」黙って数分間動かしてから、静かに声をあげる。

「どうした？」

「ようやくメールの開け方がわかったの！　どうしてこんなに複雑になっちゃったのかわからないわ」

彼は何も言わない。アイフォーンの使い方がわからない若者ほど悲しいものは見たことがないとでもいうようだ。

「ヤラルムラ地区の商店街で降ろしてもらえるかしら？」彼の防御がまた下がったので、私は言う。「パパに買い物を頼まれてるの」

彼の目が、異議を唱えようとするのか、チラリと私に向けられる。が、彼は自分を抑える。よし。私の手は煙草がほしくてウズウズしている。そして私自身は、誰がボスかをもう一度はっきりさせたい。彼は地元の店の外にある駐車場に入ると、ヴァンの隣に車を停めて、私に向き直った。

「君がすべてを終わらせたいという気持ちはわかる」車をアイドリングさせたまま、彼が言う。「でも、責めを負うべき人間を捕らえるまで、真の終わりはないんだ」

捕らえられるわけないわ。犯人はとっくにいなくなってるわよ。

「明日は、行方不明になった日の君の足取りをたどろうと思う。君は仕事場を出て、バスに乗り、バス停から家まで歩く。何か思い出すことがあるはずだ。試してもらいたい、いいな？　私のためだと思って」

「いいわ」私は彼を見上げる。目を見開き、唇をわずかに開ける。「あなたのために」

私は彼の目が白いコットンのスカートとむき出しの脚に留まるのに気がつく。彼はすぐに目を逸らす。彼は不純な思いが頭に浮かぶたびに、何度聖母マリアへ祈りを捧げただろう、と私は思う。

「じゃあ、明日」私は車から飛び降りて、後ろ手にドアをバタンと閉めた。

私は家に向かって歩きながら、立て続けに煙草を吸った。次にいつ吸えるかわかったものではないのだから。ゆっくり吸い込むと、全身の筋肉がほぐれる気がする。日は差しているが、風があって寒い。脚の後ろに鳥肌が立ってもかまわない。数分でも監視されずに過ごせるのはうれしい。新しいスマホを見つめて、小さな青い矢印にベックの家まで案内させる。

後ろでゆっくりタイヤが動く音がして、私は肩越しに振り返った。黒のヴァンだ。制限速度よりずっと遅い。店の駐車場にアンドポリスが車を停めた時、隣には黒のヴァンがあった。それじゃあれが私を尾けてきたの？　まさか。アンドポリスに怖がらされたせいだわ。私はレベッカの家の通りへと曲がる。ヴァンはそのまま通り過ぎた。私は自分の妄想を笑って、思い切り煙草を吸い込む。ブレスミントも買うべきだったかもしれない。大切なかわいいレベッカはたぶん喫煙家ではなかっただろう。

スマホが鳴った。本当にメールをもらうなんて。ママが帰宅時間を訊いてきたのだと思いながら開く。でも、違う。

出ていけ。それだけだ。

タイヤの軋む音がして、不意にヴァンが戻ってくると、また後ろから同じ通りを走ってきた。鼓動が激しくなる。絶対に私を尾けているのだ。私は煙草を捨てて走り出す。ヴァンが加速する。私は全速力で走って、私道を駆け上り、玄関を入る。息を切らしてドアをバタンと閉め、背中を預ける。

「あなたなの？」母親がキッチンから呼びかけてきた。

「そうよ！」私も大声で答える。

一瞬、メールとヴァンのことを話そうかと思う。でも、彼女はもちろん、すぐさまアンドポリスに知らせるだろう。それは困る。彼が事件を追い続ける根拠をこれ以上与えたくない。まだら模様のドアガラス越しに覗くと、通りには何もいない。

私はキッチンに背中を向け、母親に見えないようにして、メールの発信番号に電話をかける。

「おかけになった番号は電源が入っていないか、使われていません。番号を確認して、おかけ直しください」と女性の声が告げる。私はスマホをするりとポケットに戻し、リビングへ入っていく。

アンドリューとポールがパパと一緒に座っていた。パパは例によって中空を見つめている。テレビではニュースをやっているが、またしても誰も見ていないようだ。

「どうだった？」ママがリビングに入ってくる。またゴム手袋をしている。

「ヴィンスのこめかみの血管はまだ切れてないか？」とアンドリュー。

「無事よ」私は答えて、空いた椅子に座る。猫のヘクターが膝に飛び乗ってくる。丸くなった彼の耳の後ろを撫でてやる。鼓動はゆっくりになってきたが、まだじっとしていられない気分だ。手で何かができるのはうれしい。

「何か思い出せたか？」ポールが尋ねる。

「全然」と私。

私たちはニュースに目を向ける。首相の記者会見だ。背後からあからさまにライトを浴びて、大きなピンクの耳が誇張されている。画面は、軍服を着て大きな銃を持つ男たちに先導されて小さなボートから降りる子供と母親のグループに切り替わる。

「あれは誰？」私はチャンスと見て尋ねる。

「誰って？」

「彼よ」首相が画面に戻ると、私は言う。

「マルコム・ターンブルが誰か知らないのか？」双子のひとり――たぶんアンドリュー――が応じる。

私はまごついたふりをしてうつむく。

「首相だよ」パパが言った。

彼は画面を見つめたままだ。ポールとアンドリューは私を見ている。でも二人の表情はおかしい。私が求めているのは同情なのに、驚いて混乱した表情をしているのだ。弟たちに話し続けさせることが必要なのだと気がつく。人はたいてい信頼するように仕向けてくれた相手を、もっと好きになるものだ。

「私を最後に見た時のことを覚えてる？　過去を思い出して組み立てる役に立つかもしれないんだけど」

「覚えてないのか？」

「あんまりね。何もかもが少しぼやけちゃってて」私はすでにべつのことを尋ねればよかったと思う。過去は危険な領域だ。

「そうだな」ひとり、たぶんアンドリューが言う。「言わせてもらえば……ちょっと意地悪だった！」

三人揃って笑い出し、緊張がほぐれる。私は頭の中で自分の背中をポンと叩く。

「そんなことないわよ！」と私は応じる。それがこの場に相応しい対応だという気がするから。

「そういうところあったよ、ベッキー。プールに連れてってくれると言ったんだよ、覚えてる？　けど、僕のリュックにポルノ雑誌が入ってるのを見つけて、ヒスを起こしたんだ」とポール。

「で、それが最後だった」とアンドリュー。「おかげで僕たちはセックスコンプレックスになっちゃった！」

私たちはまた笑う。もっとも、ひとりの方が、まず間違いなくポールだと思うが、私を注意深く観察しているのに私は気づいている。私が何か言うだろうと思っているみたいだ。ドアにノックがあって、私は心臓が飛び出るほど驚く。ママがドアまで行って開けるのが聞こえた。

「あなたによ、ベック」彼女がほぼすぐに大声で呼んだ。

私は男性だろうと思いながら歩いていく。男の後ろには黒いヴァンが私を連れ去ろうと待っているのだ。でも、これだけの人がいるのだから連れ去るのは無理だ。でも、外階段に立っている女性は成功したビジネスウーマンのようで、濃いグリーンのブレザーとお揃いのスカート、それに光沢のある薄いストッキングをはいている。ブロンドを後ろで結っている。彼女が幽霊でも見るように私を見つめた。口をぽかんと開け、目を見開いている。

「ベック？」彼女が言う。私に飛びかかるように近づいて、ギュッと抱きしめる直前、私はビデオで見た彼女を見分ける。

彼女が私から離れた。泣き顔に鼻水が流れている。

「リジー」

6

ベック、二〇〇五年一月十二日

その朝、ベックは早番だった。でも、それは重要なことではない。眠れなかったのだから。椅子はノブの下にしっかり押し込まれていた。でも、心の奥では、もしあれが本当に超常的なものなら、たぶん大した効果がないのはわかっている。その上、部屋は暑くて息苦しかった。エアコンをかけていても、熱気が家の煉瓦やガラスを通り抜けて入ってくるのが感じられた。今日は四十三度になるだろう。

ベックはじっと横になったまま、ママとパパが階下で動き回る音に耳を澄ませた。母親がシリアルのボウルをゆすぐカチンという音。食洗機を引き開けた時のビーッという音。パパの声は低くてはっきりしない。一方、ママの声はまったく聞こえなかった。玄関のドアが閉まり、外で車のエンジンがかかるのを待ってから起き上がった。

汗にまみれたシーツから出て、まっすぐ階下に水を飲みに行った。

ママは自分がいた気配を部屋からきれいに拭い去るところがある。キッチンは、いつものことながら、セットのようだ。家族が住んで、呼吸して、食事をする場所ではない。シンクすら水滴一つ残さずきれいに乾いている。ベックはほほ笑みを漏らした。双子が起きてくれば、それも一変するのだ。キッチンテーブルを通り過ぎながら、温まった天板に手を滑らせた。昨夜の夕食の際に、ママに幽霊のことを話そうかと思った。でも、例によって、ママは弟たちに集中していて、ベックには目もくれなかった。時々、ママは自分には娘もいることを忘れているかのように見える。正直に言えば、いずれにしろママが彼女の言うことを信じてくれるわけがないのはわかっていた。ベックが嘘をついているか、頭がおかしくなったと思うだけだ。

バンと大きな音がした。ベックは考えるより早く床に伏せ、キッチンのタイルに頬を押しつけた。やがてもう一度音がした。銃声ではない。実際、まるでそういう音ではなかった。ベックは起き上がって、キッチンの薄いカーテン越しに覗いた。隣人のマックスが、柵のぐらぐらになった杭を打ち込んでいる。ベックは息をついた。もちろん、銃のはずはない。そんなのは馬鹿げている。それでも、ショットガンの流線形の輝きが、考えまいと思うより先に頭に浮かんだ。数ヵ月前、ママの新しい黒のレザーヒールを試してみるつもりで、両親のクロゼットに入ったのだ。自分にも履けるかどうか見てみたかった。ショットガンはハンガーの後ろの奥にきっちり押し込んであった。新品のようだった。黒檀の銃床には傷一つなく、長い銃身はきらめいていた。これまで銃を見たことはなかった。前回ここを見た時には絶対になかった。手を伸ばして触れると、鋼鉄が指先に冷たく滑らかに感じられた。

グラスに蛇口から水を入れると、ごくりと飲んで、危うく吐き出しそうになった。冷水用の蛇口からの水がすごく熱くて、喉を焼かれたのだ。蛇口の下に手をやって、水が冷たくなるのを待ってもだめだ。外の水道管が朝日のせいで温まったに違いない。ベックはグラスをきっぱりと何もないテーブルの真ん中に置くと、仕事に出かける支度をするために二階に上がった。

バス停に向かって歩いていくと、うなじに今ではお馴染みのむずむずする感じがした。肩の筋肉に力を込め、その感じを振り払おうとした。私の想像よ。そうに決まってる。と、その時、目の端で何かが動いた。くるりと振り向くと、ただの子供が彼女を見つめていた。十歳くらいで、木にポスターを貼っていたのだ。フットボールの絵の付いたちっちゃな半ズボンをはいていて、太陽が脚の白い産毛をキラキラさせている。

「彼を見なかった?」子供が訊いた。

ベックは少年が持っている紙を見た。白いマルチーズを探すポスターだ。少年はそれをすべての木に貼っていたのだ。少年が期待をこめてベックを見た。目が炎症を起こしていて赤い。

「ええ――ごめんなさい」

少年はがっかりした顔を見せる前に背中を向けた。かわいそうに。

「私も探してみるわ！」ベックは大声で言った。少年は肩越しに悲しそうにほほ笑んで、次の木にポスターを貼るためにテープを切り取り始めた。

ベックは、両親が猫のモリーのために同じような張り紙をしたことを思い出した。でも、ほんの一週間で思いがけないものを家に連れてきた。黒白の小さな子猫、ヘクターだ。両親がモリーを、そんなふうに取り替えがきくと考えたことが悲しかった。それは、両親がベックにはその違いもわからないと考えたようなものだった。馬鹿みたい、バス停に座って考えた。誰も完全に消えることなどできない。どこかに必ず存在しているのだ。

ベックはガラス越しに、ルークがフライヤーに油を満たすのを見守った。ぼんやりした目をして、物思いにふけっている。ベックは彼が具体的に何を考えているのか絶対にわからないというのが好きだ。でも、彼の目は彼女を見た時に変わる。それが一番好きだ。いつも優しい目になって、目尻にしわが寄るのだ。私をどう見ているのかしらと思う。きっと起きた時から、今みたいに肌も髪も完璧だと思っている。若くて、かわいくて、人生なんて楽なものだと考えていると。私のことを悪く思ったことはあるかしら。思慮がなくて、世間知らずだと思ったことは？

ドアをノックすると、彼が顔を上げた。とろけるような心地よいさざ波がベックの心を駆け抜けた。「入れて！」大声で言った。「ここで焼けちゃいそうなの！」

「魔法の言葉は？」彼がこちらに歩いてきて言った。

「能無しかしら？」ベックは言い返した。

彼が声をあげて笑って、ドアを解錠するためにしゃがんだ。足下にしゃがんでいる彼を見下ろすと、体に奇妙な快いショックが走った。間にガラスがなかったら、手を伸ばして彼の頭を自分に引き寄せたかもしれない。彼が立ち上がって、ドアを引き開けた。ベックは顔がぽっと紅潮した気がしてどぎまぎした。

「一度くらい定時に来いよ」彼が言った。

「あなたのためならね」ベックは答えて、さっさと彼を通り過ぎた。真っ赤な頬に気づかれませんように。奥にバッグを置き、紅潮が消えたと確信できるまで待ってから、フロントカウンターに戻った。

「今日は忙しいと思う？」ベックはコークのマシンにノズルを留めながら彼に尋ね

た。

「まあ、個人的には、気温四十度の日に揚げ物を食べるほどむかつくことなんて想像もできないな」

店を開けると、客の小さなグループが待っていた。マティがキッチンにエプロンを結びながら駆け込んできた。

「ごめん、メイト」彼がルークに言った。

「俺が気にしないくらい知ってるだろ」ルークが答えた。

「ホットケーキ」中年の男が大声で言った。「メープルシロップを添えて」

「わかりました。三ドル七十五セントになります」ベックはほほ笑もうとしたが、うまくいかなかった。

客の第一陣に注文の品を出すと、店はまた静かになった。客はみなべつべつに席につき、食べ物を口にかっ込んでいる。

「どうしていつもメープルシロップ添えって注文するのかしら?」ベックはそっとルークに言った。「毎朝来てるのよ。それも込みで販売してることを知ってるのに」

「紳士気取りだからさ」ルークは声も落とさなかった。「俺たちはこの地域に住んでるだろ。人はたとえ〈マクドナルド〉なんかで食事してても、金持ちのふりがしたいのさ」

ベックはこれまでそんなふうに考えたことはなかった。母親がフライを投げつけてきた子供を小声で叱るのを見守った。母親は見られていないかと辺りを見回している。でも、カウンターの方は見ない。私が見ててもたぶん気にしないんだわ。ベックは気づいた。〈マクドナルド〉の従業員なんて、見られて困る相手とは考えていないのだ。ルークの言うとおりだ。この人たちは自分のことを、私よりも、私の働いているお店よりも上流だと考えている。自分からここに来てるというのに。そう思うと、成功したいという強い願いが生まれた。驚くほどすごいことをして、彼らみんなに思い知らせてやるのだ。どんなことかはまだわからない。学校ではどの科目でもそこそこよい成績を取っている。でも、何か特に優れたものがあるわけではない。リジーとは時々、ファッションの会社をやろうかと話していた。ほんの冗談から生まれたのだが、それでもよく〈ガスのカフェ〉に座って、道行く人を注意深く観察し、もしできるならその人の服装をどう変えるかを議論している。あの体つきにはどんな服装が似合い、あの顔色にはどんな色が似合うかを決めるのだ。意地悪で始めたようなものだったが、今は二人とも本気で取り組んでいる。

ルークとマティがレンジのそばで、彼女には理解できない下品な冗談を言いながらふざけている。是が非でも会話に加わりたいけれど、うるさい妹みたいな真似はしたくない。彼らはここでずっと働きながら、どうして幸せでいられるのかしらと思う。

ルークは二十歳だし、マティは少なくとも二十七歳になっているはず。マティからは一度、大学で文芸を学んだと聞いた。いくつか書いた短編は雑誌に載ったし、小説もそれを聞いて、ことがあるそうだ。でも、あとが続かなかったので、書くのをやめたと。それを聞いて、ベックは悲しくなった。そんなふうに自分の夢をあっさり諦めるなんて。でも、ルークの場合はもっと悪い。彼は間違いなく頭がいいのに、大学にも行っていない。時々、ベックには彼が人生から下りているように感じられる。でも、二人がついにカップルになったら、彼を助けて、彼が少し努力するだけで人生は素晴らしいものになることを教えてあげられると確信していた。

「いつも気になってるんだが、何をそんなに真剣に考えてるんだ?」ルークが言った。彼はベックを見ている。赤面しちゃだめ、赤面しちゃだめ。ベックは思った。

「あなたのお尻」とゆっくり答える。「あなたのお尻のことが頭から離れないの」

「よく言うぜ」と彼。

マティがキッチンで大笑いした。でも、ルークがチップスを油から引き上げるために素早く顔を背ける前に、ベックは彼の頰が赤く染まり出すのを見たのだった。

一日はだらだらと過ぎていき、ますます暑くなった。マティはバーガーの上に汗を垂らし、ベックとルークの話に時々口を挟んできた。ベックはマティのことは好きでも、ここにいないでくれればいいのにとも思った。自分の言葉に気をつけなくてはならないし、あまり気のある素振りをしてもいけない。気持ちをはっきり見せるのはいけない気がするからだ。それでも、ルークと一緒に働くと、気持ちはいつだって高ぶる。二人は彼女が大人だというように話してくれる。彼らと同じように頭が切れて、二人がなんの話をしているのかもわからない頭の悪い子供ではないみたいに。もっともベックは時々そんな子供のように感じることもあるのだが。でも、それくらいかまわない。彼らが対等に見てくれているのがわかるだけで十分だ。彼らの話について頭にメモを取ることもある。家に帰ったら、インターネットで調べるのだ。

ベックはテーブルの下にリュックがあるのに気がついた。黒い特徴のないリュックで、パンパンにふくれている。無視することにした。きっと誰かが忘れていっただけだ。その代わりに、ルークと〝ひどいタトゥ探し〟ゲームをした。とにかく暑いので、普段は肌を露出しない人も突如として肌を見せるしかなくなったのだ。で、こちらは突然腕にしわの寄った有刺鉄線や足首の色あせたイルカなど、すべてを見ることになった。三十分後、リュックはまだ同じ場所にあった。ベックはそれが爆発した時の衝撃を想像した。黒くずたずたになった混乱の中に散らばる自分たちの体の断片を想像した。

ベックはリュックをルークに指差した。が、彼が取りに行った時には止めた。

「何が問題なんだ？」彼が尋ねた。

「わからないわ。馬鹿みたいに聞こえるのはいやだけど、あそこにぽつんと置かれてると思うと怖いの」

「『何か見たら、声をあげて』！」マティがキッチンから大声で言った。テレビCMを彼なりに精一杯真似ている。

「いいえ、そうじゃないの。ただ……」声が小さくなった。すぐに少し馬鹿げてると思い始めたのだ。テレビの報道を見過ぎたのかもしれない。テロ攻撃があった時には学校でも一日中見ていたのだ。

　マティが額を拭きながら、キッチンから出てきた。妙な目で彼女を見ている。彼の大きな体が突然、また堂々として見えた。

「何だよ、馬鹿はよせ。あんな広告はただの人種差別だ」彼が言った。

「どういうこと？」ベックは尋ねた。「起こりうるわ。実際起こったじゃない！」

　マティが深呼吸をして、両手をフロントカウンターにもたせかけた。怒っているように見える。

「俺たちはアボリジニーに異種繁殖をさせようとしている。俺たちは避難所を探している人たちをあのヴィラウッド強制収容所に送り込む。そして、やっと生き抜いた人たちのことは、あの人種差別の宣伝活動でバッシングする。まるで白豪主義の復活だ」

ベックはまさしく頭の悪い子供になった気がした。彼の話がちゃんと理解できないのだ。

「もし最後の審判の日を信じるなら」彼が続けた。「俺たちはみんな死ぬことになる。皆殺しにされ、大海に飲み込まれる。俺たちのやってることは汚らわしいし、ますます悪くなる一方だ」

「あるいは巨大なクジラに食われるとか?」ルークが言った。

「白鯨ね!」ベックが叫んで、二人は一緒に笑い出した。

マティは何も言わずに、キッチンへ戻った。ベックはまた、彼がいなければいいのにと思った。彼が少し怖い。誰彼かまわず人種差別主義者と呼び、皆殺しにされると言う。彼はほとんどその中にベックも含めているように聞こえるのだ。彼がこうした暴言を吐いたのを、前にも見たことがあった。ジョン・ハワードを偽善者とか同性愛者嫌いとか言いたい放題に呼んだ。両親も首相のことはあまり好きではないし、好きな人などいないように見える。でも、マティはひどく過激だ。

その時、男が店に入ってきた。汗だくで日焼けしている。彼は聞こえるほどの安堵の吐息をついて、リュックを肩に担ぎ上げた。ルークがしかめっ面をして見せ、ベックはまた馬鹿みたいな気がした。仕事場で気詰まりになるのは嫌いだ。ベックはマティの側まで行って、彼の肩に頭をもたせかけた。

「ごめんなさい。ああした広告にはついオタオタしてしまうの。馬鹿だったわ」

マティは太い片腕を彼女に回して、胸に頬を押し当てさせた。

「謝るなよ、ベッキー。こっちが困るじゃないか！　君がすごく賢いから、つい子供だってことを忘れてしまうことがあるんだ」

ベックにはそれが褒め言葉かどうかわからなかったが、こんなふうに彼に頬を押し当てているのは快いので、何も言わなかった。彼の温かな汗臭い匂いを嗅いでいると、すごく守られている気がする。まるで悪いことなんて絶対に起きないみたいな。

「おい、俺もいるんだぞ」ルークの声が聞こえて、ベックはべつの腕が二人に回されるのを感じた。

「二人とも仕事に戻れ」マティが二人を押しのけた。「こんなに暑い時になんだよ！」

ベックはカウンターに戻ったが、顔には笑みが浮かんでいた。仕事場ではべつの人間になれる。思いやりのある飾らない人間に。家にいる時とは大違いだ。

「来月お誕生日なのよ」ベックはルークに言った。「プレゼントに何をくれるのかしら？」

十七歳。ベックは十七歳になる。つまり、彼もデートに誘えるということだ。それが一番素晴らしいプレゼントになるだろう。

「実は今、君にあげるものがあるんだ」彼が答えた。「ちょっと待って」

いろんな予感に目眩がしだした時、彼がモップを手に戻ってきた。

「早めの誕生日おめでとう！　どうやら女性用化粧室で水があふれてるらしい」

ベックは何か気のきいたことを言おうと思ったが、何も浮かばないので、黙ってモップをつかむと、女性用化粧室に走り込んでいった。

ドアを開けると、水はすでに一センチほどたまっていた。蛇口の一つが閉め忘れられていて、シンクからあふれているのだ。ベックは苦労して歩いていって、素早く蛇口を閉めた。誰かが蛇口を閉めなかっただけでなく、べつの誰かはそれを見ても、助けになろうともせずにルークに苦情を言ったのだ。全部拭き取るにはものすごく時間がかかるだろう。しかもここは吐き気を催すような匂いがする。エアコンもさすがにこんな所までは届かない。

シンクから滴るスピードがゆっくりになってきた水音を聞きながら、一時間かけて床をモップで拭いた。時折、トイレが使えるかどうか見に来た客に邪魔された。ベックが浸水したのだと告げると、うんざりした顔で彼女をじろじろ見てから、彼女のせいだと言わんばかりに出ていった。ベックは自分がどう見えるかと思うとひどくいやだった。すごく情けないし、汚らしい。汗もかき始めている。こんな姿の自分は見たくない。鏡の向こう側に実際にカメラがあるとしても、今は撮影してなければいいと思った。ＣＭの時間か何かで。これは本気で仕事が嫌いだと思う、めったにない瞬間だった。

　ようやく床がまずまず乾いた。ベックは化粧室を出る前に、鏡で自分をチェックした。目の下まで垂れているアイライナーを拭き取って、数回笑顔の練習をした。前ほどはつらつとしてはいないが、一時間トイレの濡れた床にモップをかけていたようにも絶対に見えない。ドアを開けると、リジーの声が聞こえた。シフトについたのに違いない。ということは、ルークと二人だけでカウンターに立つ時間は終わったのだ。ベックはモップを片付けて、カウンターに出ていった。三人が話すのをやめて、彼女を見た。

「なあに？　私、おしっこの匂いがする？」

　ルークがリジーを不安げに見た。

「ごめんなさいね」リジーが言った。「あなたが幽霊のことを話したと思ってたの」

「リジー！」ベックは言った。みんながなぜ自分を見ていたのかわかった。おかしな話だが、ルークのことばかり考えていたので、幽霊は頭からきれいに消えてしまっていた。

「君は大丈夫なのか？」ルークが尋ねた。「マジに恐ろしいじゃないか」

「大丈夫よ」ベックは言った。

「照明のいたずらとか夢とかじゃないのは確かなのか？」とマティ。

「確かよ。信じてもらえなくてもいいけど、私は自分が何を見たかわかってるわ」

みんな、私の頭がおかしいと思うに決まってる。リジーは決まって私の秘密を何でもぺらぺらしゃべってしまう。だから、彼女に話すことには気をつけなくてはいけないのだ。

「俺は信じるよ」ルークが言った。「君が確かだと思うなら、俺もそう思う」

ベックは胸がいっぱいになった。

「ホントに？」

「もちろんだ」彼が答え、リジーは二人から顔を背けた。気がとがめているからならいいけど、とベックは思った。

ちょうどその時、家族連れが入ってきた。全員顔を真っ赤にして言い争っている。もちろん最悪のタイミングだ。ルークは注文を入力し始め、マティは鉄板へと戻った。午後の忙しい時間帯に、さらに人が押し寄せてきた。リジーがルークの背後からベックの目を見た。

「ごめん」彼女がそう口を動かした。ベックには本気で言っているのがわかった。

その後、一段落すると、ベックのシフトがもうすぐ終わるという時に、またみんなで話すチャンスがあった。

「昨日の夜、思いついたことがあるの。非常識かもしれないけど、試す価値はあるわ」リジーが言った。

「どんなこと？」ベックは尋ねた。

「うん、考えてたの。こういうことがあった時に、映画では人は何をするかって」

ベックには彼女が言おうとしていることがはっきりわかった。

「悪魔払いをすべきよ！」

マティがキッチンで不満の声をあげるのが聞こえた。彼はベックを信じるとは一度も言っていない。

「どうかしら」ベックは言った。

「どうして？　効き目がないなら、問題にもならないわ」

「やるべきだと思う」ルークが言った。

ベックもこれには驚いた。いつも彼のことをもっと懐疑的だと思っていたのだ。

「ホントは君の寝室を覗きたいだけだけどね」彼が続けた。

「まあ、いやぁね！」と、ベックは彼をそっと叩いた。でも、顔には笑みが浮かんでいた。

「それじゃ考えてみて」リジーが言った。

「いいわ。もしまた何かあったら、その時にはやりましょう」ベックはゆっくり言った。「何もないことを祈るけど」

リジーが十字に組んだ指を掲げた。ベックはまた何か起きるなんて考えたくなかった。二度目の時にあれほど怖かった気持ちを想像することさえできない。ベックは震えが背筋をゆっくり下りていくのを隠そうとした。そして壁の時計を見て、シフトが終わったことを知った。

「私は終わったわ。まだあとで映画を観たいと思ってる?」リジーに尋ねた。

「『キャッチ・ミー・イフ・ユー・キャン』? 観たい!」

「二人ともレオが見たいだけなんだろ」ルークがカウンターにもたれて言った。

「違うわ!」とベックが言った時、リジーは「そうなの!」とキーキー声をあげた。

「ベック!」とリジー。「レオ様大好きの祭壇なんか部屋にないふりはやめて。私は見たもの!」

「やめて! 本当によい映画だからというだけよ」

ルークが眉を吊り上げてベックを見た。一瞬、彼を招かないですませられるかしらと思った。いいえ、そんなのおかしいわ。彼がちゃんとしたデートに申し込んでくれるのを待とう。ベックは裏に入り、サマードレスに着替えて、ハンドバッグをつかんだ。

「みんな、じゃあね!」ベックは大声で言いながら、ガラスドアを開けないですめばいいのにと思った。炎暑の午後に戻らなくてもよければいいのに。

7

二〇一六年

太陽は出ているのに、大気には氷のような冷たさがある。通りは静かだ。微風が吹き抜けて、乾いた枯れ葉がかすかにカサカサ鳴る音と、私の靴が砂利を踏みしだく音がするだけだ。耳をそばだてれば、あとからついてくるアンドポリスの車のエンジン音も聞こえる。私はベックが最後にたどった家路を再現しているのだが、そんなことは無視して、この瞬間を楽しもうとしている。昨日より寒い。私は赤くなった手をずっとジャケットのポケットに突っ込んでいる。

母親はジャケットを捨てたがった。裏地にまだ血の暗い紫色のしみがあるし、レベッカの古いコートが戸棚で待っている。淡いブルーのコートで、フードにはフェークファーの縁取りがある。この子の服装の趣味は本当に野暮ったい。当時は流行っていたのだろうけど、私は覚えていない。彼女のコートを着ても大した変化はもたらさないはずだ——もう下着に至るまで彼女の衣類を身につけているのだから——でも、自分のものがまだ手元にあるのは気分がいい。ただ、実際にはこのジャケットは私のものではない。ピーターのだ。

彼は、しばらくの間よいボーイフレンドだった。陽光に漂白されたもじゃもじゃの髪で、いつも情熱的で。二人とも失業していたから、晴れた日はいつもビーチで過ごした。去年のことで、私のサーファー時代だ。私の衣装ダンスはロキシーのボードショーツやビーチサンダルでいっぱいだった。もっとも、私たち女の子は実際にはサーフィンはしない。ビーチに座ってボーイフレンドを見物することになっていた。他の女の子はそれでいいらしかった。ビキニ姿で、日焼けしていれば。私はすぐにうんざりして、ボードを買って、ピーターに教えさせようとした。でも、彼は苛立って短気になった。それでも私がビーチの焚き火で寒そうにしていると、ジャケットを貸してくれた。その後、彼がビキニの女の子といちゃついてる現場を見つけてしまったのだが、ジャケットは彼を忘れないために返さなかった。彼には新しいのを買うお金がないことを知っていたから。底冷えのする冬の日にはいつも、彼が寒がっていると思って、私はぬくぬくできるだろうと。

私はジャケットでしっかり体をくるんで、バラ園の甘い香りと刈ったばかりの芝生の匂いを吸い込んだ。別人になるのは爽快でも、消耗するものだ。私はふりをしないでもよい、めったにない瞬間を楽しんでいた。

「止まれ！」アンドポリスが車から大声を出した。

彼は路肩に車を停めて、私に向かって歩いてきた。

「何か思い出したか？」彼が叫んだ。

レベッカの家がある通りの坂を途中まで登ったところで、家は五軒ほど先だ。彼が近くに来るまで待って、口を開く。

「怖かったことを覚えてるわ」

「他には？」彼が穏やかに言った。

「私はひとりだと思ってた」

「でも違った？」

私は昨日の黒いヴァンのことを考える。「車が加速する音を覚えてるわ」

「続けて」声は静かになっても、彼は興奮している。

「タイヤの軋む音」

「それから？」

「暗闇」

「で、それからは？」

「それだけよ」

「車を覚えているか？　車種とか、型式は？　色でもいい」

一瞬、黒いヴァンだと言おうかと思ったが、やめることにする。私はメールのメッセージを考えまいとしていた。ヴァンを運転していた人間が書いたに違いない。あれがベックをさらった犯人だという可能性はあるだろうか？

私の心は乱れた。もしアンドポリスにメールの発信番号を教えれば、彼は運転者を見つけるだろう。でも、真実も見つけてしまうかもしれない――ベックについての真実であっても、同時にそれは私についての真実にもなる。

「いいえ」私は結局言う。「何も」

「本当に？」

「ええ」

彼がまたあの鋭い目で私を見る。細めた私の目や歪めた口元から手がかりを探そうとしているみたいだ。ほとんど私が嘘をついていると思っているように見える。

「ここが現場だとどうしてわかったの？」と私。

「君のスマホを追跡して、ここで見つけた」彼が私の右側にあるバラの茂みを指差した。「あの茂みの下にあった」

それじゃここで起きたのね。私が立っているこの場所で。私はこの通りが暗闇の中ではどう見えるか想像してみる。車が隣に停まった時にベックの鼓動が速くなるところを。もみ合ったところを。彼女は家までもう少しのところに来ていたのだ。あたかも歴史が繰り返されているかのようだ。私は無理やり、ヴァンは私を追っていなかったとすら思い込む。ヴァンはたまたま同じ道を走っていただけで、運転者はあんなふうに駆け出した私のことを笑っただろうと。メールにしても、宛先の番号を間違えたのかもしれない。きっとそうだ。ベックが家に戻ったことさえ知る者はいないのだ。二つに関連があるはずはない。私は被害妄想になっているのだ。

「乗りなさい。家まで送ろう」彼が言った。

「けど家はすぐそこよ」

「乗りなさい、ベック」

私はおとなしく車まで歩いていって、助手席に乗り込む。彼は運転席について、ドアを閉めるが、エンジンはかけない。

「君がカウンセラーに会うことに関心がないのはわかっている」

私は黙っている。蒸し返されたくない。

「で、催眠術師の予約を取った。君の記憶喪失を確実に助けてくれる可能性がある」

催眠術師なんて最悪だ。急いで何か考えなくてはならない。本気で催眠術にかけられたら、私はきっと瞬く間に白状してしまう。私は深呼吸をした。

「家にいられるのは本当に素敵」と声を震わせる。「あのことを考えると……あれは恐怖と悲嘆でいっぱいの大きなブラックホールみたいなものなの。でもそれだけ。あのことを考えるのは、あそこに戻るような感じなのよ」

彼が私を見る。その目はそこにはない何かを探している。

「何があったのか、知りたくないということか？」

「違うわ！　ただ……」彼が凝視をやめてくれたら、頭もまともに働くのに。「……今は耐えられないと思うの。今はこの現実にしがみついてるだけなのよ」

彼は何も言わない。黙って見つめている。その昔、あの取調室でリジーのこともこんなふうに見ていたのだろうか。

「君の顔を自分の顔よりよく知ってるかもしれないと、以前は思ったものだ。長いこと君の写真を見て過ごした。君の目を覗き込んで、君が抱えているに違いない秘密を理解しようとした。君を見つけさえすれば、すべてが明らかになるのはわかっていた。でも今、君を目の当たりにしているのに、君の顔すら知らない気がするんだ」

くそっ。彼の声は低いが、私の腕の毛は逆立った。声からかろうじて抑えた煮えたぎる怒りが聞き取れる。わめいてくれた方がまだ恐怖を覚えないだろう。

「でも、あなたは私を見つけなかったわよね？　待っても、誰も助けに来てくれなかった。私は自分で自分を救い出さなきゃならなかった。もう私にかまわないで」

「すまない、レベッカ。でもそうはいかないんだ」彼が言った。「君が誰をかばっているのかわからないうちは」

「誰もよ!」私はわめく。でも、今となっては、それは嘘だ。彼にわかるだろうか。私は実のところ、レベッカを殺した犯人をかばっているかもしれないのだ。

　私は車を降りて、家に向かって走った。怒りが燃え上がるのが感じられる。彼がなぜか私の本質を見抜いているからばかりではない。その追及をやめないからだ。彼はベックのことより答えを見つけることに関心がある。彼は罪悪感に苛まれた善良な男というだけではない。私は彼をかなり過小評価していた。彼の口調にはひどく不快なところがある。彼がこんなに腹を立てているのは自分に対してなのか、私に対してなのかはわからない。たぶん両方に対してだ。でも、そんなことは問題ではない。この事件はなぜか彼を追いつめた。しかもどういうわけか、この件を解決することでしか元には戻れないと考えているらしい。私は贖罪など信じたことはないが、彼は信じている。そしてそれを私に求めているけれど、私には絶対に応じられない。

　私の唯一の味方はDNA検査だ。私がレベッカだという確かな証拠。あれがなかったら、彼は少し前に私を見破っていたかもしれない。

　私は一段置きに外階段を上がった。彼はひどく自分本位だ。私は彼が大嫌いだが、それを表に出すわけにはいかない。どうにかして彼を味方に引き戻さなくては。もし私が誰かをかばっていると考えるなら、彼は調べ出すかもしれない。私には答えられない質問をしてくるのだ。

私は寝室のドアをさっと開けた。母親が背中を向けて立っていた。彼女がびくっとした。

「何をしているの？」私は尋ねた。今度は彼女に腹を立てていた。彼女がなぜ私の部屋にいるの？　ベッドの下の煙草を見つけたかしら？　彼女も今では私を疑ってる？

「あなたのために片付けていただけなの」彼女が振り向いて言った。彼女の後ろに、整えられたベッドが見える。「ごめんなさいね」

「まあ、私こそ。私はただ……」言うべき言葉が見つからない。

「いいえ、当然だわ。まずあなたに訊くべきだった」彼女がほとんど身をすくませてうつむいた。まるで殴られるかもしれないと思ってるみたいだ。私は体を寄せてハグする。彼女の体が緊張するのが感じられた。

「部屋を片付けてくれてありがとう。最高のママだわ」彼女の体がいくらかほぐれた。「腕がまた痛くなってるものだから、ついぶっきらぼうになっちゃって」

「まあ、ベッキー、言わなきゃだめじゃない」彼女は離れると、私の腕を取って包帯が巻かれた部分を慎重に見た。「病院の予約は明日だけど、電話して今日にしてもらいましょうか？」

「いいえ、いいのよ。明日まで待てるわ」予約のことは忘れていた。包帯を取り替えることになっているが、正直傷の具合は見たくない。

「そう、それじゃ、あなたがリジーに会いに行く前に、鎮痛剤を用意して、紅茶を淹れるわね」

「ええ、ありがとう、ママ」

彼女は部屋を出て、後ろ手にドアをそっと閉めた。彼女にあんな口のきき方をしてしまったのが悔やまれた。それにしても、思いのほか狼狽させてしまったようだ。キッチンでマグを落とした時と同じだ。

この新生活を手に入れたからには、絶対に手放したくない。長い間、どうしてよいかわからず孤独だったので、それが当たり前のように思い始めていた。そして、このゲームに求めているのは自由と保護だと思った。でも、それ以上のような気がしてきた。家族に囲まれていることは本当に素晴らしい。もう一度母親を持つことは、想像以上にとても素晴らしい。不本意ながら、私は本気で彼女のことを大切に思い始めている。そして今は、彼女をコントロールする必要が出た時には怒りを利用すればよいことがわかる。そんなことはしたくないけど。

私は手と膝をついて、ベッドの下を見た。煙草のパックはまだある。もう少しよい隠し場所を探さなくては。ティーンエージャーの頃、コンドームをソックスの中に隠していた——あれをやってみてもいいかもしれない。ベックの下着の引き出しを開けて、一対のニーハイのスクールソックスを出す。その片方から、何か重いものが床に落ちた。拾い上げても、しばらく何かわからなかったが、やがてわかった。インクタグだ。店が衣服につけるタグ。もぎ取ろうとすれば、一面にインクをまき散らすことになる。切り抜きの周囲には布地がついている。完璧に切り取られているのを見て、私はほほ笑む。私はタグをソックスに戻し、他に何かないかと下着の引き出しを急いで探しまわる。奥の隅には写真が一枚。きちんと小さな四角にたたんである。ベックの顔がアップで写っている。他の写真より若くて、満面に笑みを浮かべている。茶色の虎猫を抱いて、猫の頭に頰を押し当てている。

私はベッドに座って、写真を見続ける。猫はヘクターではない。ヘクターは黒と白だから。ヘクターの前のペットに違いない。モリーという名前が刻まれている。ベックはなんて妙なものを隠しているのかしら。私は悲しみがこみ上げて、写真を下ろす。私は今し方この少女の最後の日々を演じた。ベックが本当に通りからさらわれたのなら、十中八九死んでいるのだから。家族は戻ってきたと思っているが、彼女は絶対に戻らないだろう。一瞬、遺体は近くにあるのだろうかと思う。この街のどこかに小さな骨の山が埋まっているのだろうか。震えが出る。そんなことは考えない方がいい。

メールを送ってきた番号にもう一度かけてみた。同じ「電源が切られているか、使われていない」というメッセージが返ってきた。私はアイフォーンを手のひらで回しながら、メールを返そうかと考える。結局、火はあおらない方がよいと判断する。相手が誰であれ、怒らせたくない。

私が本気で考えなくてはいけないのはアンドポリスだ。彼は私に苛立ち始めている。それ以上だ。疑い始めている。あのヴァンを運転していた男は、警察と家族に囲まれている私を捕らえることはできなかった。でも、一つ動きを間違えば、アンドポリスは私を長期間拘留することができる。彼に何か与えなくては。彼の注意をよそに向けてくれるようなことを、何か教えなくては。

レベッカの名前をアイフォーンの検索エンジンに打ち込んでみた。結果が何ページにもわたって現れた。無作為に一つをクリック。『警察はレベッカ・ウィンターの遺体が燃えて灰になり、回収できないかもしれないと恐れている』リンクがロードされると、アンドポリスの写真が記事の上部にある。髪は漆黒で、顔のたるみはない。疲れているようには見えるが。演壇に立ってしゃべっているところで、口を開いている。記事にざっと目を通した。

上席捜査官のヴィンセント・アンドポリスは今日、警察はレベッカ・ウィンターの遺体が一月十八日のキャンベラの山火事で燃えて灰になってしまった可能性を懸念していると発表した。

「レベッカが自発的に家を出たのか、犯罪に遭ってしまったのかはまだ捜査中です」と彼は語った。「しかしながら、山火事がウィンター家に近いことと、彼女の失踪のタイミングから、連邦警察は彼女の遺体を回収できないかもしれないと考えています」

頭いっぱいに彼女の顔の映像が広がった。私にそっくりな顔が炎に包まれている。燃えている。想像したくない。

「私はウィンター家に、もしお嬢さんがまだ生きているなら探し出すと約束しました」

アンドポリス上級捜査官は、現時点で本件の容疑者はいるのかという質問には答えなかった。

私は何より家にいたい。ママと一緒に過ごして、一緒に料理なんかしてもいいかもしれない。私はもう疲れ果てている。疲れたなんて言葉では言い表せないくらい疲れている。それに、腕がまたひどく痛くなっている。でも、リジーに会いに行く時間だ。彼女は昨日立ち寄った時、長居はしなかった。戸口に立って、泣いて、しゃっくりをして、仕事に戻らなくてはならないと言いながら去ろうとしなかった。結局は、私に今日彼女を訪ねる約束をさせ、住所をメールで知らせてきた。メールにはスマイルマークがついていた。絶対にやりたくないことなのに、私はリジーに会いたくてたまらないのだと、みんなが考えているようだ。彼女はレベッカの親友だったのだから。彼女を避ければ疑われるだろう。

ベックのクロゼットから一番大人っぽい服を見つけて、素早く着替える。リジーは昨日、鼻水を垂らしていても、身なりはすごくきちんとしていた。子供の服装で行ったらおかしいだろう。とりあえず煙草は持っていくことにする。隠すより簡単だし、ひとりになれる時間がちょっとでもあれば、こっそり吸うチャンスもあるかもしれない。階下に下りると、キッチンテーブルに紅茶が待っていた。隣には鎮痛剤の小さな包み。

「リジーの家にはママではなく僕たちが連れていくよ、いいかな？」双子のひとりがキッチンに入ってきた。

「ほとんど一緒の時間を過ごしてないからね！」もうひとりがリビングから大声で言った。

「面倒じゃないの？」と私。母親と二人きりの間違いなく静かなドライブを、リジーと過ごす時間の戦略を立てるために使えたらと思っていたのに。

「いいや、どうせ通り道だから」と初めの双子がキッチンの戸口にもたれた。「ここの病院で働いてる医大の友だちを訪ねるつもりなんだ」

それじゃこちらがアンドリューだ。

「そう、ありがとう」私は鎮痛剤をコップの水で素早く飲み込み、紅茶には手をつけなかった。玄関を出る時、ママがリビングのチリ一つない棚の埃を払っているのに気がついた。

「じゃあね、ママ」

「じゃあね」彼女は答えるが、振り向いて私を見ようとはしない。私は少し待った。でも彼女は私などいないかのように埃を払い続けている。

「行こうぜ」後ろでポールが言った。私は彼女から目を離して、小道を車まで歩いていく。アンドリューが私をポールと一緒にフロントシートに座らせ、自分は後部に座った。私は煙草が吸えればいいのにと思う。

ポールが身を乗り出して、顔の横の黄色いあざの名残に慎重に触れた。「痛いか？」

「いいえ」と私。痛みはもうおおむね消えている。

ポールが私にほほ笑みかける。「よかった」

「戻ってきて、違和感はあるか？」アンドリューが尋ね、ポールは私道を出た。

「素晴らしいわ」私は振り向いて彼を見た。彼は髪を前にとかしつけている。ポールは後ろに撫でつけている。覚えておかなきゃ――二人はそばかすに至るまでそっくりに見えるのだから。

「本気でずっと寂しかったよ」彼が言った。私はまた彼の魅力に強い印象を受ける。二人ともなんて魅力的なのかしら。私は前に向き直りながら、ほとんど赤面する。私は二人の姉のはずよ。

「私も会えなくて寂しかったわ」と私。

「よかった」ポールが言った。「もういなくなってほしくないな」

私は彼の横顔を見つめる。妙なことを言うのね。ベックが自分から出ていったと思ってるみたいじゃない。その時、ようやくわかった。二人がどうしてひどくよそよそしかったのか理解したのだ。二人は心の底で、ベックが家出したと信じていたのに違いない。彼女が二人を見捨てたと。

「あなたたちを置いていきたくなかったわ」ささやくような声になった。「しょうがなかったの」

二人は何も言わない。

「あなたたちを誰より愛してるわ」私は声に精いっぱい苦悩と愛をこめようとする。

「わかってるよ」とポール。「僕たちも愛してる」

「どうだ！」アンドリューが身を乗り出して後部席から私に抱きつく。

「つい感傷的になっちゃうよ！」彼が耳元でささやく。彼が触れている肌がピリピリするが、気にしないようにする。

「そうとも。アンドリューは今にも泣き出すと思ったよ」

「お前はどうなんだよ？　小さい頃、お前がベックのことで一晩中泣いてたのを覚えてるぜ」アンドリューが言って、二人は笑い出す。私には少し居心地が悪いが、一緒に笑う。この新発見の連帯を失いたくない。

ポールが白いれんが造りの小さな家の前で車を停めた。

「じゃあね！」と彼。これがリジーの家なのだろう。

「じゃあね！」私は車を降りる。この状況から抜け出せるのにホッとする一方、次に何が来るかと恐れていた。

神経質に玄関に向かって歩きながら、リジーは私にどんな役を期待しているのか考えてみた。二人は学校でも緊密な結びつきの親友だったことを思い出す。いつも腕を組んでスキップして、二人にしかわからない冗談を交わしていた。どうすれば騙せるだろう？

アンドポリスが見せたビデオでは、リジーはベックとはとても親しかったので、姿勢が変わったことまで気がついたと言っていた。十年の空白があるというのは私に有利だとしても、それでもやはりこれは相当難しいことになる。中に入る前に、隠れて外で煙草を吸う時間はあるかしらと思ったが、ノックもしないうちに彼女がドアを開けた。

「こんにちは！　小道を歩いてくる音が聞こえたと思ったの。入って」

彼女はそう言いながらも私を見ずに、パッと回れ右する。私は彼女について家に入る。シンプルな家具と壁一面の絵画に美しく飾られている。

「外にしようかと思ったんだけど、ちょっと寒いでしょ。で、リビングに用意したわ」

「いいわね」私は言って、ソファに腰を下ろす。赤ワインのボトルが、コーヒーテーブルの真ん中に置かれ、隣にはワイングラスが二つ。彼女は向かいの椅子に座ろうとして、動きを止めた。

「白の方がいいかしら？　その方がよければ冷蔵庫に白ワインもあるけど」

「赤でいいわ」

「そう、よかった」彼女が座った。が、ほんの一瞬の沈黙の後、はじかれたように立ち上がった。

「チーズを取ってくるわ」

彼女は神経質になっていて、ものすごく努力している。私は来る前に大人っぽく変身してよかったと思う。彼女は手の込んだ厚切りのチーズを持ってバタバタと戻ってくると、二人の間のテーブルに置いてから腰を下ろし、身を乗り出してその位置を直した。私はその手をつかむ。

「リジー」と彼女を見て、「やめて。私なのよ」

私たちは一瞬無言で見つめ合った。やがて、彼女が笑い出した。いくらかヒステリックに。

「いやあね、ごめんなさい。ホントにどうかしてるわよね。何していいかもわからなくて」

「それじゃワインを開けて」と私。

「いい考えだわ」

リジーはボトルを取って、ホイルに突き刺し、コルクスクリューを回し始める。私はコルクを引き抜こうとする彼女の手が震えているのに気がつく。彼女はコルクが取れなくて、また笑い出す。

「私がやりましょうか?」私は尋ねる。

彼女が顔を上げて私を見る。目に涙があふれ、彼女は片手で口を覆った。

「どこにいたの、ベック?」小さな声だ。「何があったの?」

「覚えてないの」私は静かに答えた。そう言いながら、初めていやな気持ちになった。リジーは必死でその答えを求めているのに、私には答えられない。彼女が泣いている間、私はじっと膝を見て、泣きやむのを待つ。でも、座っていると、何かが私の心を悩ませてきた。潜在意識では重要だとわかっているのに、それをはっきり指摘することができない。

「ごめんなさい」彼女が言って、私の思考の邪魔をする。「ホントにごめんなさい。こんなつもりじゃなかったのに」

「いいのよ」みんな私に謝るのをやめてくれればいいのに。おかげで罪悪感を覚えるようになってきた。彼女はボトルを置いて立ち上がると、ティッシュを取りに行った。私はテーブルからボトルを取って、コルクを抜く。小さな鈍いポンという音がした。二つのグラスに注いでから、彼女が背中を向けている隙に素早く自分の分を飲み干して、同じ高さまで注ぎ足す。リジーが向かいの椅子に戻った。顔はまだらに赤く染まり、マスカラがいくらかにじんでいる。私の体をアルコールの熱がゆっくり流れていく。

「乾杯」と、私はグラスを掲げた。

「乾杯」彼女が言って、グラスを私のグラスにカチンと当てた。

「ところで、美しいお家ね」私は会話をより安全な領域に向けようとする。

「ありがとう」

「ひとりで住んでるの？」

「ええ。去年買ったばかりなの。最近はちょっと出不精になっちゃって」

「まあ私も、私は家で過ごすのがいいわ。しばらくはすべてを控えめにしようと思って」私は身を乗り出して、クラッカーにチーズをたっぷり載せる。

「それはわかるわ」と彼女。「でも残念ね。〈ガスのカフェ〉へ行って、卵料理を食べることだってできたのに」

「朝ご飯にはちょっと遅いんじゃない？」私は笑いながら言う。そして、チーズを食べ始める。もう完璧に濃厚でねっとりしている。顔を上げると、彼女が妙な顔で私を見ていた。何かまずいことを言ってしまったのに違いない。私はジャケットを脱ぐ。包帯を巻いた腕を見て、彼女の注意が逸れてくれればよいのだが。

「それを手に入れた時のことを覚えてるわ！」私の着ているスキャンラン&セオドアを見て、彼女が言う。

「私もよ」と私。「ビッグマックを五十時間包むくらい高かったから」

彼女がまた妙な顔で私を見た。と、ドアにノックがあった。

「誰なの？」私は尋ねる。

「わからないわ。誰も来る予定はないのに」彼女が立ち上がって、またおかしな顔を私に向けた。

　私はベックの引き出しにあったインクタグを思い出す。馬鹿ね。もちろん、彼女は万引きしたに決まってる。私は間違いを修正するために何か考えようとするが、彼女はもう玄関に行っている。

「今はまずいの」彼女の声が聞こえる。

「怒るなよ」男の声だ。「腹を立てられるのはいやなんだ」

「それじゃもうやらないで」

「なあ、入れてくれよ。ちゃんと話せるだろ」

「本当に今はまずいの」

「いやなやつだな」

「違うの！」

「それじゃどんなすごい秘密があるんだ？」私の耳に足音が聞こえる。

「ジャック！　やめて！」

　後ろを見ると、戸口に長身でボサボサ髪の男が立っていた。私を見ると、目が見開かれ、口がぽかんと開く。今ではもうすっかり慣れてきた表情だ。ショックを受けた、信じられないという顔。私が歩く屍だと言わんばかりの顔だ。

「こんにちは」と私。

「こっちに来て！」リジーがきつい口調で言って、彼をキッチンへ引き入れた。彼は引っ張られて部屋を出るまで私を見つめていた。

「どうなってるんだ？」彼がささやくのが聞こえた。

「帰ってきたのよ」リジーもささやく。

「どこにいたんだ？」

「わからないわよ。記憶喪失か何かみたいなの」

しばしの静寂。私はほほ笑む。記憶喪失なんて滑稽だ。

「彼女が戻ったと、どうして僕に教えなかった？」彼の声が大きくなった。「僕は兄だぞ！」

「私だって知ったばかりなの！」

「それだって！　電話をくれるべきだった」

「気をつけなきゃいけなかったのよ。メディアに嗅ぎつけられるといけないから」

「おい、何だよ、それはないだろ。僕が言い触らさないことくらいわかってるじゃないか」

「すごく大事なことなの！　それに、私はまだあなたにカンカンなのよ」

「でも、今は僕が怒ってるんだ！」

彼はキッチンから出てくると、リビングに戻ってきた。

「やあ、ベック」彼が私に言う。「じろじろ見て悪かったよ。知らなかったんだ」

「いいのよ」私は答える。二人が部屋の反対側に立って見ているのに、私だけが座っているのは妙な気分だ。

「僕はもう帰るよ」ジャックが自分の靴を見ながら言う。ブラウンの髪が顔を隠している。

「家まで乗せてもらえないかしら？」私はジャックに言ってから、「すごく疲れちゃった気分なの」とリジーに言った。実際にはまた失言してしまうのが怖いのだ。リジーと話すのは地雷原を歩くようなものだ。彼女はベックを知り過ぎている。

「もう？　いいわよ。もちろん」

「ああ。いいや、いいよ、オーケーだ。かまわないよ」彼が自分の言葉につっかえる。私は立ち上がって、またジャケットを着る。

「いろいろありがとう、リジー。あなたに会えてすごく素敵だったわ」

「私もよ」彼女は答えるが、傷ついて混乱しているように見えた。

ジャックと私は彼の車まで歩く。車は通りの反対側に停めてあった。彼は目の端でずっと私を見ている。でも、私が彼を見ると、目を逸らす。

「気をつけて。何かにつまずくわよ」と私。

彼が声をあげて笑った。「ショックを受けてるんだと思うよ」彼はドアの錠をあけると乗り込んで、体を滑らせて私のドアを開けた。彼の車は古くてガタガタで、シート地は破けている。車は彼の長身には小さ過ぎるようで、天井に触れないように、頭をいくらかかがめなくてはならない。私はシートベルトを留めながら、彼がまた見つめているのに気がつく。彼とベックはどれくらい親しかったのだろう。

「そうやって私をずっと見てるつもり？　それともハグしてもらえるのかしら？」私は尋ねる。

「悪い。アブないやつになってたな」彼が身を乗り出して、私をそっと引き寄せる。彼に触れられた肌が、思いがけなくジンジンした。

彼がエンジンをかけ、車を路肩から出す。彼を味方につけられれば、リジーを納得させるのに利用できる。今日は少しへまをしてしまったのはわかっているのだ。被害を最小限に抑えるための対策が必要だ。

「あいつが僕に教えなかったなんて信じられない！」彼が突然わめいた。

「あなたにカンカンだって言ってたじゃない」と私。

「聞いてたのか？」

「ささやくのは得意じゃないみたいだから」

「悪かった。でも、それでも僕には話してくれるべきだった」

「そうね――すべきだったわ」人は味方になってもらうのが好きだ。

「ありがとう」彼が言って、信号で車を停める。そして、また私を見る。でも今度は違う。ショックは消え、心からの笑みが浮かんでいる。私が神秘的な存在だとでもいうように、敬うような目で見ている。彼はベックが好きだった。彼は私が好きだ。

「リジーから私の番号を聞き出して」と私。「一緒に過ごせたら、きっと楽しいわ」

「あっ、そうだね。きっと、うん、楽しいだろう」彼が赤面する。と、後ろの車がクラクションを鳴らし、彼は飛び上がって振り向く。信号は青に変わっていて、前にいた車はもう角を曲がってしまっている。

「ああ、クソッ。おっと、失礼」彼が言って、ギアを入れ換えた。私は声をあげて笑う。私も彼のことが少し好きなのかもしれない。

　私は後ろを向いて、怒っている車を見た。と、あの車に気づいて、心臓が止まる。数台後ろに、黒いヴァンが。ジャックが加速して、私は向き直る。着色ガラスが陽光を反射していて、運転者の顔は見えなかった。

8

ベック、二〇〇五年一月十三日

口に何か入っている。何かが呼吸を止めている。ハッとして目を覚まし、喘いだ。顔をこすると、柔らかくて熱いもので手が汚れた。リジーがキャッと笑い声をあげた。

ベックは手を見下ろした。溶けたチョコレートがべったりついている。

「なんてことしたの！」ベックは金切り声をあげた。

リジーは前に泊まった時にもやった。目を覚ますまでにどれだけ高い塔ができるか試そうと、ベックの唇にチョコレートのかけらを載せたのだ。ベックはリジーに飛びかかって、顔中にチョコレートをこすりつけた。リジーは枕で彼女を叩き、金切り声をあげて押しのけようとした。

寝室のドアが開いて、リジーのパパが薄い髪の頭を突っ込んできた。

「二人とも大丈夫なのか？」彼が尋ねて、二人をゆっくり見つめた。「お邪魔をしたわけではないよな？」

ベックはどう見えるか気がついた——ろくに服も着ない姿で、ベッドでリジーにまたがっているのだ。彼女から下りて、毛布を引っ張ってちっぽけなタンクトップを隠した。

「やめてよ、パパ！」リジーがうなり声をあげた。父親は二人に眉を吊り上げてみせると、ドアを閉めた。

「まったく、時々すごく鬱陶しいのよね！」とリジー。

「そんなに悪くないわよ。少なくともユーモアのセンスはあるわ」ベックは答えた。

「まあね」リジーは頬からチョコレートをこすり取ろうとした。

「シャワーは私が先！」ベックはリジーが止める間もなくベッドから飛び降りた。

さっと冷たいシャワーを浴びた。取りあえず溶けたチョコレートと眠気を払ったのだ。

ベックは泊まってよかったと思った。マヌカ・ショッピングセンターで『キャッチ・ミー・イフ・ユー・キャン』を観て楽しかったので、家に帰って、何であれあの夜部屋にいたもののことでくよくよするなんて馬鹿らしくなったのだ。もうすっかり忘れそうになっているくらいだ。

タオルを巻いてリジーの寝室にかけ戻ると、ジャックの部屋からヘビーメタルが聞こえた。ヘンなものを朝一番に聞くのね。ベックは聞かないですむようにリジーの部屋のドアを閉めた。それから、リジーが服をざっと見ていくのをしばらく見ていた。リジーはラジオに合わせてささやくような声で歌いながら、お尻をくねらせている。

ベックは割り込まずにいられなくなった。

「あのね、ここはとっても暑いから、全部脱いじゃって」とラップを真似た。リジーが笑いながらくるりと振り向いた。

「それはまずいわよ!」

ベックはベッドに飛び乗って、タオル姿で誘うようにふざけて踊った。

「もう汗だくで、熱いパスタの匂いがするの」曲に合わせようとしながら甲高い声で歌った。

「もう!」リジーは笑って、肩にかけていたタオルでベックをはたいた。

ベックはこの場面がすごく気に入った。映画から飛び出してきたみたいだ。

「まあ、大変、あなたはとってもセクシーよ!」ベックはリジーに大げさなオーストラリア訛りで言った。

「えーっ、まさか、そんなあなたは超セクシー!」リジーは言うと、甲高い声で笑いながらバスルームへ向かった。ドアを少しだけ開けたままにしている。ベックは息を切らしてベッドに座り込んだ。シャワーが台無しだわ——また汗をかき出している。パンティとブラをつけながら、ジャックが通って自分を見てくれればいいのに、と一瞬思った。でも彼は通らない。ベックは昨日のサマードレスを着て、彼の部屋の戸口までぶらぶら歩いていった。

ジャックは服を着たままベッドに寝転んでいた。ベックは気取らずさりげなくセクシーに見えてほしいと思いながら、戸口にもたれた。

「おはよう」ベックは言った。彼は顔を上げると、真っ青になり、急いで起き上がった。

「おはよう」彼が前髪を目から払って、じっと彼女を見た。ベックはかつてのジャックを思い出した。いつも一緒に楽しく遊んでいた赤いほっぺの年上の男の子だ。今、ヘビメタのTシャツに汚いジーンズを着た彼は、少し脂ぎって見える。

「どうして朝一番にこんなものを聞くの？」ベックは訊いた。

「まあ、好きだから」と彼。

ベックは彼の部屋を見回した。見事にだらしない。床には服が散らばってるし、汗と制汗剤スプレーが混ざった匂いがする。壁にはヘビメタのポスターがびっしり。銀色と紫色のブラック・サバスの巨大な一枚がその最高位を占めている。

「ラッパーのネリーよりましさ」彼が言った。ベックが歌うのを聞いていたのだ。ひどくばつが悪い。彼がにやりとした。一瞬、以前の彼のように見えた。ニキビとひどい服装さえ無視すれば、彼は実際すごくハンサムだ。

「何だってネリーよりはましよ」ベックは言いながら、にやりと笑みを返さずにいられなかった。

「あっ、あの、この間は悪かったよ」彼が言った。ベックには一瞬何の話かわからなかった。が、すぐにビキニ姿で鉢合わせしたことだと気がついた。

「あら、そんな、謝ることなんてないわ」ベックは何も言わないでくれればよかったのにと思った。

「いやぁ。まあね。ただ……ほら、変態か何かに思われたくないから」

「そんなこと思わないわ」ベックは言った。この人はルークとは全然違う。鉢合わせしただけなのに、どうしてヘンなことみたいに言うのかしら？　もしこれがルークだったら、エッチな冗談にして、みんなで笑って、あとはいつもどおりということになるだろう。リジーのシャワーの音が止まった。

「じゃあね、変態さん！」ベックは言って、もう一度笑みを見せ、彼が反応を示す間もなくリジーの部屋に戻った。

階下ではリジーのパパがパンケーキを作っていた。

「腹は空いてるか？」パパがみんなに訊いた。

「ねえ、はっきり言って、あなたにはこれまでで最高のパパがいるのね！」ベックはリジーに言った。

「あなたが来てる時しか作ってくれないのよ」リジーがぼやいた。

「実はジャックと私とのちょっとした論争でパパの味方になってもらえたらと思っていたんだよ、リジー」

ベックはジャックの隣に座った。空のお皿を見ている彼の顔に、黒く染めた髪がかぶさっている。精いっぱい不機嫌を装っているが、ベックはニキビを隠そうとしているだけなのは間違いないと思った。以前彼に熱をあげていたことが信じられない。でも、本気で正直になるとしたら、今でも少しほのかな恋心がある。願わくは変態と呼んだのは冗談だと思ってくれますように。

「また音楽の話？」リジーが訊いた。

「少なくともお前が聞いてるクソみたいな子供騙しのやつじゃない」ジャックが下を向いたまま言い返した。

「ちょっと！　あなたを弁護してあげようと思ったのよ、馬鹿ね！」リジーが言った。

「言葉に気をつけろよ」父親がすぐに口を挟んだ。

「よく言うわよ、パパ。パパの言葉が一番ひどいじゃない」彼女が答えた。

「そのとおり」ジャックが賛同した。

「二人とも失せやがれ」リジーのパパが言って、みんな笑い出した。

「論争って何だったの？」ベックは尋ねた。形だけでも家族の一員になっているのが楽しい。何もかもがとても心地よくてゆったりしている。

「リジーの言ったとおり、音楽のことだ」父親がパンケーキをさっとひっくり返してから、急いで付け足した。「でも、音楽すべてってわけじゃない。あの不愉快なオジー・オズボーンだよ」

「あれはブラック・サバスだよ、パパ。彼らは一流のアーティストだ」ジャックがお皿に向かって言った。

「ああ、前はな。でも、今の彼は気色悪いだけだ。それに家族についてのあのリアリティ番組は下劣だ」

「私はあの番組、好きよ。面白いじゃない！」とリジー。

「そう、私はそれも心配だ。お前はもっと賢い子に育ってるはずなのに」父親が言った。

リジーは不満の声をあげたが、いくらか傷ついたように見えた。

「あいつのレコードを何度もかけるつもりなら、せめて私が仕事に出てる時にしてくれないか？」リジーのパパは最後のパンケーキを山の上に置いて、レンジを切った。

「どうして彼が嫌いかわかるよ」ジャックが言った。

「どうしてだ？」

「彼がステージでコウモリやハトの頭を食いちぎるからだろ」

「あんなのただのパフォーマンスじゃない！」とリジー。

「いいや、違う！」

「冷めないうちにパンケーキを食べなさい」父親が言った。

ベックはジャックが自分のパンケーキを切るのを見守った。胃がよじれて、少し目眩がする。冷たい汗が額に浮かんだ。番組で見た小さなコウモリの頭を食いちぎるあの老人の姿が頭から消えない——かわいそうにコウモリは逃げようと身悶えし、その死体からは血が噴き出した。どうして彼らはあれを大したことではないみたいに笑えるのかしら？　映像を頭から締め出そうとしたが、ビデオのように繰り返し再生された。

「体型が気になって食べられないなんて言わないでくれよ」

「彼女にかまわないで」

朝食用のお皿に当たるナイフの甲高い音が、小さなコウモリの悲鳴と混じり合った。ベックはオジーの姿を思い浮かべた。黒い髪と瞳、口から血を吐き出しながら笑っていた。辺り一面に血が飛び散っていた。それが鼻孔にはっきりと甦って、実際にまたその匂いを嗅いでいるみたいだ。金気がして酸っぱい匂いはとても強烈で、味までわかりそうな気がする。

ものすごい血だった。

「彼女、大丈夫なのか？」

再生が止まり、ベックはみんなが自分を見ていることに気がついた。

「みんなのせいで食欲がなくなっちゃったわ」ベックは言ったが、その言葉はよそよそしく聞こえた。

「顔色が悪いな。昨日の夜は二人で映画を観たと聞いた気がするが」

「観たわ！」

「私、帰るわ」ベックは言った。声はずいぶん普通に聞こえた。「ママと朝ご飯を食べるはずだったと、今思い出したの。殺されちゃうわ！」

リジーの家を出ると、すぐに気分はよくなってきた。鼻から息を吸って、口から吐いて。気持ちが悪くなった時のために、母親からそう教わった。それが役に立っている。大気はまだ暑くてムッとするが、不思議にも心を落ち着かせ、体から寒気を取り除いてくれる。恥をかいたことはわかっていた。リジーの家族は今頃きっと私のことを話している。でも、かまわない。何かがひどく間違っている気がして、どうしてもあそこを出なくてはならなかった。心の奥で小さな声がおかしな行動を取っていると教えている。いかにも頭のおかしな人間だと。ベックはもう一度深呼吸をして、去年の夏の記憶がどっと甦る前に、笑みを浮かべた。

私は頭がおかしいわけじゃない。今の彼女を見ても、人は若い女性が帰宅するところだと思うだけだ。実際そうなのだ。それのどこもおかしくはない。

道路のタールが溶け出している。サンダルの底に小石がいくつかくっついた。ベックは立ち止まらずに、歩きながら取ってしまおうとした。日焼け止めを塗っていないことがひどく意識された。そばかすは気にしていないが、これ以上増やしたくはない。小学校の頃、小さなオレンジ色のそばかすがたくさんある女の子がいた。そばかすは頬に集まって、何かの発疹みたいに見えた。いいえ、私は絶対にああなりたくない。

帰る前に仕事場の前を通ってもよいかもしれない。ほんの十分の遠回りだ。ルークには、両親が近くまで食料品を買いに来ているので、それが終わるのを待っていると言えばいい。あるいは、彼女自身が食料品を買いに来たと言ってもいいかも。その方がもっと大人びて聞こえる。その時、またあの感じがした。誰かが監視しているというあの感じ。

ベックはうつむいて歩き続け、バス停を通り過ぎて、マヌカに出られる小さな公園を抜けていった。ベックはこの公園が好きだった。厳しい夏の日からのちょっとした休息所のようなのだ。木陰が体を冷やしてくれるし、道路からの照り返しをさえぎってくれるので、わずかの間でも目を細くしないですむ。見回したりしないわ。そうよ。この忌々しい感覚に負けたりしない。私は頭がおかしいわけじゃない。その時、足音が聞こえた。本物の連続した足音だ。こちらに向かって走ってくる。振り返ろうとした時、世界は真っ白になった。

浮かんでいるみたいだ。手足が突然無重力になった。頭は必死で意識をつかもうとするが、吐き気を催すようないやな感じでそれができない。ベックは目を開けた。目の前に見えるのは血球だけだ。自分の小さな血球が風にかすかに揺れている。

「聞こえる?」

返事をしたいが、口がよく開かない。

「目は開いてるわ」

「大丈夫よ」ベックは何とか言って、起き上がろうとした。女性の力強い手が無理やり押し戻した。

ベックはもう一度瞬《まばた》きをして、ごくりと唾を飲み込んだ。手足が重く感じられ、浮かんでいる感じはなくなっている。今は、自分のものではない死んだ肉の塊のようだ。

ベックは手の下にカサカサこすれる枯れ葉があるのを感じて上を見た。見ていたのは血球ではなく、まだらな木漏れ日だった。少しだけ頭を動かすと、中年の男性の顔が目の前に浮かんでいた。

「何があったの？」ベックは言った。

「暑さで失神したのだと思うよ。私たちは君が倒れた時の音を聞いたんだ」

「異常はなさそうかしら？」と反対側から女性の声。

「うーん……ええ。大丈夫よ」ベックはもう一度起き上がろうとした。女性も今度は止めなかった。ひどくフラフラするが、もう横にはなるまいと思った。ためらいがちに後頭部を押すと、鋭い痛みが背筋まで走った。手を見ると、血で赤く染まっていた。

「誰かに殴り倒されたんだと思うわ」ベックは言った。

女性と男性は顔を見合わせた。

「それはないと思うよ」男性が言った。「我々はすぐに駆けつけたが、怪しいやつはいなかったから」

「倒れた時に、きっと頭を打ったのよ。私の携帯でママに電話する?」

「自分のがあるわ」ベックは言った。

そしてハンドバッグを開けようとしたが、留め金をぎこちなくいじっているうちに手が震え出した。女性がかがんで、留め金をはずしてくれた。

「ありがとう」ベックは何だか急に泣きたくなった。

ごくりと唾を飲み込んで、パパの番号にかけた。呼び出し音が鳴るか鳴らないうちに、彼が出た。

「やあ、ベッキー」父が言った。声は背後の騒音にかき消されそうだ。

「パパ」ベックは声が震えるのを抑えようとしながら言った。「私、失神したの」

「そんな、まさか、ベッキー、かわいそうに。暑さのせいだな。今日の暑さは凄まじいから」奇妙なほど興奮し過ぎた声で、言葉が少しくっついて聞こえる。

「うーん……迎えに来てもらえる?　ちょっと気分が悪いの」

長い沈黙があった。ベックにはグラスがぶつかり合う音が聞こえた。父はバーにいるのだ。

「今はちょっとまずいな。ママに電話したらどうだ?」

「わかったわ」

通話を切った時には、顔がカッと熱くなっていた。

家に帰る車の中では、ベックは頭を窓にもたせていた。ママはまだしゃべっているが、もう聞いていなかった。ママはベックが大丈夫かどうかろくに聞きもせずに、双子の話を始めたのだ。家で退屈しているのではないかと心配し、二人を連れて出かけるために少し仕事を休むべきだろうかと。問題は、ベックには自分が大丈夫かどうかわからないことだった。ママが必要なのだと金切り声をあげてわめきたい。母親を怒鳴りたい気持ちもあった。妙な寒気がするし、手はまだ震えている。恐怖感を覚えるようになってきたと話したい。でも、それで状況がよくなるわけではないだろう。両親はいつだって弟たちに心を注いでいるのだから。それが現実だ。

　ママが来るまで三十分待たなくてはならなかった。助けてくれたカップルは彼女をひとりにできないと言った。男性はコークを買ってくれた。おかげでかなり気分がよくなった。普段は大嫌いな飲み物なのだけど。でも、しばらくすると、二人がいなくなってくれればいいのにと思った。ベックには何があったのかはっきりとは理解できなかった。失神する前に足音を聞いたのは確かだ。でも、二人は怪しい人はいなかったと言った。朝から体調はひどく変だった。熱中症だったのかもしれない。昨日はマヌカでリジーが仕事を終えるまで二時間待った。しかもむちゃくちゃ暑かったのだ。スマホがビーッと鳴った。

〝今日はずっと君のことを考えてる。すべて順調だといいが〟

彼は知ってるみたい。こんなに離れていても、ルークは私の具合が悪いのを感じられるみたい。ベックは少し気分がよくなった。

車が私道に入り、ベックはふらふらする脚で車を降りた。玄関がものすごく遠い気がする。しっかりした腕が彼女を抱えた。

「本当に大丈夫なの？」ママが言った。注意がようやくベックに向けられたのだ。

「頭から出血してるかもしれないわ」ベックは答えた。

「まあ、ベッキー、お馬鹿さんね！　あなたって時々傷つきやすい花びらになってしまうのね？」ママがベックを見下ろしてほほ笑んだ。ベックもほほ笑み返さずにはいられなかった。苛立たしさがことごとく消えていった。

玄関まで歩いていくうちに、違和感はずいぶんなくなり始めた。それでも弟たちの自転車にもう少しでつまずきそうになった。ドアを開けて、ベックはポールとアンドリューに笑いかけた。二人は水着を着て階段に座っていたのだ。

「どうして家で水着を着てるの、負け犬君？」ベックは言った。

「ベック！」ママが注意するように言った。

「あら、冗談だってことくらいわかるわよね？」

　でも、少年たちは何も言わず、ただベックを見上げている。そっくりの顔は無表情だ。その時、ベックは思い出した。二人をプールに連れていくはずだった。

「一緒に一日を過ごすって言ったのに、昨日から家にもいなかった！」ポールがわめいた。

　二人はそれ以上何も言わず、憎しみを込めた目で彼女を見ている。ベックは泣きたくなった。忘れたなんて信じられない。二人はすっかり支度して、朝からずっと待っていて、行けないことをゆっくり理解したのだ。

「まあ、いけない、ごめんなさい」

「べつの日に連れていくのね。そうでしょ？」ママの声から思いやりはすっかり消えていた。

「ええ。約束するわ」

「それでいいわ。それじゃ頭を見てみましょう」

　ベックはおとなしくママについて二階のバスルームへ行った。ママは太陽灯をつけて、髪の中を慎重に見ていった。そして、脱脂綿を湿らせて、軽く叩き始め、ベックをたじろがせた。

「本当ね——血が出てるわ。でもそんなにひどくはない、ただの切り傷よ。きっと何かの上に倒れたのね」

「自分で倒れたのかどうかわからないわ。もし誰かに殴られたのだとしたら？」

「馬鹿言わないのよ」

ママが太陽灯を切ってくれればいいのに。ベックは思った。おかげで頭がずきずきしてくるのだ。母親が鏡に映るベックに目を凝らした。

「目眩はしてないわよね？」

「ええ」ベックは嘘をついた。

「目はかすんでない？」

「大丈夫よ」でも本心では、とにかく冷たいタイルの上に横になりたかった。目の前の鏡に映る自分が揺れ始めた。

「よかった」ママが言った。「具合が悪そうだから、脳震盪《のうしんとう》を起こしたのかもしれないと思ったの。吐き気がしたりしたら言ってね、いいわね？　脳震盪は本当に危険なこともあるから」

「ただの暑気あたりよ」

「しばらく横になりたいんじゃない？」

「ありがとう、ママ」意識的にそうしようと思ったわけではないのに、ベックは母親をしっかりハグしていた。

ママにすべてを話せればいいのに。気にかかっていることすべてを。でも、できないのはわかっていた。ママはベックを素早くきゅっと抱きしめると部屋を出ていった。ママは元々あまりハグをする方ではない。決まって居心地悪くなるらしい。ベックは鏡に映る自分の顔をしげしげと見た。太陽灯の下では、瞳孔の大きさがいくらか違って見える。気味が悪い。

ベックはどうしようもなく疲れていて、目眩がひどくなってきた。ベッドに入らなくてはいけないが、まずは隣のドアをノックした。

「入ってもいい？」

「失せろ！　女は立ち入り禁止だ」

「特にお前みたいなくそったれ女は！」

ベックはドアを開けた。

「そんな言葉をママが聞いたら、大変なことになるわよ」

「でも、お前はくそったれだ」ポールが言った。二人は床に大の字になっている。悩めるティーンエージャーにそっくりで、ベックは笑みをこらえなくてはならなかった。

「わかってるわ。世界一のくそったれだわ」

「宇宙一のくそったれだ」アンドリューが呟いたが、口元がピクピクしていた。

ベックは二人の間の床に座った。

「二人ともホントに退屈なのよね。ムカつくでしょうね」

二人とも答えない。

「許してくれるなら、埋め合わせにどこに連れていくつもりか、私の考えを聞かせるわ」

二人は顔を見合わせて、聞く価値があるかどうか判断しようとした。ベックは以前よく除け者にされている気がしたことを思い出した。二人には二人だけの小さな世界があって、ベックは様子を眺めることしかできないのだ。ママの話では、二人がしゃべるようになったのは、たいていの子供より一年遅かったそうだ。二人だけの意思疎通の方法があって、二人にはそれさえあればよかったらしい。

「オーケー」ついにポールが言った。

「ええとね……ビッグ・スプラッシュよ!」ベックは言った。

ビッグ・スプラッシュはマッコーリー公園にある巨大なウォータースライダーだ。ベックですら大好きなのだ。塩素と日焼け止めの匂いがして、子供たちが楽しさと怖さ半々であげる金切り声が絶えず聞こえ、一日中塩味のフライドポテトをトマトソースで食べる。それはもう素晴らしいのだ。

「まっ、私を許してくれるかどうかの判断は任せるわ」ベックは言って、ドアに向かって歩き出した。

「許す！」ポールがわめいた。

「そうだと思ったわ。日曜日に行きましょう。忘れないで！」ベックは言って、二人が何か投げつけてくる前に、素早くドアを閉めた。


ベックは笑みを浮かべてベッドに入った。陽はまだ高いが、かまわなかった。目眩がするし、ものすごく疲れている。ブラインドを引き下ろし、シーツの間に滑り込んだところで、眠る前に話さなくてはならない人がもうひとりいることに気がついた。リジーの番号をダイヤルして、スマホを頰と枕の間にはさんだ。目を閉じた。まだひどく吐き気がする。

「こんにちは、アブない人」リジーが言った。

「こんにちは、意地悪女」ベックは応じて、二人とも笑い出した。

「ごめんなさい」ベックは間を置いて言った。「どうしてあんなにヘンになっちゃったのかわからないわ。熱中症か何かにやられたんだと思うけど」

「謝ることなんかないわよ——あなたが無事なだけでうれしいわ」とリジー。「心配してたのよ。私たちみんな。パパなんかあなたが帰った後で探しに出かけたくらいよ」

「そんな、ひどくきまりが悪いわ！」ベックは言った。リジーのパパが自分を探して車で走り回ったと思うと、ヘンな感じだ。そのせいで、リジーに何があったか話したくなくなった。

「気にしないで。あなたが元気ならそれでいいのよ」

「私なら元気よ」

9

二〇一六年

誰かが寝室のドアをノックしている。

「なあに？」私は大声で言う。

「出かけなきゃいけないわ。予約は十時よ」

病院。また忘れていた。スマホを見る。もう九時三十分だ。

「クソッ！　どうしてもっと早く教えてくれなかったの？」私はイライラしてわめく。ドアの向こうが静まり返る。

「ごめんなさい」彼女が言うが、声が震えている。

私はため息をついて、目をこする。寝室のドアを開けると、彼女は一歩後ろに下がる。

「ごめんなさい、ママ。すぐ支度するわ。教えてくれてありがとう」

そして、彼女にほほ笑みかける。彼女がためらいがちにほほ笑み返す。起きてまだ三十秒だというのに、もう状況をメチャメチャにしてしまった気がする。私は深呼吸をして、これからは彼女に話しかける前に、もっと慎重に考えると心に誓った。

私が動揺したのは、ママを苦しめてしまったからだけではない。悪夢を見ていたのだ。まあ、実際には一つの悪夢を、繰り返し、繰り返し。夢の中で、私はベックがひとりでためらいがちに通りを歩いているのを見守る。やがて、黒いヴァンがそばに停まる。ベックは何が起きるかも知らず、笑みを浮かべて振り向く。窓がするする開く。外気に触れた運転者の皮膚が、粟立つ。顔は影になっている。彼が手を伸ばし、ベックは悲鳴をあげるのだ。

ジャケットは昨日の晩置いた椅子にまだ載っていて、その上でヘクターが丸くなって眠っていた。彼の下から引っ張り出すと、ヘクターは私をにらみ、怒って部屋を出ていった。ジャケットは猫の毛を薄く敷き詰めたようになっている。振って落とそうとしても、ほとんどがくっついたままだ。

「支度ができたわ！」私は大声で言った。

「時間をかけ過ぎだよ」アンドリューがママと一緒にキッチンから出てきた。そう言いながらほほ笑んでいる。昨夜、夕食を終えて、私たち三人は一緒にテレビを見た。車に乗せてもらってからは、緊張がかなり消えた。それに、ようやく二人を見分けられるようになった。私たちは一緒に笑い、見ていた番組の出演者を笑い物にした。それでも、私にはまだわずかながら気後れがある。彼らがベックと共有していた特別の何かを話題に出せればよいのだけど。私が本当に彼らの姉で、もうどこにも行かないことを彼らに思い出させる何かを。

全員で彼らの車に乗り込んだ。母親が運転し、父親が助手席だ。後部席で、私は双子の間に座る。完璧な幸せ家族に見える。

「あなたたち二人も病院に来るの？」私は尋ねる。

「いいや、僕たちは街まで乗せてもらうだけだ」とポール。

私は時間を調べる。途中で彼らを降ろしていたら、十時までに病院には行けない。

「緊張するなよ、姉さん」アンドリューが私をそっと突いた。「医者というのはいつだって遅刻するものなんだ、本当の話」

「そうだよ、リラックスだ」ポールが言って、反対側から私をそっと突いた。

車は家の前の通りから曲がった。

「コーナーだ！」アンドリューがわめいて、思い切り体重をかけて、私をポールに押しつぶす。ポールはすでに窓にぴったりはり付いている。

「ちょっと！」私は痛い思いをしないように腕を伸ばす。

「左カーブだ！」曲がる時にポールがわめいて、私を反対側に押しつぶした。

二人は馬鹿みたいに笑い出し、私も笑わずにいられない。小学校以来コーナーゲームはしていなかったのだ。

「環状交差だ！」二人が同時にわめいた。

「わっ、大変！」私はあっちへこっちへと押されて、悲鳴をあげる。彼らがこんなふうにクスクス笑うのを見ていると、子供の頃がどんなだったか想像がつく。急に二人のことがずっと好きになる。

「かわいそうにベッキーがぺしゃんこになってる」とアンドリュー。まだ笑っている。

「でも仕返しはしたわ」と私。「猫の毛よ」

「ああ、クソッ」と彼。黒いウールのコートの袖に白い毛がびっしりついている。私に体を押しつけた時に私から移ったのだ。彼が払い落とそうとした。

「いまいましいヘクターめ」彼が小声で言う。

私はベックの引き出しにあった写真を思い出す。べつの猫の写真だ。

「今でも時々モリーが恋しくなるわ」

大当たり。彼が顔を上げて私を見た。その目に、不意に感情があふれた。ポールに目を移すと、彼も同じ目で私を見ている。私はポールの手を取って、彼の肩にもたれる。アンドリューが私のもう一方の手を取る。私たちは街までずっとそのまま一緒に座っていた。

ようやく二人の心をつかんだ。これで家でもくつろげる。彼らには帰ってもらいたかったが、こうなるとまだ数日は一緒にいてもいいと思う。

アンドリューの言うとおりだった。病院へは十分遅れて着いたのに、まだ待っている。病院というのは世界でも最悪の場所だ。私たちの向かいでは、女性が痰のからんだ咳をしている。今にも肺まで吐き出しそうな音だ。気色悪いティーンエージャーの少年はシャツの下をずっとかいていて、爪がゾッとするような引っかく音を立てている。どんなたちの悪い状態にあるにせよ、その細かい皮膚片がたぶん空中浮遊している。私の体が心ならずも震える。母親が私の手を取って、ギュッと握ってくれる。おそらく私が医者のことで気をもんでいると思ったのだ。正しいかもしれない。私は腕の包帯を軽くこする。手にガーゼがざらつく。包帯にはずっとイライラさせられてきたが、それでもはずされたくない。腕がどんなにひどいことになっているか見るのが怖いのだ。ガラスが皮膚を切り開いた時のことが忘れられない。

目の端に黒い影が見えた。あれがここにいる。あのヴァン。私は母親の手を強く握りしめる。ヴァンはどうして私たちの行き先がわかったのだろう？

私は両親にそれを指摘しようとするが、言わない方がいいのはわかっている。でも、恐怖感を共有したい衝動には抵抗できない。その時、こちらにやって来る看護師のリズミカルな靴音がした。

「レベッカ・ウィンター？　先生がお待ちです」

医師が器具を残らず取り出すのを待つ間、私が脚をブラブラ揺らすと、父親が私ににっこりした。私はちょこんと座っている幼児になった気がする。部屋は私たちみんなが入るにはいくらか狭過ぎる。医師は私のそばで腰を曲げているし、そのそばには看護師、そして、ドア近くを両親が揃ってうろついている。子供が二十代半ばでも、両親が診察室に付き添うのは普通のことだろうか。

医師が包帯をはずすと、みんながハッと息を呑んだ。包帯の一番下は傷にはり付いていた。胸が悪くなる。つやつやと異様にはれていて、五十セント硬貨くらいの大きさだ。包帯がかさぶたを剝がしたので、また出血が始まった。私は少し吐き気がして、目を逸らした。

「悪いのか？」父親が医師に尋ねた。彼も少し気分が悪そうに見える。

「いやいや。ほんの軽傷です」と医師。彼がしゃべると、熱い息が腕にかかった。

「大丈夫？」母親が私の顔を食い入るように見つめた。

「ええ、大丈夫よ」

医師が消毒剤をたっぷり吹きかけ、私は縮み上がる。彼は透明なプラスチック包帯材をスプレーしてから、傷を再びガーゼで覆った。

「よし、それじゃ血液を採取したら、帰れますよ」

「どうして血液を採取しなきゃならないの？」

「警察から血液検査の命令を受けました。前回ここにいた時にするはずだった検査ですよ」彼は私をろくに見もせずに言った。私が泣いたり髪を引き抜いたりしたことを恥ずかしがっていると思っているのだろう。

「アンドポリスから？」私が尋ねると、彼はファイルを調べる。

「そう、ヴィンセント・アンドポリスです」彼がファイルを読み上げた。

「でもどうして？　何のために検査をするの？」

「実のところ、すべてのためですよ。感染や疾患の検査です。毒物学的スクリーニングもありますね」それから、不機嫌に呟いた。「最初に来た時にやっていれば、ずっと確実なものになったはずなのに」

追い込まれた。今となっては彼の求めに応じなければ、アンドポリスは絶対に私を疑う。彼は、病院でいびきをかいていた間抜けからあっという間に変身したのだ。私は看護師が注射器の準備をしているのに気がつく。うつむくと、机にベックのファイルが開いている。「血液型A＋」彼らは今日中に私のは違うことを知る。すべてが思いがけなく失敗に終わろうとしている。私は刑務所に入ることになる。私はママを永遠に失う。

看護師が注射器を手に、私に向かって歩いてきた。

「やりたくない！」と私。

「大丈夫よ。私たちがついてるわ」ママが言った。

神経がびりびりする恐ろしいパニックが私の中でふくれ上がった。看護師は怪我をしていない方の腕を取って、白い手袋をした指で肘の内側にある血管をこする。あの針を刺させるわけにはいかない。失神のふりをすることはできる。そうすべきかもしれない。でも、だめよ。私の意識がないと考えている間にも、彼らは血液を採取できる。針は私の皮膚の上で一瞬停止する。私に選択の余地はない。私は看護師の手から注射器をたたき落とした。ショックに静まり返った中で、注射器だけが床でカタカタ鳴る。全員が私を見ている。

「レベッカ」医者が明らかにショックを受けて言った。「君が暴れるなら、拘束することになりますよ」医師の言葉は落ち着いていて穏やかだが、その奥に怒りが聞き取れる。

「血を採らせたくないの」と私。

母親が一歩進み出て、私に腕を回す。

「怖がらないで。チクッとするだけよ」

「誰も私の言うことを聞いてくれない。私はいやって言ってるの！」

医師の顔はこわばっている。「これは警察の命令ですよ、レベッカ。拘束するために警備員を呼んで、君を逮捕させてもいいんです。それとも、血液を採取させてくれますか。君次第です」

今度は医師が私の手首をつかんだ。看護師よりずっと強い握りだ。私は父親を見る。肩をすくめてうつむいて、リノリウムの床を見つめている。彼こそ私の最後の望みだ。

「パパ！」私は涙をボロボロこぼす。「お願い」

彼はさっと目を上げて、私の目を見ると、素早く行動に移った。

「私の娘から手を放せ！」彼が医師に向かって一歩進み出る。どういうわけか、今や背が高くなったように見える。医師も気がついたのに違いない。すぐに手を放した。

「すみません。でもレベッカは本当に協力しなくてはならないのです。私は彼女の幸せだけを考えて――」

「娘は傷ついているのに、拘束すると脅すのか？　娘は連れて帰る。今すぐ」

私は病院のベッドから滑り降りて立ち上がると、父親に輝くような笑みを向ける。彼にこんな勇気があるとは思わなかった。

私は弾丸をかわした。間違いない。アンドポリスは自分の権利を主張している。彼は、私の方にあると思っていた支配権をことごとく取り戻している。フラストレーションのせいばかりではない——彼は私を疑っている。私の話を、私の動機を疑っている。DNA検査は疑っていないことを願うが、その可能性だってある。

病院からの帰りの車は静かだった。私は曲がり角のたびに振り返って、ヴァンを探さずにいられなかった。家に帰るとホッとして、ドアを施錠し、外の世界を締め出した。アンドポリスとヴァンの間で、私は喜んで二度と外へ出なくてもいいと思う。私は追われている。あらゆる角度から忍び寄られている。家が唯一残された安全な場所だ。

ソファに座って、私はひと息つこうとした。無力感からは何も生まれない。恐怖からは何も生まれない。私は恐怖をこらえようとした。

その後、両親は私をアンドポリスと出かけさせまいとして、父親が彼にキャンセルの電話を入れた。でも、そう簡単にすむわけがない。

約束の時間ぴったりに、彼の車が私道に停まった。父親に頼んで、私は行かないと話しに行ってもらうこともできる。でも、私はなぜかアンドポリスを攻撃することが解決の鍵には絶対にならないと思う。彼ならたぶんそうしたことには慣れている。もっと強く攻撃し返してくるだけだろう。

昨日、彼は何か顔を隠すものを持ってくるように言った。ベックが〈マクドナルド〉からの帰りに乗ったバスに乗るからと。私は帽子を被り、玄関から出て、彼に会う。ゲーム開始だ。

アンドポリスと私は黙ってバスに乗っている。私は彼にカンカンに腹を立てているので、口をきくことなどできない。彼はあんなふうに職権を超えて、私自身の体に対する私の権利を取り上げようとした。彼はずるい手を使っている。彼は本気だ。彼は何が待ち受けているか、まったくわかっていない。私は頭から湯気を立てて、窓を通り過ぎていく郊外を見守る。私の周りでは、人々がおしゃべりをしたり、携帯で話したりしている。

「それじゃ今日は、それほど気がかりなことはないんだな?」彼が言った。

私は両手をこぶしに握る。殴ってやろうかしら。私は窓の外に目を凝らす。もう何も見てはいないのだけど。怒りに屈しても、自分の支配力をさらに減らすだけだろう。

「記者会見を開くべきかもしれないって考えていたの」私は小さな声で言う。

これは彼を驚かせた。よし。

「よい考えとは思えないな」彼は周囲を見回して、誰も聞いていないことを確認する。

「よい考えよ。私が逃げ出したことを人は知るべきだと思うの。きっと他の被害者を鼓舞するわ」

そうなれば彼は醜態を晒すことになる。当時、彼は何と言っていた？　ベックが生きているなら探し出す、だったわ。でも、彼は探し出さなかったのよね。

「私は自分の話を聞かせたい」私は続ける。「みんなは、失血死しかけたあのパトカーでの長く恐ろしいドライブのことを知りたがると思う。それに私に思い出させようと、あなたがどんなに助けてくれたかを。拘束か逮捕かを選ぶしかないと言われた今日のことはべつだけど」

彼が歯を食いしばる。「誰が君の話を聞きたいと思ってるかわかるか？　私だよ。私が知りたいのはそれだけだ」

私は何も答えない。彼は被害者を愛しているのは彼だけでないことを知るべきだ。

私は新聞の大見出しを思い浮かべる。警察の不祥事、十年に及ぶ失敗、上級捜査官面目を失う。かわいそうな昔の小さな私と獣のように大きなアンドポリスの写真。

私は、もちろん虚勢を張っている。メディアに公表することは、彼よりずっと自分をのっぴきならない状況に追い込むはずだ。

「それじゃ、これは記憶を呼び起こさないんだな？」彼がきつい口調で言った。いやなやつ。私の怒りがわき上がる。

「お願い、私にかまわないで！」私は金切り声をあげた。声をいくらかヒステリックに響かせる。

バスの中が静まり返り、乗客が彼をにらみつけた。

「落ち着けよ、レベッカ」彼が周囲を見回しながらブツブツ言う。

「私から離れて、お願い！」私は叫ぶ。

「おい、あんた」前にいる野球帽を被った男が振り向いて言った。「女の子にちょっかいを出すな」

アンドポリスは財布を出して、バッジをちらっと見せた。

「口を挟むな」男性は私を見てから、急いで背中を向ける。でも私は、アンドポリスがバッジをちらつかせた時にあることに気がついていた――爪の先が割れているのだ。前はそうではなかった。彼は爪を噛むようになったということだ。

「もうやめろ」アンドポリスが私に言った。声は低く、ほとんどどうなるようだ。このバスを降りて、家まで駆けていければいいのに。でも、今の私は怖くてひとりになれない。あのヴァンはたぶん今も、チャンスを狙ってこのバスを尾けているだろう。

バスがようやくベックの降りるバス停に着く。アンドポリスは立ち上がってボタンを押し、私の腕をつかんで、堂々とバスから降ろした。

「どういうつもりだったんだ？」通りに立つと、彼が尋ねた。

「私にかまわないで！」

「やめろ、ベック！」

「痛いの！」そんなことはないのだが、私は金切り声をあげる。私の腕が帯電しているとでもいうように、彼が腕を放す。私は通りを堂々と歩いていく。彼のことは大嫌いでも、家に近づくまでついてきてほしいと思っている。彼はついてきた。

「それじゃ何も思い出さないんだな？」私に遅れないために、彼はほとんど走っていて、お腹が上下に揺れている。

「私が何を覚えてるかわかる？　私から採血するようにあなたが命じたあの馬鹿医者が、病院のベッドに私を拘束すると脅したことよ」悪態をついたってもうかまわない。

「君が公表すれば、私たちはおしまいだ」

「いいじゃない！」

彼が不満そうにうなる。「君が望んでいないとしても、私は君を助けようとしているだけなんだ」

「トラウマを抱えた誘拐被害者を脅すことが助けになるわけね？」と私。私は怒っている。でも、カンカンに怒っていても、ここは泣くべきだというのはわかる。私は主張を通した。何ができるかも見せた。私は通りで立ち止まり、うつむいて頬の内側を噛む。血の味がするほどきつく。涙も出てきた。

「あなたは信頼できると思ったのに」

彼がジレンマに陥って、私を見下ろした。

「悪かった」彼がようやく言うが、いささか素っ気ない口調だ。

私は辺りを見回す。通りに人影はない。そこで、私は彼から離れ、ベックの家に向かって走り出した。


翌朝、私はソファに腹這いになって、アンドポリスの車の音を待っていた。彼がいつもやって来る時間はとうに過ぎている。私はきっとやり遂げたのだと実感する。彼が戻りたくなくなるほど遠くまで押しやったのだ。メディアに公表するという私の脅しを受け入れたのに違いない。もしそれが本当なら、ベックの生活は正式に私のものだということだ。もう心配する必要はない。これで終わる。

私はヘクターと遊んだ。ヘクターは下のカーペットに座って、私が前後に揺らす古い靴ひもを追いかけている。こうなると日がな一日何をすればいいのかわからない。母親は双子をショッピングに連れていった。私はアンドポリスと会うことになっているので、服を買ってきてあげると言われた。ジャックにリジーから私の番号を教えてもらうようになんて言わないで、彼の番号を聞いておけばよかった——そうすれば拾いに来てくれるように頼めたのに。でも、よく考えてみると、誘拐被害者が男に言い寄るというのもヘンかもしれない。ヘクターは靴ひもを捕まえようとしてひっくり返り、足を四本とも宙に浮かせている。お腹をかいてやると驚いたらしく、すぐさまうつ伏せに戻って、攻撃を受けたとでもいうように後ずさった。

その時、何かが聞こえた。誰かが泣いている声だ。低い声で、かろうじて聞き取れる。一瞬、途方もないことだが、ひょっとしたらベックではないかと思う。ついに帰宅して、誰かが自分と入れ替わっていたことに気づいたベック。階段に向かって歩いていくと、泣き声が大きくなった。絶対に本物だ。誰かが家の中で泣いている。太く低い声は——男性だ。階段の下まで来ると、声は左側から聞こえた。両親の部屋だ。ドアは閉まっているので、そっとノックした。返事はないが、泣き声はやんだ。二階の自分の部屋に行ってしまおうかしら。父親が泣いているところは見たくない気がするのだ。でも、彼はもう家族なのよ、と自分に言い聞かせる。昨日は病院で私を救ってくれた。私はドアを押し開ける。父親はきちんと整えられたベッドの横にどっかりと座っていた。部屋にはそのベッドとチリ一つないベッドサイドテーブルがあるだけだ。ブラインドは下ろされ、日差しをさえぎっている。彼は両手で顔を覆い、肩を上下させている。灰色の部屋の黒いシルエットだ。

「パパ？」

彼が私を見上げる。青白い顔にはしわが寄っている。

「ああ、なんてことだ」彼が静かに言って、また泣き出した。痛ましい声だ。すすり泣きが内臓を引き裂いているみたいだ。

「どうしたの、パパ？」

「大丈夫だ」彼がささやいた。

「どうしてささやくの？」私は大きな声で尋ねた。

彼が私を見上げた。涙に濡れた目はうろたえている。彼が口元に指を一本立てた。

「ここには誰もいないわよ」

「出ていけ！」彼が切迫した声でささやいた。

彼は私から目を背け、私が出ていくのを待つかのようにうつむく。私の腕の産毛が総毛立った。これが昨日あれほど威厳のあった男性と同じだと言えるだろうか？　あの時と今の間に、いったい何があったというの？

「お願いだからうろたえないで」私の声はひどく不自然に聞こえる。でも、彼をこんな状態で残してはおけない。「愛してるわ、パパ。昨日は私を救ってくれた」彼のささやき声はとてもか細くて、身を乗り出さなくては聞こえない。「いいや。もう手遅れだ。もう手遅れなんだ」

彼が何を言いたいのかわからない。でも、私は彼のことが怖くなり出していた。ドアを閉めて、二階の部屋へ上がる私の鼓動は苦しいほど早い。

そこからでも、すすり泣きはまだ聞こえていた。

10

ベック、二〇〇五年一月十四日

ベックは最初、悲鳴は夢だと思った。たちの悪い夢、最悪とも言える夢だ。心にわだかまる汗が出るような映像は、目を覚ましてまた下意識の中へ戻る一瞬だけで消えた。でも、悲鳴は残った。しばらく平然と聞いていた。あれは間違いなく現実だ。母親か父親か弟のひとりだということもあり得る。

ベッドから抜け出して、ドアに向かって歩こうとした。でも、ドアは彼女の前で揺れて踊っている。ノブがウィンクした。ベックはその冷たい合成樹脂に指先が触れるまで手を伸ばして引っ張った。階段に出るまで、壁に体をもたせていた。階段の上に座り込んで、深い淵を見渡した。くぐもった泣き声がまた聞こえた。息の詰まるようなうろたえた声だ。ベックは四つん這いになって、後ろ向きに階段を下りていった。

下に着いても、とても立ち上がれないので、音に向かってそのまま這っていった。這っていくと、洗濯室の中が奇妙なエネルギーに小刻みに震えていた。でも、音はその先から聞こえる。ドアの向こう側から。ガレージからだ。洗濯室のタイルの床で、無理をして立ち上がった。ノブに手を伸ばすと、音が急に大きくなった。あまりに大きい。耳の奥で痛いほど鳴り響いている。手がノブから滑った。ノブは濡れている。手が赤く光った。

朝早く目が覚めた。部屋は淡い朝焼けに輝いている。外の風が、岸で砕ける波のような音をさせている。しばし海辺にいると想像した。下見張りの小さな家にひとり暮らしで、日がな一日玄関先のポーチにイーゼルを立てて座り、水平線を描いていると。絵は苦手なのに。ベックはよろけるようにベッドを出た。体重を支えた前腕が震えた。身の毛のよだつ悪夢を見た。ここしばらくでは最悪だ。瞬きをして、血と生き地獄の心象を振り払った。

奇妙なことに、昨夜ベッドに入ったことをちゃんと思い出せない。リジーの家も、恥をかいたことも、公園で倒れたこともすべてはっきり覚えている。でもその後となると、何もかもがいささかぼんやりしている。断片は覚えている。弟たちが彼女に腹を立てていた。ママがバスルームで彼女の頭を調べた。でも、どれも曖昧で支離滅裂で、つい昨夜のことではなく、何年も前にあったことを思い出そうとしているみたいだ。ベックは自分を見下ろして、服を着たまま寝ていたことに気がついた。服には暗い赤のしみが走っている。血のようだ。口に手をさっと当てて、金切り声をあげるのをこらえた。シーツをめくると、ベッドにはもっと血があった。それに、手にもべったりついている。手のひらは真っ赤だ。一瞬、服の下に色鮮やかな大きな傷口があることを予期して、震える手で服を持ち上げた。でも、肌に傷はない。血は彼女から流れたものではないのだ。

ベックはワンピースを頭から脱いで、バスルームに駆け込むと、下着のまままっすぐシャワーに入って、蛇口を目一杯ひねった。気持ちが悪い。ものすごくムカムカする。胆汁が喉元までこみ上げて、シャワーの下で膝をついて、タイルに吐いた。

きれいに洗って、タオルを巻いた時、カーペットに小さな赤いしみがベッドまで続いているのに気がついた。素早くシーツをはぐと、丸めて床に山にした。自分のせいだ。ドアの下に椅子を押し込まないで寝てしまったのだ。幽霊の仕業だ。部屋に入ってきて、一面に血を滴らせた。ベックは目を閉じて、そんな考えを無理やり締め出した。考えただけで、また吐きたくなる。

服を着て、コーヒーを淹れるためにキッチンへ下りていった。今は部屋にいたくない。カーペットについたあの小さな赤い点を見るなんて耐えられない。

「早起きだな」パパが言った。キッチンテーブルで朝食を食べている。

「パパもね」ベックは言って、やかんを火にかけた。

「私はいつだってこの時間には起きてる。お前は起きてこないから知らないだけだ」

ベックはコーヒーを淹れる手を止めなかった。父とはあまり話したくない。

「昨日は悪かったよ、ベッキー。オフィスでどうしても手の離せないことがあって。今日の気分はどうだい？」

「大丈夫よ。ただの熱中症だったんだと思うわ」

「それじゃ今日はゆっくりするんだぞ、いいな？」

「わかったわ」ベックは答えて、テーブルについた。

「ママに聞いたが、弟たちをプールに連れていくのを忘れたんだってな」

「ごめんなさいって言ったわよ！」父はまだろくに謝ってもいないのに、もう弟たちの話をしている。

「わかってる。それでも二人に何とか埋め合わせをしてやれよ、いいな？」

ベックは父の言葉を無視した。両親に双子より自分に注目してもらうためには、どこまで病気にならなきゃいけないのかしら？　テーブルの上の新聞は煙と炎の大きな写真のページが開いている。今も山火事が続いているなんて、なかなか想像できない。父親は朝食を終えて、お皿をシンクに持っていった。以前から彼女とはあまりしゃべらないのだ。タイルの上を歩いていくのを見て、ベックはその足に注目した。青白くて、すね毛もなく、爪が少し伸び過ぎている。ベックは素早く目を逸らした。飲んだコーヒーを戻してしまいそうだ。

二階で母親がシャワーを止める音がした。ベックはマグを手に、急いで部屋に戻った。パパとはいつからこんなに妙なことになってしまったのだろうと考えた。小さかった頃、毎週金曜日の夜には、仕事を終えたパパがパズルを持って帰ってきたのを覚えている。パパはドアを入りながら、意気揚々と彼女に向かってパズルを振ってみせた。ベックはパズルを解き終えるまで夜更かししてもよいことになっていた。あれはベックとパパ二人だけの特別な時間だった。でも、ある金曜日、パパは馬にまつわるパズルを持ち帰った。パパは本気で私が馬好きの女の子だと思ったのかしら？　乗馬ズボンで学校に来ても、制服でもないのになぜか何のトラブルにもならない女の子たちだと？　彼女たちは馬の写真のついたカードをやり取りし、学校の椅子を速足で駆けるポニーに見立てて乗っているふりをしてから、キャッキャッと馬鹿みたいに笑うのだ。ベックはパパがどうして自分もそんな女の子のひとりだと考えたのか理解できなかった。彼女は自分の主義に従って、パズルをするのを拒んだ。

まあ、主として主義に従ってだが、友だちがみんな金曜日の夜には映画に行くのを許されるようになっていたからということもあった。パパの顔に浮かんだ表情を今でも覚えている。あれからパパはどんなパズルも持って帰ることはなかった。

その後、両親が仕事に出かけると、丸めた血まみれのシーツと服を階下まで引きずっていった。証拠を隠そうとしているおねしょをしてしまった情けない子供みたいな気がした。すべてを洗濯機に押し込んで、漂白剤を浴びせかけると、ふたがカチリと閉まり、洗濯機が回り出した。ベックはぐるぐる回るのをしばらく見ていた。一瞬、洗濯物と一緒に中に入りたくなった。きれいに漂白されて、申し分のない姿に戻るのだ。

洗濯室を出ながら、ガレージのドアが開いているのに気がついた。ドアを閉めると、突然説明のつかない胸騒ぎが体に走った。昨夜の夢が再び姿を現そうとしている。ベックは素早く漂白剤とスポンジをつかむと、カーペットを洗うために二階へ上がった。

仕事を始める頃には、自分を取り戻せた気がしていた。制服のむずむずするポリエステルやジュージュー焼ける肉の匂いが、奇妙なことに落ち着かせてくれたようだ。店は混んでいて、ベックはさっそく客の注文を取り始めた。エレンは左側でレジについている。右側はルークだ。マティが奥のキッチンでバタバタしているのが聞こえるし、スピーカーを通してドライブスルーにいるリジーの声も聞こえる。彼らとは直接話さなくても、同時進行的に動くのにはすっかり慣れている。ダンスのようなものだ。守られている気がする。この人たちと一緒なら、悪いことなど絶対に起きないというような。彼らは家族のようなものだ。

混雑が下火になると、ルークが肩に腕を回してきた。彼の匂いにすっかり包み込まれて、ベックはまた少し目眩がした。

「調子はどうだい？」彼が言った。

「またあったの」ベックは彼に言った。

話を聞かせるのは気分がいい。ばつが悪いのではないかと思っていたのに、そんなことはなかった。もうひとりではないみたいな気分になった。

「血の量は実際どれくらいだったの？」エレンが訊いた。

「多かったわ。一面に乾いたしみもあったし」両手についた血のことを言うのはやめた。

「君のだった可能性は？」ルークが尋ねた。

「生理なんじゃないかってことよ！」リジーが言った。

「まさか！　そんなつもりじゃなかった！」ルークがリジーを軽く突いた。

「私は生理じゃないわ、キモい人ね」ベックは言って、彼が赤面するのを見守った。

「傷か何かがあったのかってことだよ」と彼。

「そうでしょうとも」ベックは言った。「変態」

「おい、黙れ！」ルークは彼女を引っつかむと、髪をくしゃくしゃにした。

ベックはキャーッと声をあげて、彼を押しのけた。が、みんなを見回すと、笑いは喉元で消えた。エレンは彼女を注意深く見ているし、キッチンのマティはいつになくおとなしい。彼女を信じていないのだ。当然だ。ふざけて笑っているのだから。でも、ルークと一緒だと、どうしても楽しくなってしまうのだ。彼がいれば、とりわけ彼に触れられていれば、怯えたり動揺したりすることなど絶対にない。

でも、これは本当の話。注目を集めようとかしているわけではない。これは現実で、彼らにそれを示さなくては。

「悪魔払いがしたいわ」ベックは言った。

「そうよ！」とリジー。「ウイジャボード（心霊術に用いる占い板）を持ってくわ」

「明日にでも。みんな来られる？」

「行くよ」ルークが言った。

ベックはうれしくて胸が熱くなるのに気づかないふりをして、エレンに向き直り、その顔をじっと見た。

「あなたは？」

エレンは彼女と目を合わさなかった。ベック自身もボスに来てもらうことがどうしてそんなに重要なのかよくわからなかった。

「全員が行くわけにはいかないわ、ベック。誰かは仕事をしなきゃ」

「閉店してからでいいわ」

「不気味！」とリジー。

「ご両親は受け入れてくれるの？」

「こっそりやるのよ」

「ガレージでやれば？」とリジー。「家からは隔離されてるようなものだから、両親にも絶対に聞かれないわ」

あの説明のつかない胸騒ぎがまた体を走ったが、ベックは気づかないふりをした。

「考えさせて、いいでしょ？」エレンが言った。

その後エレンは帰り、空も暗くなってくると、ルークがそばに来て、また腕を回してきた。ベックはフライドポテトをすくう手を止めて突っ立ったまま、彼の匂いを吸い込んだ。

「君は本当に大丈夫なのか？」彼が訊いた。

「ええ。今は気が楽になったわ。みんなが何とかしてくれるんですもの」

必ずしも本音ではないが、適切な言葉のように聞こえた。ガレージで悪魔払いをするというアイデアは気に入らなくても、リジーの言うとおりだ。両親を起こさずにすむ場所はあそこしかない。

「君に必要なのはそれを忘れることだと思うんだ。友だちが今夜ホームパーティを開く。君も来いよ」

ベックは顔が赤くなるのがわかった。

「ぜひ行きたいわ」

「いいぞ。住所はメールするから」

彼はベックの肩をギュッとつかんでから、カウンターに戻った。あのスキャンラン&セオドアのワンピースがぴったりだろう。あれを着て、パーティ会場のドアを入っていく自分の姿が見える。ソファでルークとさりげなくおしゃべりをして、彼の友だちみんなと対等だという顔で知り合いになる。ルークはまた手をつないでくれるのだ。

「ちょっと、アブない人、起きて！」リジーがベックのお尻をぴしゃりと叩いた。

「あら、失礼。それって、職場のセクハラよ」ベックは言った。

「これはどう？」リジーがベックのバストを突っついた。

「痛い！」ベックは笑った。

「で、一緒にパーティの支度をする？」

ベックの気持ちがなえた。

「パーティって？」

「ウーン……ルークに誘われなかったの？　野暮なやつ！」リジーが言った。

「誘ってくれたわ。ただ、イケてる人たちのためのイケてるパーティだと思ったの。あなたのような鈍臭い人じゃなく」

「うわっ、辛辣。気に入ったわ！」

「支度は家でしましょうよ。ベッドの下にまだ隠してるものがあるから」

「素敵――幽霊屋敷をこの目で見られるわ」

リジーは気味の悪い音をさせながらドライブスルーの窓口に戻っていった。フライドポテトの上にはヒートトランプがついている。じっと見ていると、緑色の形のものが目の前でゼリービーンのようにひらめいた。

リジーが一緒に来てくれるのはそれほど悪くないかもしれない。ベックは判断した。やっぱりひとりでパーティに入っていくなんて想像できないのだ。リジーは家に近づく間しゃべり続けていたが、ベックがバッグからキーを探し出すと、ぴたりとおとなしくなった。

「今になって私の家が怖くなったの？」ベックは尋ねた。

「長いこと来てなかったから。勝手にガーゴイルとか堀とかを思い浮かべてたんだと思うわ」

ベックは目をぐるりと回して、ドアを解錠した。ドアはギーッと音を立てて開いた。廊下は不気味に静まり返っている。

「先にどうぞ」ベックは言った。

リジーは小さく一歩中へ入った。その時突然、双子が彼女の前に飛び出した。

「ワッ！」二人が叫んだ。

リジーが血も凍るような悲鳴をあげた。

「あんたたち最低！」リジーは二人にわめいて、ポールに飛びかかった。

ポールはひょいとかがんでかわし、二人揃って、大笑いしながら階段を駆け上がった。

「あなたが企んだの？」リジーがベックに言った。

「まさか！あの子たちに決まってるじゃない」ベックも声をあげて笑っていた。

「私は弟がいなくてホントによかったわよ」リジーは片手で顔を拭った。

「まあまあ。まだ子供なのよ」ベックは笑いながら一緒に階段を上った。

「それはそうだけど、あの二人は気味が悪いわ。洋服ダンスに死んだカブトムシを隠してたのを見つけたんでしょ、忘れたの？」

「そんなの昔の話じゃない！」

ベックは、自分はべつとして、他人に弟たちを悪く言われると必ず燃え上がる怒りを飲み込んだ。リジーは間を持たせているだけだ。だから、ベックも聞き流した。リジーはベックの寝室の戸口にじっと立って、暗い空間を覗き込んでいる。ベックはパチンと照明をつけて、隣にいるリジーの体がわずかに緊張するのを感じた。

「大丈夫よ」ベックはベッドの下を覗いた。「化け物はいないわ。ウォッカがあるだけよ」

そして、ベッドフレームの管から半分空のウォッカのボトルを引っ張り出した。リジーは弱々しくほほ笑んだだけで、カーペットを見つめている。ベックは彼女が小さなしみを見ているのに気がついた。今朝、二回ゴシゴシ洗ったのに、淡いピンク色に薄くなっただけだったのだ。

「ベック、私、すごくビビってる。どういうことか、理解できないのよ」

「いいのよ。明日にはきっとわけがわかるわ」

リジーはまだためらっている。戸口をまたぐと自分がどこか変わってしまうと思っているかのようだ。

「何とも言えないけどね。私の生理のせいだっただけかもしれないわ」

「ほんとに？」本物の笑みがリジーの口元を引っ張った。

「たぶん」

「この意地悪女！　私は踏まないわよ！」リジーはしみを飛び越えて、ベックの隣に座ると、彼女の手からバニラウォッカのボトルを取って、ごくごく飲んだ。

「うわっ、何これ。不味い！」声がしゃがれている。「次はただのウォッカにしましょうよ、ね？」

「次はジンがいいわよ。あれはすごく美味しそうだから」ベックは自分の部屋でまた笑えて、ホッと胸を撫で下ろした。部屋がまた、何かのホラーシーンではなく、自分のものになったからだ。

「パパの話じゃ、ジンなんか人を泣かせるだけだそうよ」

「ああ、それはあなたのパパが弱虫だからよ」

リジーが枕を投げた。ベックはさっと立ち上がって避けた。

「パパは弱虫じゃないわ！」リジーが叫んだ。

「それじゃどうしてジンを飲むと泣くの？」とベック。「それはともかく、支度をしましょうよ。今夜はカッコよく見せたいの！　最低の一週間だったから」

ベックは緑色がかったブルーのワンピースを出した。リジーは素早く立ち上がって片手でウォッカのボトルを持ったまま、もう片方の手でベックのクロゼットをパラパラ見ていった。

「あなたも私のお尻が入るオシャレな服を持つべきだわ」

「そうね。サイズが合わない服まで山ほど盗んじゃってるけど」

「これとか？」リジーがだらしなくてダサいワンピースを引っ張り出した。古い色あせたギンガムの布巾で作ったみたいな服だ。

「ああ、しまっちゃって！　目に悪いわ」

「どうしてこんなものを持ってるの？」

「ママが買ってくれたのよ。私が着ないから、すごく傷ついてるわ」

「着ちゃだめよ」リジーが真剣に彼女を見た。「たとえ傷つけたとしても。絶対に着ちゃだめ」

「着るくらいなら死んだ方がマシよ」ベックは鏡の前に座って、化粧直しを始めた。

「私はこれを着ようかな」リジーが黒いレザーのスカートを差し出した。「ＳＭプレイの女王みたいになるの！」

「まあ、私はまだ着る気になれないわ」

「どうして？　すごくエッチで、気に入ったわ！」リジーは笑って、スカートをクロゼットに戻した。

　ベックは鏡に向き直って、メークに集中した。今夜はゴージャスに見せるつもりだ。スマホが鳴った。ルークが住所をメールしてくれたのだ。最後に小さな「ｘ」がついている。キスみたい。ベックは鏡の中で自分の顔に間抜けな笑みが広がるのを見守った。

「ディーキン地区だわ」

「歩いてく？」

「いやよ、ヒールを履きたいもの。ママに頼んで車で送ってもらうわ」

アイライナーは閉じた瞼に完璧な弧を描いた。マスカラはきっちりと塗れてダマになったりしなかった。左目は完璧だ。ベックは顔の右側に手をかざしてから、その手を左側に変えて、メークした顔がずっとよく見えるのを確かめた。と、部屋が妙に静かな気がした。リジーのせいだ。ベックはひっきりなしにおしゃべりをするリジーに慣れているので、黙られると不安になってしまう。リジーは妙な表情を浮かべて、クロゼットを覗き込んでいる。

「どうしたの？」

「パパに送ってもらえるように頼んでくれる？」

「どうして？」

「わからない。でも、あなたのママには時々ヘンな気分にさせられちゃうのよ」

「どんな？」

「わからないけど」

ベックはリジーの顔を覗き込んで、答えを探そうとした。が、答えはなかった。

「いいわ。パパに頼む。貸しがあるから」

ベックは勢いよく立ち上がって階段を駆け下りた。両親はソファに座って、ニュースを見ていた。

「パパ、私とリジーをディーキンまで車で送ってくれる?」

両親が顔を上げた。テレビの光のせいで、宇宙人の顔みたいだ。どちらの目も赤く、疲れているようで、二人の間には違和感がある。ベックに無言の口論を中断させられたとでもいうような。

「いいよ、ハニー」パパが言って、二人はテレビのニュースに目を戻した。

その後、しんとした車がまた隣のレーンにふらふらと入ると、ベックは母親に頼めばよかったと思った。かがんで、ヒールのストラップを留めたいのに、車酔いで軽い吐き気を覚え始めていた。パパは半分眠っているみたいなのだ。目はどんよりしているし、ハンドルに覆いかぶさるように異様に前かがみになっている。彼が幹線道路を下りるためにウィンカーをつけると、カチッという音が鼓動のように車内に響いた。

彼がアデレード・アヴェニューを下りたところで、リジーが大声をあげた。「ここからは歩くわ!」

「わかった――親は立ち入り禁止だな？」パパが言って、車を停めた。

「送ってくれてありがとう！」ベックは体をずらして、リジーが自分の側から降りられるようにした。

「ホント。ありがとう、ミスター・ウィンター！」リジーはドアをバタンと閉め、彼はバックしてふらふらと道路に戻った。よちよち歩きを始めたばかりの幼児のようだった。

「ワオ、あなたのパパって運転がヘタなのね！」リジーが言った。「私の方がまだマシだと思うわ」

「わかってる。気持ちが悪くなったもの」ベックは額を押さえて、吐き気が治まってくるのを感じた。

「あのバニラウォッカもきっとよくなかったのね」リジーが言った。「さあ、行きましょう。ここからなら、ほんの十分だから」

「あっ、いけない」ベックは見下ろした。「靴を車に置いてきちゃったわ！」

「まあ、大変。パパに電話する？」

「いいえ。もういいわ。どっちにしろあのヒールじゃ歩けないもの」

二人は笑って、パーティに向かって歩いていった。まだ九時半だというのに、通りに人影はない。しばらくすると、静けさに音楽のビートが広がってくるのが聞こえた。近づいていくと、一軒の家の外に大勢の人がいるのが見えた。

人ごみをかわして、活気に満ちた低音に向かって、通用門を入った。裏庭には大勢が詰め込まれていた。ダンスしている人たち、ポーチに座って話してる人たち、陰になった垣根にもたれていちゃついているカップルたち。木々全体に灯された豆電球は淡いブルーの小さな星のようだ。ベックは人ごみの先にルークを見つけた。ちょうどその時、彼も二人の方へ顔を向けた。二人に向かって歩いてくる彼の目は、小さなブルーの光をちらちら映している。悦びが泡立って、ベックの血管を巡った。

11

二〇一六年

スマホに知らない番号から電話が来た。

「もしもし？」

「やあ、元気？」男の声だ。

「誰なの？」私は尋ねる。ホッとして笑みが浮かんでいる。もう何時間も静かな家に座っていて、気味が悪くなり出していたのだ。

「あっ、ごめん。僕だよ。いけね、だから、ジャックだよ」

「あなただってくらいわかるわよ、馬鹿」私が言うと、彼が笑い出す。外で車の音がするので、窓から覗くと、幸いママだ。アンドポリスではない。

「で、その、どうしてる？」と彼。

「元気よ。手を貸してくれる気はない？　ちょっと閉じ込められてる気分なの」

「ああ、いいとも。いつ？」

「今じゃだめ？」私は尋ねる。その時ママが部屋に入ってきて、ベッドの足下に袋を置くと、急いで出ていった。

「今？　いいよ、もちろん」

「拾ってくれる？」

「いいよ。通り道だから」

「サイコー」私は言って、通話を終える。

私はにっこりした。今日はうまくいきそうだ。ベッドの足下にはサンタからのプレゼントよろしく衣類の袋がある。中を見ずにいられない。真新しい布地の匂い、すべてがこぎれいに薄紙に包まれていて、ウキウキする。それの何かがいつだってとてもいい気持ちにさせてくれるのだ。あまりにいい気持ちに。実家で継母が私のベッドの下から袋をいくつも見つけた時のことを思い出す。パースでも特に高級なブティックの包装紙や靴の箱だった。彼女は私に秘密の裕福な恋人がいるに違いないと考えた。私には彼女が喜んでいるのがわかった。彼女は片手を妊娠して大きくなったお腹に当てて、私にほほ笑んだ。赤ん坊が生まれる頃には、私がいなくなっているかもしれないと知って喜んだのだ。

実際には、私に恋人はいなかった。継母の友だちのクレジットカードを引き出しいっぱい持っていただけだ。見ていられないようなちょっとしたディナーパーティの時に、私が客のハンドバッグやコートを預かると申し出ると、継母はとても驚いたようだった。そして当時の私は、それで刑務所に行くこともあるなんて知らなかった。


「出かけるの？」母親が、掃除機のスイッチを切って尋ねた。

「ジャックとほんの二、三時間ね。かまわないかしら？」

「ええ、もちろんよ、ハニー。リジーのお兄さんのジャックね？」

「そう」彼女が掃除機のスイッチを入れる前に、私は素早くギュッとハグして、彼女のバニラの匂いを吸い込んだ。アンドポリスが捜査を取りやめたのなら、彼女は間違いなく永遠に私のものだということだ。


私はジャックを待つために外に出た。バッグには煙草のパックが入っている。でも、ポールが先に出ていて、木にもたれて煙草を吸っていた。

「見つかっちゃったか」と彼。

「一本もらえれば、告げ口はしないわ」

「ベッキー！　こんな日が来るなんて、思ってもみなかったよ」彼は煙草の箱の底をはじいて、一本飛び出させると私に差し出す。

「カッコいい」と私。実際カッコよかったのだ。

彼が片方の眉を吊り上げてから、私の煙草に火をつけてくれて、私たちは一緒に一服した。私はアンドリューよりポールと少しだけより親しくなった気がする。彼ひとりと一緒にしばらく時間を過ごすのは楽しい。双子はとても親密に見えることがあって、どちらにしろ個人として親しくなるのはほとんど不可能に思われるのだ。隣家の私道にステーションワゴンが停まって、金切り声をあげる子供の一団が降りてきた。疲れ果てた様子の母親が続き、家に入っていく。

「姉さんがいなくなった次の年にマックスも出てったんだ」とポール。それこそ私の考えていることだと言わんばかりに。

「不思議に思ってたの」私は嘘をつく。彼はベックがまだここにいた頃にあの家に住んでいた隣人のことを言っているのに違いない。

「またやらかしたんだよ。一晩中叫び声をあげて、わめいて。その後、ある日ふらりと出ていって、二度と戻らなかった。医療施設に隔離されたんだろう」

「まあ、そんな」と私。どれくらい動揺したふりをしてよいかわからない。

ポールは肩をすくめただけだ。私は煙草の灰を芝生にはじき落とした。

「今朝、ヴィンスとはどうだったんだ？」彼が訊いてきた。

「来なかったの」

「ホントに？　どうして？」

「知らないわ」

「いくらか手をゆるめる気なのかな？」

「それはないわね」しばしの間の後、私は答える。彼を狼狽させたくない。「都合が悪くなっただけだと思うわ」

ジャックの古い車がよろよろ坂を登ってくるのが見えた。私は煙草を木の幹にこすって火を消す。ポールは車を見てから、片方の眉を吊り上げて私を見た。

「何も言わないで！」私はそれだけ言って、車に向かって歩いていった。


ジャックはグリーブ公園へ連れていってくれた。私は、まだ公然と人前に出てはいけないのはわかっていても断れなかった。彼がとても長身だというのをほとんど忘れていたのだが、私は彼の肩までしか届かない。近くのカフェでコーヒーとペイストリーを買って、芝生に座った。あぐらをかいて座っている彼は滑稽に見えるほどだ。手足が長過ぎて、どうしていいかわからないみたいなのだ。体を丸めて彼にもたれたいけれどやめておく。彼には、自分がそう仕向けたと思わせなくてはならない。

秋にしてはよく晴れた気持ちのよい日だ。子供たちは遊具の上で笑いながら、歓声をあげている。たくさんのオレンジ色の落ち葉を投げている子供もいる。母親たちは周囲のベンチに座って、おしゃべりをしている者もいるが、多くは落ち着いた様子で子供たちを見守っている。公務員が数人、遅いランチに出てきていて、ラップに包んだサンドイッチを食べながら、書類に目を通している。私は目を閉じて、無理やりこの瞬間を楽しもうとした。クリーミーなラッテ、ラズベリーの甘酸っぱさ、デニッシュのカスタード。大気の暖かさと、木と刈り取られた芝生の匂い。目を開けると、ジャックが一心に私を見つめていた。彼の瞳が印象的なグリーンで、周りには小さな金色の斑点が散っていることに、これまで気づかなかった。本当に美しい。実際のところ、彼のすべてが、とてもカッコいい。腕は細くても力強いし、ぼさぼさの髪も、あの間抜けな笑顔も魅力的だ。もし私が本来の私なら、きっととっくにキスしている。でも、今の私はベックだし、ここに彼と一緒にいる本来の理由を忘れるわけにはいかない。

「それで、もうリジーのことは許したの？」私は尋ねた。

「まあね。ほら、彼女っていつまでも怒ってられる相手じゃないんだよ」

「そうね」

私は少し間を取ってから続ける。

「実は」と、まるで気をもんでいたかのように。「彼女のことでちょっと訊きたいことがあるのだけど、あなたを困った立場に陥らせたくはないの」

「かまわないさ。どんなことだい？」彼が首を傾げて、私を注意深く見た。

「あのね……。この間リジーに会った時、妙な雰囲気を感じ取ったの。だから……どうかしら、私に腹を立ててるみたいだった。あれは……」私は声を次第に小さくして、地面に目を落とす。あの美しい瞳に嘘をつくのは難しい。

「あれは、何だい？」

「ごめんなさい。やっぱり彼女のことをあなたに話すべきじゃなかったわ。フェアじゃないもの」

「ベック」彼が私の肩を軽く押す。「何を考えてるのか話してみろよ。僕が役に立てるかもしれない」

「だから、私は彼女に会えてものすごくうれしかったの。けど、彼女も同じように感じてくれてるとは思えなかった。からかわれてるみたいな、本当に私だとは思われてないみたいな感じで。それで混乱してしまって」

多少感傷的に聞こえてもべつに困らない。ジャックは悲しそうに私を見て、私の膝をぎゅっとつかんだ。大きな手のひらが温かい。彼は手を放すが、私はずっと置いていてくれればいいのにと思う。彼が口を開くまで、しばしの間があった。

「君がいなくなったのが、リジーにはつらかった。本当に耐え難いことだった」彼がようやく口を開いた。「あれからは、みんなが彼女を失踪した女の子の親友だと考えた。みんな、気詰まりで彼女とはとても話せないと思うか、君の情報を彼女から聞き出そうとするかのどちらかだった」

「そんなのひどいわ」

「わかってる。あれでリジーはすっかり変わってしまったんだと思う。彼女が話したかどうか知らないが、今は驚くほど成功してるんだ」

「いいえ、聞いてないわ」私は静かに言う。

「本当なんだ。僕は本気で彼女を自慢に思ってる。公務員の出世の階段を上ったんだ。今では君も知ってる学生時代の友だちの両親だって、部下にしてると思う。大したことじゃないけどね。でも、当時の彼女はとても孤独だった。何年も引きこもって、完全に授業だけに集中していた」

何と言っていいかわからない。彼は目を潤ませ、虚空を見つめて、思いにふけった。私の計画は思わぬ面倒を招いている。ジャックを味方につけなくてはいけないのに。私は彼が先を続けるのを待った。ここで話題を自分に戻したら、身勝手に見えてしまう。そよ風が新しく植えられた木々を押して、その細い幹をたわませた。

「親父も助けにはならなかった」と彼。「君が訪ねてきた、ほら、あの日にリジーがいなかったことをひどく後悔させたんだ。パパは絶対に君は家出したんだと言い続けたし。おかげでリジーは自分ならそれを止められたはずだと思ってしまった」

「私の身に起こったことは何にも止められなかったわ」私はきっかけをつかんで言った。

彼の目から霧が晴れた。

「くそっ。ごめん、ベック」

「いいの。持ち出したのは私だもの。知ってよかったわ。かわいそうなリジー。さぞや大変だったでしょうね」

「君はホントに利己心がないんだね」彼のほほ笑みは温かい。「そう、彼女はつらい思いをした。でも、それは絶対に君のせいじゃないよ」

「それでもすまないと思うわ」と私は強調する。

「いいや、すまないなんて思うな。リジーは君のせいにすべきじゃない。そんなの馬鹿げてるよ」

「もしかしてあなたが彼女に話してくれるとか？」

「かまわないよ」

「ありがとう」私は芝生についた彼の手に自分の手を重ねる。彼はそれを見てから、私を見てほほ笑む。いつもなら、こんなに簡単に騙される人を、私は弱いとみなす。愚かだとすら。でも、今回は彼のことがもっと好きになっただけだった。

「それじゃどうしてリジーはあなたにカンカンなの？」

彼がうめいた。

「それは、僕が関わるべきではないことに深入りしてると考えてるからだ」

私は俄然興味がわく。「それって何なの？」私は彼に打ち明けさせようとしてたたみかけた。

「見せるよ」彼が言って、立ち上がり、ジーンズのお尻から泥を払った。


ジャックの家に着くと、彼について中に入り、階段を上がった。私は身につけているのがベックの子供っぽい下着でなければいいのにと思う。彼の家はモダンで大きい。ベックの家より大きいし、パースにある私の実家とほぼ同じくらいの広さがある。彼の寝室はいくらか散らかっているが、暖かくて、日差しにあふれていた。中央にベッド、それに机と、付箋だらけのパソコン。大量の段ボールが壁に立てかけてある。窓から外を見ると、輝く長方形のブルーの水に気がつく。プールだ。

「まだ実家にいるなんて、僕を非難しないでくれよ！」と彼。「しばらく出てたんだ。でも……」

「非難なんかしてないわ」私は彼をさえぎった。

「少なくともヘビメタ時代は卒業したけどね、わかるだろ？」

「ええ、ほっとしたわ」私は自分のヘビメタ時代を思い出した。

ジャックは私が段ボールの上の絵を見ているのに気がついた。子供の描いた絵をポスターの大きさに引き伸ばしている。

「オーストラリアの収容施設に住む子供たちが描いた絵だ。セーブ・ザ・チルドレンのメンバーが出入り禁止になる前にこっそり持ち出した」彼が言った。「数ヵ月前には僕も加わっていたデモのプラカードに貼っている」

私は絵をパラパラ見ていく。子供が描かれたシンプルな絵だ。悲しげな大きな顔と頬を伝う涙。彼らを囲んで檻が描かれている。絵の一枚には不吉な顔をした巨大な太陽がある。べつの絵は木の下に男がいる。すぐにはわからなかったのだが、男は首を吊っている。隅には「メリカ、六歳」と書かれている。

私はプラカードを元の場所に戻す。つらくて見ていられない。

「ひどいわ」

「そうだな」彼がパソコンの椅子に座る。「いいかい、見せるよ……」

彼はブログを開いて、中身をスクロールしていく。亡命希望者についての活動家のページらしい。葉巻を吸い、高級レストランでディナーをする白人の政治家のぼやけた写真があり、その隣には口を固く閉じたアラブ人のティーンエージャーの写真、アフリカ系の小さな女の子は柵に体を押しつけられている。

「報道管制が敷かれる前の写真だ」

「ウーン」と私。「政治についての最新知識は持ってなくて」誘拐されたというのは、世界について無知なことの格好の言い訳になる。

「ごめん！　忘れたわけじゃないんだ。ただ――」

「いいのよ。理解したいわ。説明してちょうだい」

「そうだな」彼は少し黙って考える。「知ってる話だったら止めてくれ、な？　いばりたいわけじゃないんだ」

「あなたならそれはないわ。話して」私はこうした事柄については本当にあまり知らない。政治のことを知りたいと思ったことなどなかった。

「そうだな、他の国と違って、オーストラリアは亡命希望者を収容施設に送り込む。僕たちが子供だった頃には、ウーメラとヴィラウッドにあった、覚えてるか？　砂漠の真ん中にあったんだ」

私はうなずく。彼の目が燃えている。彼は本気でこの件に夢中だ。

「それが、今じゃさらに悪くなるように法律を変えた。今では太平洋にあるナウル島とマヌス島に送り込んでる。あそこの状況はゾッとするほどひどい――文字どおりテントに住んでいて、ものすごく暑いんだ。

「新政権は収容施設について報道管制を敷いた。あそこで何が行われているかを調べようとするのは本当に危険だ。政府は国民に教えたくない。それでも僕たちはこの写真を手に入れたけどね。ヘリコプターから撮ったものなんだ」

彼は高い鉄条網の柵に囲まれたテントの収容所と汚物の写真を見せてくれる。人々は標識を掲げているが、遠過ぎて読めない。

「彼らは何年もあそこに収容されている。子供たちもだ。ああいう施設の維持には何十億も税金がかかるのに、僕たちにはあそこがどうなっているのかまったくわからない。それでも、少しは漏れてくる。治療可能な感染症で男性が死んだ。足に切り傷があっただけなのに。それに警備員は亡命希望者に対して大々的に猥褻行為をしている。子供に対してもなんだぜ、ベック、でも、どんな処置もとられていない。あそこには自殺しようとした子供たちまでいる」

彼はごくりと唾を飲み込んで、写真を見た。「みんな、彼らが怪物になるとひどく怯えている。自分たちが怪物になってしまったという自覚がないんだ」

私は何を言ってよいのかわからない。何も知らないのがつらい。ニュースになるとテレビを消していたことが。人々の生活というより、所詮ただの政治だと思ったからだ。でも、罪悪感を覚えても、この状況の助けにはならない。だから、話題を変えようとした。

「でもそれとリジーがあなたにカンカンになったことはどんな関係があるの？」

彼が用心深く私を見た。

「このブログを運営してる男はキングスレーと名乗っていて、誰も本名を知らない。人は彼をゲリラ的ジャーナリストと呼ぶだろう。彼こそ抗議行動を組織している者だが、あまり効果は上がっていない」

「どうして匿名でなきゃならないの？」私は、このようなことにそれほどの労力を注いでいるなら賞賛もほしいだろうと推測した。

「彼と一緒に活動していた者がいた。彼は本名を使っていた。自負心があって、挑戦的だった。もう一年近く連絡が取れない。ある日――」指をパチンと鳴らして、「――消えた。キングスレーは次にやりたいことをやるために匿名でいなくてはならないんだ。彼はさらに押し進めたいと考えていて、僕の助けを必要としている」

「助け？　それって危険なの？」

彼の眼差しが急に和らいだ。

「いやぁ、もちろんそんなことはないよ！　それはともかく、君を家に送らなきゃ。仕事に行く時間なんだ」

「わかったわ」私はがっかりする。まだ、家に帰る気分ではないのだ。彼を引き止める口実を考えようとしたが、彼はもうキーを拾い上げて、ドアを出てしまった。私は彼を追って、階段を下りた。

「じゃまた」彼が大声で言うのが聞こえる。私は振り返って、リビングに男性が座っているのに気がつく。男性が膝に載せたアイパッドから目を上げた。顔にはかすかに冷笑が浮かんでいる。五十歳近くに見えるが、薄い髪を撫でつけているし、新しい流行の服装をしている。鼻はジャックに似ているし、目はリジーに似ている。二人の父親に違いない。

「こんにちは」私は言って、私が誰かわかると必ず浮かべる衝撃を受けた表情を待ち構える。それならもう慣れ出している。

「やあ、ベック」彼は言ったが、冷笑は消えない。そして、アイパッドに目を戻した。私を見たことなど何の意味もないかのようだ。

ジャックは私道から出て、私の家に向かった。私は彼の父親の何かに平静を失わされたが、それを振り払って、ジャックに集中しようとした。彼の態度はいくらか変わり、彼の部屋では少し慎重になっていた。でも、私のせいだとは思わない。彼は何かを隠している。ただ、尋ねるのはまだ早い。

「あなたのパパは私を見ても驚かなかったみたいね」私はうっかり口走った。

「そうだね。この数日、僕は君のことしか話してなかったと認めなきゃ」

「ホントに？」

「もちろん。それに――」ジャックが少し間を取って、「――君が父さんについてリジーに言ったことをまだ忘れてないんじゃないかな」

「私は何て言ったの？」

彼が私をじっと見る。私が知るべきことなのに違いない。

「何でもないよ」

「そう」私は彼にまた自分のことを話してもらえたらと思う。「それはともかく、あなたはどこで働いてるの？」

「赤十字社だよ」彼はフード付きスウェットの下から赤いベストの端を引っ張り出した。「今日は夜勤なんだ」

「ホントに？　まったく、ジャックったら！」

「何だい？」

「まるで聖人か何かみたいじゃない！」

「いいや、違うよ」でも、少し赤面している。私が彼をそんなふうに見るのを気に入ってるのだ。

「あなたがあんまり素晴らしいから、私はどうしていいかわからなくなっちゃう」

「そんなことないさ」彼がタフを装った。

「無理しないで！」私はふざけて彼の肩を叩く。彼が笑い出した。どう見ても気恥ずかしそうだ。彼が高校時代にはヘビメタにハマってたなんて意外だ。だってすごく間抜けだもの。むしろダンスの授業で、女の子が怖くてパートナーになってと頼めない神経質なオタクの男の子だと想像してしまう。

ジャックは片手で運転しながら、私の膝から手を取って自分の手に包み込むと、指を私の関節に走らせた。その感触に私の体はぞくぞくする。もしかしたらオタクの男の子ではなかったのかもしれない。家に帰る道すがら、日差しがフロントガラスから差し込んできた。その瞬間には、私はアンドポリスのことは考えない。メールのことも考えない。パパがひとり寝室で泣いていたことも考えない。頭にあるのは、私の指にからませたジャックの指の感触だけだ。その時、私は見た。

「ストップ」と私。

彼が手を放す。

「ごめん！」

「いいえ、そうじゃないの。とにかく車を停めて」

ジャックはウィンカーをつけて、路肩に車を停めた。ヴァンも同じことをする。駐車した数台の後ろに隠れている。

「あのヴァン。ずっと私を尾けてるの」

「何だって？　いつから？」

「戻ってからずっとよ」

「まさか……」バックミラーでヴァンを見つめるジャックの声が小さくなった。

「わからないわ」私は答えたが、すぐに決意を新たにする。「はっきりさせたいの」

私はシートベルトをはずして、車を降りた。ジャックがいてくれるなら、それほど無防備だとは感じない。それに、怖がるのはもううんざりだ。彼も車を降りる音がした。

「ベック！」彼が言った。でも、私は無視する。鼓動は速くなっているのだけど。

ヴァンに近づきながら、窓の奥を見ようとしても、窓は着色ガラスだ。ジャックが私に追いついて、私の行く手をふさいだ。

「警察を呼ぶべきだよ」

「だめよ」私が通り過ぎようとしても、彼は位置を変えて、また私をさえぎった。

「そうすべきだ！　危ないよ！　僕は……僕たちは、一度もう君を失ってるんだ」

彼はポケットからスマホを取り出して、警察にかけようとした。私は彼の肩に手を載せて、彼が手を止め、私を見るのを待つ。彼に通報させるわけにいかない。

「一緒に来てくれる？　あなたが一緒にいてくれれば危険はないわ」

ジャックが手を止めて、私を見つめた。指は発信ボタンの上で停止している。

「怖がるのはもううんざりなの、ジャック。こうしなきゃならないのよ」

彼は私の手を取って、しっかり握った。

「わかった」

ヴァンに近づくにつれて、体全体がまわれ右をして走りだしたくなってきた。夢で見た顔のない男が頭にちらついて、体が震え出すのがわかった。運転席のドアウィンドウに近づいたところで立ち止まるが、まだ逃げられる距離は残っている。

「ちょっと、あんた！」私はわめいた。「どうして私を尾けてるのよ？」

反応はない。見えるのは、ガラスに映る自分の青ざめた顔だけだ。

「ナンバープレートは控えたわ。十秒で警官を呼べるわよ」

車の中がごたつくのが聞こえた。

「十、九、八」やがて、窓がするする開き出した。怪物が見えるのを待って、私の全身が緊張する。

でも、怪物ではなかった。開いた窓から私を見返しているのは、眼鏡をかけた太った男だ。

「なあ、警官を呼ぶのはやめてくれ」男が言った。めそめそした声だ。

「どうして私を尾けるのよ？」

「レベッカ？」彼が私を注意深く見ながら尋ねた。

「そういうあんたは誰なんだ？」私が答えるより早く、ジャックが言った。

男が咳払いした。

「チャンネル9のジェーソン・ボーカだ。君はレベッカ・ウィンターか？」

「先に彼女の質問に答えたらどうだ？」とジャック。

「明らかじゃないか？　俺には確かめる必要がある」男は私をじろじろ見ながら、耳障りな声で言った。「で、納得した。独占取材させてくれるなら、すごく気前のよい取引を提案できる」

数ヵ月前の私なら、こうしたことに惑わされたかもしれない。でも今はためらいすらない。

「私はレベッカじゃないわ」真実を声に出していうのはすごく気分がいい。

彼が半信半疑で私を見た。

「従姉妹なの」私は付け足す。

「信じないぞ」彼が豚みたいな小さい目を細めた。

「好きにすればいいわ、ろくでなし。また私に近づいたり、またメールしたりしたら、すぐに警官を差し向けるわよ」私は指をパチンと鳴らし、くるりと向きを変えた。ジャックもついてきた。

「最後のチャンスだ！」男が大声で言った。「俺ならニュース番組の『カレントアフェア』に出演させてやれるんだぞ！」

ジャックの車に戻ると、幸福感が全身を駆け巡るのが感じられた。あの恥知らずにあんなに怯えていたなんて信じられない。着色ガラスの奥に隠れて、匿名のメールを送るなんて——なんて卑怯なのかしら。

「ワオッ、ベック」ジャックが隣に滑るように乗り込んできた。「君があんなタフだなんて知らなかったよ」

私は身を乗り出して、彼をじっと見る。彼が驚いて見返してくる。やがて、彼の手がとても慎重に伸びてきて、私の顔の横に触れた。私はゆっくり彼にキスする。彼の唇は柔らかくて温かく、無精ひげが私の頰にザラザラこすれた。疼きと興奮に、私の体から力が抜ける。彼が私を引き寄せると、周りの世界が消えていった。

12

ベック、二〇〇五年一月十五日

素晴らしいパーティと呼べるものだった。時間が早送りされているような感じのパーティ。ブルーの光のせいで、顔が満月のように輝き、リズミカルな音楽は鼓動のようだ。ベックはダンスフロアで飛び跳ねていた。ルークと踊り、リジーと踊り、またルークと踊って、最後には世界がぐるぐる回り出してしまった。

バルコニーではゆっくり話をした。リジーは彼女を膝枕にして、ベックはルークの肩に頭を預けていた。永遠に続くような気がする完璧な瞬間に、一緒に存在している。朝の五時まで、空が明るくなり、大気が静まるのを見守った。それから、リジーと一緒に家まで歩いた。ベックのかかとは真っ黒になった。

ベックは目を覚ました時、今何時かも、今日が何曜日かも、昨夜何があったのかもわからなかった。わかるのは、口が乾き、頭がズキズキしていることだけだ。じっと横たわって、天井のグレーの電球を見ていた。頭上を飛んでいく飛行機の音がぐんぐん大きくなって、ついにはきっと家に突っ込むと思った。ベックは毛布をつかむと、目を閉じて、自分が死ぬのを待った。ぐしゃぐしゃになった体や死体の映像が目の前にひらめく。やがて、飛行機は静かになって、騒音は完全にやみ、馬鹿みたいだと思う自分だけが残った。心臓はまだバクバクだ。

「起きてる？」毛布が動き、リジーが体を回して、彼女に顔を向けた。

「まあね」

「私たちが泊まると、リサはいつも先に起きて、ものすごい朝ご飯を作ってくれたのを覚えてる？」

「ええ」

「あれこそ二日酔いを治す最適な方法だったわよね？」

「ええ」

「リサに電話すべきだわね」

「でも彼女は留守だと思うわ。出かけてるんじゃない？」

「知らないわ」

「私もよ」

「彼女に電話して」

「あなたがしてよ」

「わかったわ」

リジーが背中を向けると、マットレスがまた持ち上がった。ほとんど間を置かずに、彼女は再び眠りにつき、呼吸がゆっくりになった。昨夜の映像が少しずつゆっくり戻ってきた。その一瞬一瞬を思い出しながら、リジーの息づかいのリズミカルな音に耳を傾け、ベックは心の底から幸せを感じた。

その後、リジーは帰っても、頭痛は残り、ベックは乱れたままのベッドの真ん中に座って、今日一日の過ごし方を決めようとした。膝の上にはファッション雑誌が開いている。ベッドサイドテーブルでは濃いコーヒーから湯気が上がり、スピーカーではジャスティン・ティンバーレイクがわめいている。このまま一日を過ごせれば理想的だ。でも、二つのこと、どちらも同様に重要なことが心に重くのしかかっていた。今夜は悪魔払いで、ルークがやって来る。他の人たちには十二時と言うが、彼には十一時に来てくれるように頼もうと決めていた。彼は私の寝室に入るだろう。部屋を見回して、彼の目が私の身の回りの品を見ると思うと、興奮に目眩がする一方で、気恥ずかしくて身がすくむ。それでも、彼は私のベッドに腰を下ろす。私が今座っている場所に。他の人たちが来るまでの一時間に、何が起こるだろう？

彼が隣に座って、彼女の足を撫で、髪に触れる姿を思い浮かべた。たまらないわ。ベックは雑誌を顔に押し当てて、期待にキャッと声をあげた。彼にどこまで許すつもりか決めなくてはならない。彼としたいと思っているのは確かだ。セックスを。でも、すぐに許してしまったら、きっと彼がデートを申し込む理由がなくなってしまう。

前に一歩手前まで行ったことを思い出した。去年のボーイフレンドが最後まで行きたがった。ベックは自分も同じ気持ちだと思っていたが、彼にのしかかられて、ホットドッグ臭い息を耳に吹きかけられ、下着をぎこちなく手探りされた時、絶対にしたくないと実感した。彼がひどく怒ったので、その場で別れた。あの時感じた欲望はそっくり嫌悪感に変わった。でも、ルークとなら違うだろう。スマホが鳴り、彼からだとわかって、頬が熱くなった。〝昨日の晩は素晴らしかった〟

〝わかってる。最高だったわ〟ベックも書いた。送信するとすぐに、何か質問すればよかったと思った。でも、彼から返信がなければ、今夜についてもう一度メールしなくてはならなくなる。それではどうかしていると思われてしまうだろう。が、あまりイライラしないうちに、スマホがまた鳴った。

〝今夜の計画はまだ生きてる？〟

〝ええ、十一時に来て、準備を手伝ってくれる？〟

息を止めて、指を十字に重ねる。

〝いいよ。まだ君の寝室がどんなか見たいだけだけどね〟

ベックはまたキャッと声をあげ、雑誌で顔を覆った。彼に住所をメールしてから、スマホを枕の下に入れた。万一彼の気が変わったとしたら、もう一度見るなんて、とてもできない。

ベックは笑みを漏らした。今から十一時までの間、何をして時間をつぶそうかしら。まずは部屋を出なくては。一日中ここに座っていたら、頭がおかしくなり、また彼にメールすることになって、馬鹿みたいだと思うことになってしまう。雑誌を置いて、ベッドから下りると、部屋を出た。双子の部屋のドアが大きく開いているが、二人はいない。彼らの部屋にひとりで入れるなんてめったにないことなので、中に入った。一瞬、二人の枕の下を調べようかと思った。二人がまだ小さかった頃、二人を寝かしつける役だったことを思い出した。アンドリューは新しい玩具を見せてくれた。

小さなプラスチックのロボットはお菓子の景品で手に入れたのに違いなかった。

「これは枕の下に入れるんだ。歯みたいに」

「けど歯の妖精は来ないよ」ポールが言い足した。

「それは歯じゃないからでしょ」ベックは言った。

「違うよ。妖精なんて本物じゃないからだ。あれはママなんだ」

「そうなの？」ベックは訊いた。

「そうだよ！　知らないの？」アンドリューは言ったのだった。

二人は世界一の馬鹿だと言わんばかりにベックを見つめていた。

「ママだってどうしてわかるの？」ベックは訊いた。

「見たもん」

ベックは何と言ってよいかわからなかった。彼女自身、当時はまだ十二歳くらいだったのだ。そこで、立ち上がって、照明を消した。二人がサンタクロースを持ち出すかもしれないと心配だった。

「僕たち、ママなんか大嫌い」ベックが背中を向けると、片方が言った。どちらが言ったのかわからない。

「何ですって？　どうしてママが大嫌いなの？」彼女の声はまだ若くて、子供っぽかった。

「本物じゃないからだよ。僕とポールだけが本物なんだ」

　今でも二人の小さな優しい顔が目に浮かぶし、子供らしい髪の清潔な匂いも嗅げる気がする。まるで今週の出来事みたいだ。でも、ここはもう子供部屋というわけではないし、アンドリューの枕の下を見ても、小さな玩具や歯が見つかるとは思えない。

　前庭に出ると、注意深くドアは開けたままにした。手が少し震えている。アルコールがまだ体を巡っているのだ。二人の自転車は、いつものように玄関近くにもつれてひっくり返ってはいない。早く帰ってこないと、大変なことになるはずだ。

　太陽はまだかんかん照りで、ベックは目を細くして人通りのない道路を見つめた。日差しのせいで大気が揺らめいている。山々を見上げると、煙が大きくうねって立ち上っている。目を凝らせば、髪の毛のように細い赤い線が見える。ベックは思わず口に片手を当てた。山火事はすごく近い。

「もう下火になってるよ」

　隣人がやはり玄関から出て、柵にもたれて彼女を見ていた。マックスの目はいつもより機敏に見える。彼の病状がよくなってるということかしら。ベックは思った。それとも悪くなってる？

「すごく近く見えるわ」ベックは言った。

「俺はそれほど心配しないな。ここからじゃ見えないが、あそこには消防士が大勢いるんだ。ヘリコプターが延焼防止のために迎え火で焼き払ってるし。消防士はこれまでにもそういうことを何度もやってきたんだから」

「それはいいわね」とベック。

ベックは突然、頭がおかしくなるのはどんな感じかと尋ねたくなった。頭の一部では何が起きているかわかっているのかと。それともどこかの施設でパジャマになって薬物を大量投与されるまで気がつかないのかと。もちろん心配できるくらいなら、何も起きていないわけだが。マックスの淡いブラウンの目は、まだ彼女を見つめている。一瞬、ベックはそこに狂気が見える気がした。目の奥できらめいていると。

「俺はあんたの家族の隣に長いこと住んでるだろ」マックスは片時も彼女から目を逸らさない。まるで瞬《まばた》きすらしないみたいだ。

「ええ、知ってるわ」

「あんただけじゃない。俺にもわかるよ」

汗がどっと出てきた。背中の毛穴からしぼり出されてくる。ベックの全身が汚らしく濡れている。彼にはベックの錯乱が見えるのだ。

「出過ぎた真似はしたくない」マックスが続けた。「でも、もし誰かと話したくなったら、俺はここにいるから」

彼はベックから目を離そうとしなかった。彼の目は磁石さながら彼女の目から動かない。ベックの中で激しい怒りがわき上がってきた。彼を黙らせるために、何か、何でもいいから何か言おうとした時、自転車が大通りを滑るように走ってくるのが聞こえた。

弟たちがコンクリートに投げ出すと、自転車はガタガタ音を立てて倒れた。

「どこに行ってたの？」

「店だよ」

「店には行ってもいいんだ！」

「そうね、でもヘルメットをかぶらずに自転車に乗るのは許されてないわよね？」

ベックは柵の向こうを振り返ったが、マックスの姿はなく、その背後で網戸が揺れて閉まった。

「僕たちのことを言いつけるつもりなの？」ポールが訊いた。

「かもね！」ベックの声はおかしくなっていた。隣人の言葉がまだ耳の中でざわついている。

「わかったよ！」とアンドリュー。「それじゃ僕たちは今夜友だちが来るってママに話しちゃうからね」

「何ですって？　どうして知ってるの？」

「超能力だよ！」アンドリューが金切り声をあげ、二人は家へ駆け戻っていった。

その夜遅く、家族が寝静まると、ベックは部屋に最後の仕上げをした。セクシーで面白い女性に見える写真を飾り、テディベアやピンクの品はクロゼットの奥に隠す。双子は秘密を守るように脅した。ヘルメットのことをママに言わない代わりに、明日ビッグ・スプラッシュでフライドポテトとペロペロキャンディをほしいだけ買ってあげると約束したのだ。二人とも最後にはきっと吐くことになるが、それは自業自得だ。

着る物を決めるのに時間がかかった。難しいのはさりげなく見せることだ。何しろ自宅にいるのだから。結局、膝が少し覗くシンプルなワンピースに靴は履かないことにした。家にいる時にはいつもそんな格好をしているように見えればよいのだけど。実際には、古くてみすぼらしい子猫柄のパジャマ姿なのだが。あれはもう二度と着ないと心に誓った。

スマホが光った。彼が来たのだ。ベックは急に目眩を覚えた。カーペットに座り込んで、頭を膝の間に落とした。ちゃんとできるか自信がない。体を前後に揺すって、深呼吸を数回してから、さっと立ち上がり、忍び足で玄関まで行った。まだら模様のガラス越しに彼の姿が見えた。広い肩や、あごの曲線が。彼はただ私に会うためにここにいる。ベックはドアを開け放ち、口元に指を当てた。心臓が早鐘を打っている。彼をここで見るのは奇妙だった。彼の姿はよく知っている。彼のことをしょっちゅう考えているのだ。それでも、彼が自宅の戸口にいて、自分にほほ笑みかけ、ドアマットから玄関ホールの床板に上がるのは、どこか間違ってる気がした。彼はここととはべつの世界に生きているのだ。

彼についてくるように身振りで示して、そっと階段を上がった。彼の足もこの階段で彼女と同じ軋み音をたてた。彼の手は手すりをするする上った。

ベックは彼の後ろで部屋のドアを閉めた。ここに彼がいる。寝室の真ん中に立っている。心臓がドキドキして、彼に聞こえるのではないかと心配になった。卓上スタンドだけしかつけていないので、部屋は金色で薄暗い。

「これが私の部屋よ」ベックは小声で言った。「予想どおりだった？」

「まあね。リジーはどこに？」

その時、ベックは彼が居心地悪そうにしているのに気がついた。肩をいくらかそびやかしているし、両手をボマージャケットのポケット深く突っ込んでいる。

「まだ来てないみたいよ」

ベックはベッドに座ったが、彼は立ったままだ。ベックはマットレスの自分の隣を叩いた。彼は座ったが、まだベックを見ようとしない。彼の横顔が輝いた。鼻の少し隆起した個所、あごのくぼみ、喉仏の小さなこぶ。私は一日中でも彼を見ていられるわ。

「で、気分はどう？　二日酔いは治った？」ベックは尋ねた。

音楽がかけられればいいのにと思ったが、両親を起こしてしまうリスクは冒したくない。

「いいや、最悪だよ。僕みたいな年寄りはそう簡単に回復しないんだ」

ジャケットを脱いでくれればいいのに。ベックは思った。外はまだ蒸し暑いのに、着ていること自体がヘンな気がする。

「よかったら、ジャケットは椅子に掛けてちょうだい」

「いいや、いい」

「そう」

座っていると、ワンピースの裾が少し上がったが、下ろさなかった。彼が身を乗り出して、あらわになった腿に温かな手のひらを置いてほしいと切実に願った。私を一心に見てほしい。キスしてほしい。両手を脚に滑らせて、ヒップをしっかりつかみ、引き寄せてきつく抱きしめてほしい。自分のお腹で私の脚を無理やり開かせてほしい。腰骨同士がぶつかって、私の肌は興奮してピリピリするのだ。

でも、彼は何もしないで、自分の膝を見下ろすばかりだ。肩を丸めて、手はポケットに入れたまま、何も言わない。ベックは不意に猛烈に尿意をもよおした。そこでさっと立ち上がった。

「すぐ戻るわ」

バスルームに駆け込んで、パンティを下ろし、すぐに用を足した。そばの鏡で自分を見ると、顔には情けない表情が浮かんでいる。無理やり笑みを浮かべた。こんなはずではなかった。出だしでつまずいたってだけよ。トイレをすませると、目を閉じて、後ろ向きの気持ちを何とか振り払い、もう一度ほほ笑んでから寝室に戻った。彼は私のことが好き、それは確かだ。ドアを開けると、彼はスマホを覗き込んでいた。

「リジーが来たよ」彼が言った。

「玄関に？」

「ああ」

ベックは無理して笑顔を作り、回れ右をして、もう一度階段を下りていった。リジーには十二時と言っておいた。それは間違いない。ドアを引き開けながらも、誰もいないことを半ば期待していた。でも、リジーは本物の笑みを浮かべ、靴の箱を持って、前に立っていた。

「万事オーケー？」その笑顔は、ベックの顔を見るといくらか消えた。

「もちろんよ。入って」

ベックはルークとの時間がもう終わってしまったのが信じられなかった。失望がゆっくり体の中を落ちていった。鉛の重りだ。

「早かったのね」階段を上がりながら、リジーにささやいた。

「私が？　ルークが仕事場からこちらに向かう途中にメールをくれたの」

「それじゃ二人ともだわ」ベックはごまかそうとした。でも、リジーは飛び跳ねながらもう寝室に入っていた。

「あら、変態さん、邪魔してごめん」彼女がルークに言った。ルークはまだぎこちなくベッドに座っている。「今頃はもう彼女の下着の引き出しを調べてると思ったのに」

「あとで調べるために」サンプルをもういくつかバッグに入れたよ」ルークが言った。

ベックは彼の表情が和らぎ、肩もそびやかしていないのに気がついた。鉛の重りはますます大きくなって、今では喉までせり上がっている。

「手に入れたものを見せたくてたまらないわ！」リジーは顔の前に箱を掲げた。「けど、どうしてここにいるの？　ガレージにいなきゃいけないんじゃないの？」

「あなたが来るのを待ってたのよ。ひとりでクモを撃退するのはいやだったの」ベックは言った。笑顔はもう本物になっていた。

リジーはクモが大嫌いなのだ。ベックは彼女が無意識にうなじをこすり、髪をかき出すのを見守った。クモの大群がもう全身を這い回っているかのようだ。

「それじゃ行きましょ！」ベックはルークを見ないで言った。

もし彼の目を見てしまったら、涙がこぼれてしまうかもしれない。

洗濯室まで来ると、リジーが前に出てくれたのがうれしかった。ベックは目を逸らして、リジーがノブを回し、何でもないというようにガレージに入っていく音を聞いた。そこもこの家の部屋にすぎないと。心臓がバクバクして、指先まで震えが走った。こんなの馬鹿げてる。ベックはこのままベッドに入っていられればいいのにと思った。

「おい、そう急ぐなよ、ボス」後ろからルークの声がして、彼女を少し押した。振り向くと、彼がまたほほ笑んでいた。先ほどまでのぎこちなさはすっかり消えている。ベックには彼が理解できなかった。

肖像画のように戸口に縁取られた暗がりを覗き込んで、ベックは手をこぶしに握ると、勇気を奮い起こして足を踏み入れた。

13

二〇一六年

玄関を入りながら、思わぬ心配に襲われた。午前中に父親のことで気味の悪い出来事があったにもかかわらず、素晴らしい一日を過ごした。黒いヴァンのことを心配する必要もなくなったのだから、リラックスできるはずだ。すべてが落ち着くべきところに落ち着いてきた。きっとだから不安なのだ。私は物事がうまくいきだすと、たいていいやになって投げ出すようなことをしてしまう。でも、今回は違う。

「ジャックとの午後はどうだったの？」ママが言った。洗濯物のバスケットを抱えている。

「よかったわ」と私。実際よかった。素敵だった。彼は信じられないほどキスが上手だった。それは、たぶんこの事態を引き起こしたあの記者と対決したことで漏れ出してきた幸福感のせいだろう。それでもかまわない。

「子供の頃の私はどんなだったの？」私は尋ねた。この思いつきは頭に浮かんだ時にはもう口から出ていた。「やんちゃだった？　それともはにかみ屋？　どうしても思い出せないの」

「あなたは……。そうね、あなたは完璧だったと言いたいわ」彼女が笑い声をあげた。私は彼女の笑い声を聞くのは初めてだと気がついた。「でも、少しいばってたわね。弟たちをお人形みたいに着飾らせて、ファッションショーをさせたわ」

「本当に？」ポールとアンドリューがそんなことをする姿を想像しようとしても、できない。

「覚えてないの？　どこかに写真があるはずよ」

「見てもいいわね」

「当然よ、ハニー。洗濯しなきゃならない衣類はある？」

「いいえ、大丈夫よ。でもありがとう」

母親はいそいそと洗濯室に戻っていき、私はソファに腰を下ろした。今はベックが残したものに囲まれたあの部屋にはいたくない。あの記者には本当にイライラさせられた。あんなどうしようもない男に、あれほど怖がらされたのが信じられない。彼はベックのことなど気にかけていない。出世のチャンスだと思っただけだ。彼女の悲劇から利益のおこぼれにあずかろうとしただけ。彼女を生身の人間というより、給料の小切手としてしか見ないなんてことがどうしてできるのかしら？　彼はベックに何か恐ろしいことがあったと考えた。それでも、メールを送り、しつこく追いかけるのをやめなかった。私を追いかけるのを。

スマホでまた彼女の名前を検索せずにいられなくなった。今回は彼女の映像を探した。なぜだかわからないけれど、彼女が動いて、しゃべるのが見たい。ただの静止画像よりもっと生き生きしている彼女が見たい。

でも、映像は一つしか見つからず、ベックはそこにはいなかった。タイトルは『夜を徹して失踪した少女をキャンドルで悼む街』。何百人もの人が市の広場に立っている。広場の前には高くしたステージがある。カメラはオレンジ色に輝く手提げランプを持った人々の間を縫うように進む。泣いている人もいる。ベックの笑顔に「帰ってきて」という文字の書かれた大きなプラカードもある。私は人々の中に若いリジーを見つける。信じられないというように、目は落ち着きなく辺りを見回し、口を大きく開けている。彼女より少し年上のひょろっとした男性が彼女に腕を回しているが、その顔は見えない。ベックの父親がマイクを持って前に立った。

「どうか」彼は何とかそれだけ言うが、片手で顔を覆って泣き出した。

人々は階段の至る所に物や写真を置いている。どれも私だと言えそうな写真だ。胸が少し締めつけられた。カメラは、キャンディの袋をそうした山の上に置くティーンエージャーの女の子に焦点を合わせる。彼女の陰で、リジーのパパがマクドナルドの制帽を置くのが見えた。ベックのママがゆっくりマイクに近づいた。今とはとても違って見える。十一年前というより三十年前みたいだ。当時からすごく老けたのだ。演壇に立つ彼女は、泣いてもいないし、両手も震えていない。

「何を見てるんだ?」ポールが尋ねて、隣に座り込む。

「べつに」私は素早くスマホを切る。「ユーチューブを見てただけよ」

彼が私に腕を回す。

「今夜したいことはある?」彼が訊いた。「ディナーに出かけるとか?」

彼が私の髪を撫でて、耳の後ろにかける。一瞬、デートに誘われているのかと思うが、そんなの馬鹿げている。

「いいわね」と私。

「閉所性発熱症(他人との接触のない生活から生じる不安定な精神状態)になってほしくないからね」

体をぴったり寄せてきているので、彼の発する熱まで感じられる。私はちょっとの間目を閉じて、髪を撫でる彼の指を感じる。が、両手を握りしめて彼を押しのけた。こんなふうに感じてはいけないのだ。

「もう、やめて! 髪がメチャメチャになっちゃうじゃない!」勇気を奮い起こして言う。

「これ以上メチャメチャになりようがないよ！」彼が笑いながら言った。「どう言えばいいかわからないけど、カットが必要だよ」

「いやよ！」私は気を悪くしたふりをする。この方がいい。感情を抑えられるようになるまで、子供っぽくからかうという安全な領域にいなくては。

家の前に車がキーッと停まり、ドアがバタンと閉まる音がする。

「誰かしら？」

「さあ。ヴィンスかな？」

「それはないわ」

彼が立ち上がった。その顔に妙な光が走って、彼は玄関のドアを引き開けた。

「アンドリューなの？　ポール？」

ポールがものすごい勢いでドアをバタンと閉め、私は飛び上がりそうになった。

「忌々しいヒルどもめ！」彼がわめいた。

「何なの？」私は尋ねる。彼はひどく怒っているようで、顔が赤らんでいる。

「ディナーは中止だな」彼はそれだけ言って、しっかりした足取りで階段を上っていった。

私は立ち上がって、カーテンの隙間から覗いた。家の前に三人の男が立っている。

ひとりはマイクを持ち、他の二人はビデオカメラを担いでいる。首からは巨大なズームレンズのついたスチールカメラがぶら下がっている。

どうやら私は思ったほど人を納得させられなかったらしい。


太陽が沈む頃には、家の前には八台のヴァンが停まっていた。私は家族と一緒にリビングに座っている。誰も口を開かないが、部屋には外で興奮してしゃべる声が響き渡っている。時々、ドアや窓を叩かれる。レベッカの名前がわめかれることもある。私は、あの記者との対決を取り消せればいいのにと心の底から思う。どっちみちこの事態は起きたんでしょうけど。スマホが鳴る。ジャックだ。〝君は大丈夫か？　テレビで君のニュースをやってるよ〟

こんなに早く進んでしまうとは思わなかった。テレビをつけて、チャンネルを変えていき、番組を見つけた。ホストがしゃべっているところだ。

「――十一年前、地元のバス停から自宅に向かって歩いていた時……」

「失踪者捜索班の上級捜査官、ヴィンセント・アンドポリスはこの件についてはほとんど語らなかった」

アンドポリスが画面に現れた。顔は疲れてやつれて見えるが、それでも激怒しているようだ。

「これは私が現段階で確認できることでも否定できることでもありません」彼は顔に突き出された多くのマイクに向かって言った。「警察署とウィンター家に代わり、現時点で捜査に必要な自由を与え、尊重してもらえるよう要請します」

画面は乙に澄ましたホストの顔に切り替わる。「しかしながら、もしレベッカ・ウィンターが実際にこの歳月ずっと生きていたのだとすれば、アンドポリス刑事の捜査全体に疑問を投げかけるばかりか、警察全体の怠慢の可能性も提起されます」

画面に新たな映像が現れる。スチール写真。私が煙草を吸いながら家に歩いて帰った日のものだ。あの記者は、私が家のキーにもたついているところを撮ったのに違いない。写真は画像処理され、ぼやけている。フロントガラス越しに撮ったかのようだ。私は体をドアに押しつけて、少しだけ振り向いている。ちょうど肩越しに見ようとしているみたいに。顔のほんの一部が見えるだけだ。頬の端と目尻だけが。それでも十分かもしれない。私のことを本当に知っている人には、肩の形や姿勢を見分けられる人には。私のパパには十分かもしれない。

「切れよ」アンドリューが言った。

翌朝、警察が来た時には、一瞬私を迎えに来たのかと思った。でも、青と赤の光が静かな家にあふれても、彼らは中まで入ってこない。彼らが家の前に泊まり込んでいる記者たちと話すのが聞こえた。

「彼らは何をしてるの？」私はパパに尋ねた。彼はキッチンで私の隣に座って朝食を食べている。私は怖くて自分で窓から外を見ることができない。また写真を撮られるわけにはいかない。

「今朝早く、私が通報した。仕事に行かなくてはならないのに、あのヴァンが道をふさいでるから」

「警官に言われただけで、本当にいなくなるの？」私は自分のシリアルをくるくる回している。今は食べる気になれない。

「たぶんそれはないだろう。警察は道路端に検問所を設けなきゃならないだろうな。前と同じだ。彼らもいずれはいなくなる。いい加減飽きれば」

部屋がまた静まり返る。パパがついに立ち上がり、ネクタイを締め、ブリーフケースを持って、玄関から出ていった。と、声が大きくなり、質問が重なり合って、カメラが回り出した。

私はソファにポールと並んで座った。彼はコットンのボクサーショーツとぴったりした白いアンダーシャツ姿で、アニメを見ている。私は無理をして彼の素晴らしい体ではなくテレビに目を向ける。アニメのトラが赤いフード付きジャンパーを着て、家族と一緒に路面電車に乗っている。私はストーリーに集中しようとするが、実際にはパニックを起こし始めている。メディアはそれとは知らずに私のはったりを証明するようにと、脅しをかけてきた。私にはそんな気はまったくなかったのに。これで、アンドポリスに対する唯一の影響力がなくなってしまった。彼は本気で私に腹を立てるだろうし、それが彼の次の動きにどんな影響を与えるか、私には見当もつかない。しかも、家は今、カメラに取り囲まれている。私は文字どおり追い込まれた。自分の嘘にはまり込んで、身動きできない。私は深呼吸をしようとする。パニックは今の私に何の助けにもならない。

「そう考え込むなよ」ポールが笑いながら言った。「しわができるぞ」

彼に見られているとは思わなかった。

「うるさいわね！」と私。気を散らされたのがうれしい。

「ごめん、姉さん。用心にと思っただけなんだ」

「自分の用心をすることね。ここにたちの悪いのが一本できてるわよ」

私は彼の眉間を軽く打つ。彼は私を静かに見るが、急に飛び乗ってきて、私をソファに押さえつける。

「ここにたくさんできてるよ」と、彼が私の額をなめた。

「オエッ！」私は叫び声をあげた。「そんなことするなんて信じられない！」

「信じることだね」彼が私の脇の下をくすぐり出す。

「やめて！」私は笑いながら叫んだ。彼の下で身悶えしても、彼は力があって、あまり動けない。彼の熱い重さが私の体にくっついている。彼の汗臭い寝起きの匂いを吸いながら、両手で彼の胸を押しても、そのすぐ下にある固い筋肉を意識せずにいられない。私の皮膚が活発に感じやすくなっている気がする。いけない。彼の下から抜け出そうとしても、彼はくすぐってくるばかりだ。お腹を私のお腹に押しつけている。

彼の口から垂れた涎が私の顔の上で宙づりになる。

「やめて！」私は金切り声をあげる。が、まだ小さな子供さながらキャッキャッと笑わずにいられない。私の体は彼の体に訴えかけている。彼はそれを感じて、私ににやりとする。私は一瞬、どうしても彼にキスしたくなる。彼の首に腕を回して、どうしても彼を引き寄せたい。彼の熱い唇を自分の唇で感じたい。彼の手に触れてほしい。

「急げよ、アンドリュー」と声がした。

「今行く！」彼が私を押しのけた。

私は辺りを見回す。身支度を整えたポールが階段を下りてきた。私がふざけ合っていたのはアンドリューだったのだ。ポールではなかった。髪を整えていなかったので、気がつかなかった。どうしてそんなことがあり得るのかしら？　私は起き上がって座った。何か汚らわしいことをしているところを捕まったような気がする。アンドリューは着替えのために階段をゆっくり上っていった。なぜか騙された気がする。私には二人をほとんど見分けられないと、彼が思ったはずはないのに。胸の奥で罪悪感が渦巻いた。

私が弟たちに欲望を感じたと知ったら、ベックは私をひどく嫌うだろう。どっちにしろ今頃はたぶん嫌いになってるでしょうけど。その上にジャックのことを考えずにいられないのだもの。

数時間後、私はわなにはまった気分になってきた。アンドポリスが姿を見せないので、私は外に出られない。アンドリューとポールは数時間前に出かけて、まだ戻らない。私は昼間のテレビを見て、ソファに寝転がって、黙ってママに食事を持ってきてもらった。ジャックにメールして、来てほしいと頼んだ。ここにいなくてはならないのなら、少なくともジャックは気晴らしになってくれるだろう。彼なら壁が私の周りに迫ってくる感じをちょっとの間でも止めてくれるかもしれない。返信があった。〝仕事中なんだ。そうでなけりゃいいのに〟落胆が押し寄せてくる。私はスマホを投げ捨てそうになるが、その時また鳴る。またジャックだ。〝君にキスしたことが忘れられない〟

私はチャンネルを変えていって、『ザ・ヤング・アンド・ザ・レストレス』を見つけた。ストーリー展開はすぐにまた理解できた。大学を中退したばかりの頃に、あの番組は私の生活の最も重要な部分を占めていたのだ。このシリーズは絶対に見逃せない。私はひとかどの人間になれると確信して第一学期を始めたが、そんな気持ちは続かなかった。私はまだ毎朝身支度をして、パパが出かける少し前に家を出た。バッグには教科書をたくさん詰め込んでいた。そして、角のパン屋まで行くと、店の奥に座ってサワーチェリーのカスタードパイを食べながら、ベトベトした手で下らない雑誌をパラパラめくった。パパが仕事に出かけたと確信できると家に戻り、彼が帰宅するまでソファに寝転んでいた。

大学にいた時、突然、仕事がなくても、まだ親元で暮らしていてもべつにかまわないと思ったのだ。パパが私を自慢に思っていることはわかっていた。彼は本気で私を愛しているという目で、私を見た。大学をやめたと言っても、それは変わらないとわかっていた。彼は人生で何をするつもりかと尋ねるだろうが、私にはきっと答えられない。

ついに三時のニュースになった。トップニュースは『レベッカ・ウィンターは帰ってきたのか？』そして、あの私のぼやけた写真にスポットを当て、私の横顔をクローズアップしている。私はテレビを切る。こんなものは見ていられない。

「こんなことにあなたが動揺しなければいいのだけど、ハニー」ママが戸口でうろつきながら言った。

「大丈夫よ」私は立ち上がって、彼女にほほ笑もうとした。

ベックの部屋では、ベックと友だちの写真の壁が私の前に広がっていた。彼女には悩みなどあり得ないみたいだ。アンドポリスの言葉を思い出す。彼は何と言ったのだったかしら？　写真を見てどうとかだったけど。

『長いこと君の写真を見て過ごした。君の目を覗き込んで、君が抱えているに違いない秘密を理解しようとした』

私は彼女の写真をじっと見た。彼女は女の子のグループと一緒に芝生に座っている。全員が同じ不格好な制服を着ている。ベックとリジーがカメラに向かって口を尖らせている写真もある。二人ともくどいほどばっちりメークしている。ベックが優しくほほ笑んでいる一枚。日差しが背後から彼女を照らしている。私は彼女の目を覗き込む。私の目にそっくりな目。彼の言うとおりだ。目の奥には悲しみがある。笑顔にはそぐわないものだ。彼女は本当に秘密を抱えていたのかもしれない。

私は勢いよくクロゼットを開けた。ようやくやることが見つかってうれしい。たぶん前に警察が徹底的にやったのはわかっている。でも、なぜか私なら彼らには見つけられなかったものを見つけられるかもしれない気がするのだ。警察はベックの服のポケットに入っていたあの悪魔払いの呪文を見落とした。彼らが無能で見つけられなかったものが他にもあるかもしれない。でも、それだけではない。彼女が何か残しているかもしれないという気がするのだ。私だけのために。

彼女の服のポケットをすべて調べた。汚れたティッシュが少し見つかっただけだ。ドアの内側にハンドバッグが下がっていた。中には、彼女の学生証、化粧品、『キャッチ・ミー・イフ・ユー・キャン』のくしゃくしゃになったチケットの半券がある。彼女の年の頃、送らなかったラブレターを隠したのを思い出して、枕カバーをはずした。何もない。マットレスと薄板の間に何か滑り込ませていないかと、マットレスを上げてみた。何もない。私は手を止めて考える。もしこれが私の部屋だったら、何かを隠すとしたらどこかしら？

もちろん、ベッドだ。フレームは白い鉄管でできていて、端は黒いプラスチックの栓でふさがれている。一つをはずして中を見る。何もない。でも、べつの管には底に何か入っている。円形で光るものだ。カーペットに座り込んで、腕を目一杯突っ込む。取り出す前から何かわかった。ウォッカのボトルだ。半分空だ。ふたを開けて、ひと口飲むと喉がヒリヒリした。

アンドポリスは秘密に言及した時、何を指していたのかしら？　彼がそれを持ち出した時、彼に見破られてしまうかもしれないと思って、気もそぞろだった。でも、今考えてみると、彼は私に会う前から、彼女は何か隠していると考えていたと言ったのだ。私には理解できない——彼が言ったように、通りから連れ去られたのなら、どうしてそれが問題になるのかしら？　あれは完全に行き当たりばったりの犯行だった。彼女は偶然の被害者にすぎなかったのだ。それなのに、彼はどうして彼女が失踪する前の夏について訊いたの？　どうして私が誰かをかばってると考えてるみたいだったの？　そんなの意味をなさない。私はもう一度写真を見る。ほほ笑んでいるのに目が悲しげな一枚だ。彼女はなぜか知っていた？　悲劇を運命づけられていたのを知っていたの？　私は彼女にボトルを掲げてから、もうひと口飲んだ。

目を覚ますと、口の中はカラカラで、舌はひからびたスポンジみたいだった。部屋は暗く、閉めたブラインドの周りが白く縁取られている。朝だ。目を開けようとすると、部屋がぐるぐる回り、私は不意に絶対に吐くと思う。吐いてもベッドにかからないように、ベッドの端まで移動する。私が動いても、毛布はずれない。何か重いものが押さえている。私は仰向けになって、目を開ける。ママがベッドに座って、私をじっと見ていた。

「みんなにあなたの部屋を片付けるように言われたわ。収納用か何かに使えと。でも、私にはできなかった。あなたは帰ってくるとわかっていたの」

彼女は毛布の上から私の足首を軽く叩く。私は何と言ってよいかわからない。私に母親がいたのはずいぶん昔なのだ。母親が眠っている娘を見守るのが当たり前のことなのかどうかもわからない。

　でもヘンな感じだ。

「弟たちは日曜日にメルボルンに帰るわ」彼女がほほ笑んだ。「それからは私たちだけよ」

「素敵」私の声はしわがれている。日曜日といえば明後日だ。息子たちがいなくなるのを彼女が喜ぶなんて、妙な気がする。彼女が私を注意深く見た。出ていってくれればいいのに、と思う。

「ヴィンスから電話があったわ」彼女が最後に言った。「昨日来られなくてすまなく思ってることをあなたにも知ってほしいって。何か緊急事態があったんですって。もうすぐここに来るそうよ」

　ひどい吐き気は治まったが、頭がずきずきしている。

「あなたは支度をしなきゃね」彼女は立ち上がって、窓へ行き、ブラインドを半分開け、光を入れる。「あの写真が見つけられるかどうかやってみるわ。ファッションショーの写真よ」

「出ていく前に窓を開けてくれる？」今は新鮮な大気がきっと助けになる。でも、私の声が聞こえないみたいに、彼女は応じることなく部屋を出て、後ろ手にドアを閉めた。日差しはちょっとの間目につらくても、はっきり目が覚めた気にさせてくれるのに。

私はしぶしぶ起き上がって、シャワーに直行した。生温い水の下に立っている間、ガラスに両手をついていなくてはならなかった。ひどく目眩がするのだ。あのウォッカをひとりで全部飲んでしまうなんて馬鹿だった。弟や両親が部屋に来て話しかけたら、私はあっさり口を滑らせたかもしれない。そして、今度はアンドポリスが戻ってくる。捜査は終わってなどいなかったのだ。私は彼にも、あの利己的な罪悪感にも、もううんざりなのに。それに、無防備な被害者を演じるのももうたくさんだ。彼はそれを楽しんでるだけなのだ。

お湯が体を滑り落ち、胸の悪くなるような混乱した気分も一緒に流してくれると、私は新しい計画を立てようとした。これを最後にアンドポリスに私に干渉させないための新しい計画。彼のような男性は、若い女性を人として見ることは絶対にない。自分の男っぽい空想に都合のよい対象として見るだけだ。そうね、被害者役でうまくいかないなら、危険を冒して、べつの極端な行動をとらなきゃならないわね。

シャワーから出ると、ベックのクロゼットをべつの目で見ていった。十六歳なら誰でもみだらな服を持っているものだし、彼女も絶対に同じはずだ。

私は玄関脇の窓からそっと覗く。通りに人影はない。はずれまで、鮮やかな黄色いプラスチックの車両防護柵が設置されているのが見える。キッチンテーブルには、母親が作ってくれたピーナツバターのトーストサンドが二切れ、お皿に載っていた。子供にするように三角に切ってある。そのうちパンの耳も切ってくれるようになるのかしら。それでも朝ご飯があるのはうれしい。パンがアルコールを吸収してくれればと、ほとんど味わうこともなく素早く飲み込んだ。私道に停まるタイヤの音がした。きっとアンドポリスがもう来たのだ。私は最後の三角形を持って、外出を伝えるためにママを探しに行く。寝室のドアをノックしても応答はないが、洗濯室で何かが動く音がしている。入っていくと、ガレージへのドアが半開きになっていた。そう言えば、ここにはまだ入ったことがない。

ドアを押し開けて、狭い階段を三段下り、ガレージのセメントの床に立った。少しカビと腐敗の匂いがする。ここには箱と本棚が詰め込まれている。子供用の古い自転車があり、隅には汚い白いシーツが丸まっている。彼女がこんなに汚いままにしているのが妙な気がする。家の他の部分はしきりに掃除しているみたいなのに。すでにチリ一つないところまでもだ。照明は薄暗く、本棚の奥からカサカサ音がする。

「ママ？」

バタンと音がして、彼女が本の陰から飛び出してくる。アルバムを持っている。

「中へ戻りなさい！」彼女がつっけんどんに言った。「ここにはクモがいるのよ」

　彼女は私を怪訝な顔で見ている。私のことをなぜか恐れてるみたいに。目が私から私の後ろの壁へとチラチラ動く。私は何を見ているのかと振り返ったが、箱があるだけだ。

「わかったわ。行ってきますを言おうと思っただけなの」私は言い訳がましく答えた。

「行ってらっしゃい」彼女は言って、また棚の陰に消えた。

　私はアンドポリスの隣に乗った。私の服装を見て、彼の目が頭から飛び出しそうに見えたのを楽しんでいる。ベックの持ち衣装の中で見つけられた最高のものだ——超ミニの黒いレザーのスカートとぴちぴちの黒いタンクトップ。凍えそうで、ジャケットの前を合わせたい。でも、大きく開いたままにして、アンドポリスの目に彼のかわいい被害者の青白い脚を存分に楽しませてやる。

「どうしてそんなふうに私を見るの？」と私。

「そんなふうにって？」彼は素早く目を逸らして、エンジンをかけ、私道から出る。

「通り過ぎる時には顔を隠した方がいい」彼が咳払いして言った。

　私は前かがみになって、膝に腕を回し、ジャケットを頭からかぶる。メディアには私の何も見せたくない。彼らの声が静まったところで、座り直した。

「いつになったらいなくなるのかしら？」と彼に尋ねた。

「そういつまでもはいないだろう。君が彼らに見るべきものを与えさえしなければ」

彼の目がまた私の脚をちらっと見た。

　彼は黙って運転していく。私はハンドルに置かれた彼の手に注目した。爪はもう下の皮膚まで噛み切られている。横に乾いた血の斑点がついた指まである。私は間違いなく彼を苛立たせている。私たちは〈マクドナルド〉の前に車を停めて、哀れなスタッフがバーガー用のハンバーグをひっくり返したり、床にモップをかけたりするのを見守る。ベックはこんな仕事が大嫌いだったに違いない。しばらくすると、スタッフのひとりにいくらか見覚えがあるのに気がついた。私は目を細くして、どこで見たのか思い出そうとする。彼は他のスタッフより年上だ。カウンターにもたれて、女の子のひとりと笑っている。で、思い当たった。彼は二〇〇五年の〈マクドナルド〉のスタッフ写真にいた。ルーカスだ。

「中には入らないの？」私は尋ねる。

「君が気づかれてしまう危険性が高い」彼が言って、改めて私をじろじろ見た。たぶん私と一緒に入りたくないだけだろう。私が売春婦か何かに見間違えられるかもしれないのを気にしているのだ。私は彼が手を無意識に口に持っていくのに気がつく。彼も気づいて、歯が爪を噛む前に何とか手を止めた。でも、いい線行ってるのが私にはわかる。彼はほとんど限界に達している。もう少しで成功だ。もう少しで勝つ。

「けど、バスには乗せたじゃない」

「ああ、でもあれは君がメディアと関わる前だった」

「関わってなんかいないわ」

「そうだな」

私たちはしばらく黙って座っていた。

「君のおかげで私はもうくたくただよ」声に嘆願をにじませて、彼が続けた。「私は君を助けたいだけなんだ」

「けど、私はたぶんあなたの助けを求めてないわ。私は今のままで満足なのかもよ」

アンドポリスは片手でハンドルを乱暴に叩き、私は飛び上がった。

「ちくしょう、ベック！　誰なんだ？　君は誰をかばってるんだ？」

「誰も！」

彼は業を煮やしてうめくと、エンジンをかけ、驚くほど素早くバックで駐車場を出た。

「一体全体どうして私が誰かをかばってるなんて思うの？　私の人生を盗んだ人を、私が憎んでいないと思うの？」

ベックの人生を盗んだのは私だ。

「ああ、私は君が彼らを憎んでいるとは思わない」

「憎んでるわよ！　何より彼らを憎んでるわ！　あなたはこれがすべて私のせいだと言わんばかりにふるまってる。私が誘拐されることを知ってたみたいに。あんなことが起きるなんてどうして私にわかるというの？」

私は、自分が本気で彼に尋ねているのだと気がつく。

「もしそういうことだったのなら」彼が小声で言った。いくらかスピードが出過ぎている。

「何が言いたいの？」私が訊いても、彼は何も答えない。

彼は謎をかけているみたいだ。ベックが犯人を憎まないなんて、どうして考えられるのだろう？　どうして彼女は犯人を憎まないの？

「私が犯人を憎んでいるとは思ってないのよね」私は考えをそのまま口に出した。

「私が彼らのことを好きだと思ってるの？」

彼は何も言わない。

「私が彼らを愛してると？」非難するような口調になったが、彼はたじろがない。彼はそう思っているのだ。

その時、ようやくピンと来る。すべてのつじつまが合う。ベックがさらわれた場所に立っていた時、彼は私が嘘をついていると言いたげに私を見た。あの時、彼は本気で私を疑い出したのだ。

「犯人は……私の知ってる人だと考えてるのね」危うく彼女のと言いそうになった。

彼は何も言わずに、運転を続けている。認めているも同然だ。

「それじゃスマホは？」私は尋ねた。「もしあなたの仮説が正しいなら、どうしてあの茂みにあったの？」

「置かれた」と彼。事実だと言わんばかりの決定的な口調だ。

「そんなの、ヘンよ！」

「ヘンなのは、女の子がこんなに静かな地域で、誰にも気づかれずに誘いの言葉をかけられると考えることだ。通りの向かいに住む不眠症の人にすらだぞ」彼が怒鳴った。

　彼の言葉は二人の間で宙づりになり、車内は静まり返った。彼の言うとおりだ。私はどうしてもっと早くそれくらいのことがわからなかったのかしら？　しばらくして、私は元来た道を戻っているのに気がつく。

「家に送ってくれるの？」

「あの日に行った他の場所を君が思い出せないのなら、これまでだ」

　でも、場所はまだある。ジャックは言っていた。ベックはリジーに会いに行ったが、リジーはいなかったと。どういうわけか、アンドポリスはそれを知らなかった。

「明日も同じ時間？」彼が私道に車を停めると、私は尋ねる。

「私には本物の被害者がいる。私の助けを求め、必要としている人たち、私が時間を割くべき人たちだ」

「それじゃこれで終わり？」

「そうだ、レベッカ」

　うれしくなって当然なのはわかる。私はようやくほしかったものを手に入れたのだ。アンドポリスは私の捜査をやめるのだから。でも、私はうれしくない。犯人が誰であれ、今でも私の生活に潜んでいる可能性があるからではない。それはそれで怖いけど、そうではなくて、彼が被害者について言ったことのせいだ。ベックは本物の被害者だった。でも、私のせいで、真実は絶対に明らかにされないだろう。彼女の身に起きたことに対する正義は絶対に果たされないのだろう。

　私は、もうベックのことを考えたくない。突然、私自身が彼女に乗っ取られたような気がする。私たちの間の線が薄れていくような。私は本当にレベッカ・ウィンターだと。本人ほど快活でも愛されてもいない色あせた姿ではあるけど。

　家に入ると、居間ではテレビがわめいていた。

「……二〇〇五年に仕事から帰る途中で失踪しました。レベッカ・ウィンターが十年間の失踪の末に、本当に発見されたのかどうかについて、警察はまだ正式な声明を出していません」

「おい、ベック」私が居間に入っていくと、アンドリューが言った。「ヴィンスとはどうだった？」

彼とポールはソファに座って、熱心に画面を見ている。

「まあまあよ」私は答える。その件は話したくないのだ。二人の姉の誘拐犯人が誰であれ、絶対に捕まらないだろうなんて言いたくない。すべては私のせいだなんて。私が捜査を台無しにしてしまったから、姉を連れ去った犯人が報いを受けることは絶対にないなんて言いたくない。私は、とにかく何が何でもすべてから逃げ出したくなる。もうずっと新鮮な空気を吸っていなかった気がする。でも、車がなくては逃げ出せない。そこで私は二階の私の部屋に行って、もっとずっと地味な服に着替え、ジャックに電話する。今の私の気を晴らしてくれるのは彼しかいない。


私たちは彼のベッドに寝ている。一日の最後の光が部屋を柔らかく照らしている。私たちは激しく、優しくキスする。永遠に続けられそうな気がする。

「こんなことが起こるなんて信じられない」彼が言って、私の髪にそっと触れる。

「わかるわ」私は彼に夢中になっている。

「もし先週誰かに、今みたいにベック・ウィンターと愛し合うだろうと言われたら、そいつは頭がおかしいと思っただろう。完全にイカレてると」

私は彼にほほ笑みかける。でも、心のどこかでは少し傷ついている。彼に彼女の名前で呼ばれるのがすごくいやだ。彼に本当のことが話せればいいのに。

「悲しそうだね」彼が言った。「その頭でいったい何を考えてるのかな？」

「お互いにすっかり正直になれればいいのにって」そして一瞬、私は言えそうな気がする。彼にならら話せる。でも、彼は私から離れて、背中を向けた。

「そうだね」彼が言った。「ごめん。僕が嘘をついてるのはそんなに見え見えだったかい？」

キングスレーとの新しい任務のことを言ってるのだろう。危険なものになるのかと私は尋ねたのだった。

「私って、人を見抜くのがすごくうまいのよ」

「僕はだめだ。全然だめなんだ」と彼。ホ・ン・ト・ね。私は言いそうになる。

「言いたくなければ言わなくていいのよ」これ以上話したくない。彼にはもう一度キスしてほしいだけだ。あまり考え込まないで、ただ彼を楽しみたい。

「いいや、君の言うとおりだ。君ならわかってくれるかもしれない」彼が向き直って、私をじっと見つめる。「君ほど私心のない人は初めてだから」

私は何と答えていいかわからないので、黙っている。

「赤十字は収容施設に入ることを認められている。僕はもう長いこと何とかそれをさせてもらおうとしてきた——だから赤十字の仕事をしていたんだ。で、ようやくその任務を与えられた。僕は二週間後にマヌス島に行く。カメラを隠し持っていくつもりだ」

私はショックを受けて、彼を見つめる。そんなことを言われるとは思っていなかった。

「ブログにライブ配信するつもりだ」彼が続けた。「何が起きているのか、人には知る権利があると思うんだ」

「でも、もし見つかったら、あなたはものすごい窮地に立たされちゃうじゃない！　彼がやるべきなんじゃないの？」

「彼？」

「キングスレーよ！」私はほとんど叫んでしまう。ジャックにはさせたくない。

彼がいくらか混乱したように、注意深く私を見た。そして、話し始めた口調はゆっくりで冷静だ。

「なあ、君は自分で考えてるほど人を見抜くのはうまくないかもしれないよ。僕が、キ、い、い、いングスレーなんだ」

「ちくしょう」私にはそれしか言えない。彼はあまりに深入りしていて、そんなことはしないでと説得する手だてはない。彼に笑われてしまう。

「すごくいい反応だね」彼は私を見つめて、親指で私の眉をそっと撫でた。「ほら、僕を変えたのは君だったんだ。昔の僕は死や苦悩にすごく興味があって、ヘビメタや血なまぐさい映画みたいなものが大好きだった。でも、君が失踪してから、物事を違った目で見るようになった。どんな暴力や恐怖にも耐えられなくなった。それが世界に広まっている気がした。僕は何か有益なことに関わりたくなった」

私は彼の首に手を回して引き寄せ、彼にキスして、ベックのことや彼女の身に起きたことを話すのをやめさせる。キスを深めて、片手を下ろし、彼のチャックを開ける。彼が私からさっと離れる。

「どうしたの？」

「わからない。君はホントにしたいのか？」

「ええ。あなたは？」

「これまでそればっかり考えていた気がするよ」

「考えるのはやめて」私は彼を軽く押して仰向けにする。

私は素早く起き上がって、体をゆっくり揺らす。もう一度キスしようとすると、今度は彼も激しくキスしてきた。私は彼の上に乗って、頭から服を脱ぐ。

「想像したとおり？」私は尋ねる。

「ああ」彼が静かに言った。

私はブラをはずし、パンティを脱いだ。

「これも?」私は尋ねる。私は彼の上でもう素裸なのに、彼はまだ服を着ている。彼が私を引き寄せる。彼の手があちこち動き回る。私の背中、バスト、そして最後に、私が触れてほしい場所に。私はうめいて、自制心を捨てる。彼は入れ替わって私の上になり、素早く服を脱ぐと、引き出しから出したコンドームをつける。

彼は一瞬、裸で彼のベッドにいる私を見る。

「君はとても美しい」彼は言って、私との間を埋めていった。

びっくりするような感覚だ。彼は身を乗り出して、私にキスすると、早く、さらに早く動いた。汗ばんだ二人のお腹がぴったりくっついた。彼が私の髪に指を滑らせた。私は彼の背中をしっかりつかんで、さらに深く引き寄せた。

「愛してるよ、ベック」彼がささやいた。「ずっと前から」

彼がうめいて、私の上に倒れ込んだ。

しばらくすると、ジャックは眠り込んだが、特別で大切なものだというように私をしっかり抱きしめていた。私は気分が悪くてむかついている。でも彼に対してなのか自分に対してなのかはわからない。二人のことがリジーの家で出会った時から始まったと考えたなんて、本当に馬鹿だった。もちろん、もとはベック。ずっとベックだったのだ。私は彼女に痛いほど嫉妬して、おかげで自分がいやになる。私は初めて、あの夜暗闇に駆け込めばよかったと思う。ここに来なければよかった。そうすれば私はまだ私でいられたのに。

もうここにはいられない。私は彼の腕を押しのけ、ベッドのそばに置いたバッグからスマホを出して、タクシーを呼んだ。オペレーターに住所を伝えていると、後ろでジャックが動くのが聞こえた。きっと起こしてしまったのだろう。オペレーターがタクシーは向かっていると告げた。

「誰だったんだ？」ジャックが訊いた。

「ママよ」私は嘘をつく。「心配してるの。家に帰らなきゃ」

私は起き上がり、辺りを見回して服を探した。

「今すぐ？」彼が尋ねる。声からもう傷ついていることが伝わってくる。

「そう。夕食までに帰ってきてほしいって」どうしても彼を見ることができない。私はパンティを見つけて、素早くはき直す。ブラが見つからない。床中をくまなく探す。

「どうかしたのか？」

「べつに」私は四つん這いになるが、ベッドの下にもない。

「本当に？」

ブラは彼のシャツの下にあった。すぐにつけて、服も着る。私は勇気を奮い起こして彼を見た。彼はとても傷つきやすく見える。裸でベッドに座って、腰までシーツを引き上げているが、痩せた胸はあらわだ。私は、やることをやったらさっさと私のベッドから飛び出した馬鹿どもになった気がする。私を愛称で呼んで、また電話すると言いながら絶対にしてこなかったあの馬鹿な男たちに。

「万事順調よ」そう言って、そんな自分がひどくいやになるが、他に何と言ってよいかわからない。「あとで電話するわ」

帰る前にせめて彼にキスすべきなのはわかっても、どうしてもそばに行けない。私は彼に弱々しくほほ笑むと、タクシーを待つために階段をほとんど駆け下りた。

罪悪感を感じながら待っていた時、風が急に向きを変えて髪に吹き付けてきた。最後の陽光がすべてを銀色に変えている中、メールが届いた。スマホがビーッと鳴って、私はきっとジャックだと思った。何がいけなかったのか尋ねてきたと。でも、違った。私の知らないあの番号からだったのだ。

すぐに出ていけ。さもないとまた同じことになる。

14

ベック、二〇〇五年一月十六日

リジーはバッグからたたんだ白いシーツを出して、みんなが座れるように広げた。ガレージの中は暑かった。エアコンもここまでは効かないのだ。それに空気がひどくカビ臭い。隅では温水タンクがブーンとうなっている。もう小声で話す必要はない。ここなら外に音が漏れることはないのだ。

「エレンも来るんでしょ？」リジーが尋ねた。

「店じまいをしてから立ち寄るって。マティは返事をくれなかったけど」

「それはかまわないわ」とリジー。「魔法をかけるには四人いればいいから」

「魔法？　ワオ、それじゃ本気で私たちに魔法をかけるのね」ベックは言った。

「邪魔しないで！」そう言いながらも、リジーの目はきらめいている。興奮しているのだ。

三人はシーツの上であぐらをかいた。ベックは自分の膝がルークの膝にすごく近いのを意識した。彼のすね毛がほとんど触れそうだ。そのせいで鳥肌が立った。彼は気づいているのかしら。たぶん、すべては独り相撲だったのだ。さっき馬鹿みたいにのぼせ上がった愚かな女の子の自分をさらしてしまった。本当に腹立たしい。

リジーが箱の中身をゆっくり一つ一つ出していくのを見守った。教会で使う太いキャンドル二本。底にバラが彫られた小さな金属のお皿、ライター、まだスーパーで包装されたままのセージ、それに銀の鋏だ。彼女は慎重にそれらを三人が作る三角形の真ん中に置いた。お皿が真ん中でキャンドルをその両側に。最後に、インターネットからプリントアウトした呪文のコピーを四枚出すと、鋏をベックに渡した。

「なあに？」

「髪がひと房必要なの」

「何ですって！」

「ああ、頼むよ、ベック、弱虫になるな」ルークが言った。

いつもなら、彼がその手のことを言った時にはほほ笑んだはずだが、今回は傷ついた。普段なら、髪を切り取って、大したことではないと笑ったはずだ。でも今は、やりたくなかった。なぜか自分のものを守りたい気分なのだ。自分自身を作り上げているものすべてが、あまりに急速に失われていくような気がするから。でも、二人が見ている。その目がいやで、鋏を取ると、耳の後ろに持っていって髪を切り取った。オレンジ色の髪の小さな房が、死んだ金魚さながらだらりと手のひらに載った。ベックが差し出すと、リジーは親指と人差し指でつまみ上げて、金属のお皿に置いた。

ベックは前に置かれた呪文を見つめた。お話にならない。言葉の半分はラテン語で、そのいくつかは韻まで踏んでいる。本当に馬鹿げている。

「エレンはいやがると思うわ」ベックは言った。

「どうして?」リジーは傷ついたようだ。それを見て、ベックは意外にも楽しくなった。

「馬鹿げてるからよ。インターネットから昔のものをプリントアウトしただけじゃない」

「いいえ、違うわ! すごく長い時間をかけて調べたのよ!」

「落ち着けよ、二人とも」ルークが言った。

「喧嘩してるわけじゃないわ!」ベックは彼に言った。

「僕にはそう見えるけどな」

一瞬、気まずい沈黙ができ、ベックはまた馬鹿みたいな気がして、怒りを感じた。

リジーはベックを見ようとしない。「まあ、エレンが来たらどう思うか様子を見ましょう」

ちょうどその時、ベックのスマホが光った。エレンが玄関に来たのだ。ベックは彼女を中へ入れるためにパッと立ち上がった。少しの間でもここから出る口実ができてうれしかった。ガレージのドアに向かって歩いていくと、何かを踏んだ。チリンと音がした。見下ろすと、小さな銀の鈴が足の下から転がり出た。ベックは鈴を蹴飛ばし、頭からも締め出して歩き続けた。

ドアを開けると、エレンは疑わしそうに彼女を見たが、ベックはもう何も気にしなかった。エレンを連れてガレージに戻ると、ルークとリジーが顔を寄せ合って静かに話し込んでいた。ルークの顔には本物の笑みが広がっている。

「で、マティも来るの？」リジーがエレンに気づいて尋ねた。

「友だちの誕生パーティに行かなきゃならないんですって」見え透いた嘘だが、誰もわざわざ口に出しては言わなかった。

「あ、そう」とリジー。「これがあなた用の呪文のコピーよ」

エレンはそれを眺めた。ベックには何を考えているかわかる気がした。でも、彼女は何も言わず、リジーはベックを見て、私が正しかったでしょというように、眉を吊り上げた。ベックは、どうしてリジーがこの場を仕切っているのかしらと思った。ここは私の家で、出没しているのは私の幽霊なのに。

「あの化け物を怒らせることにならないと、どうしてあなたにわかるの？」ベックは訊いた。

リジーが怪訝な顔を向けた。「どういうこと？」

「あれがここにいる理由も、何が狙いなのかも、私たちにはわからないわ。でも凶暴よ。血からわかるでしょ」

「同感よ、ベック。私はこうしたことを本気で信じてはいないわ。けど、もし現実だという可能性があるなら、それを弄んでよいかどうかわからない」エレンが言った。

ベックは自分も眉を吊り上げてリジーを見た。

「けど、これは現実じゃないでしょ」とリジー。

「現実よ！」傷ついたことが顔に出てしまっているのが、ベックにはわかった。

「自分で言ったじゃない、ベック。血は自分のものだって。私たちはあなたの気が晴れるように、ふざけてるだけだと思ってたわ」

「そんなこと言ってないわよ！」でも、ベックは昨夜のパーティの前に自分が言ったことを思い出した。リジーを部屋に入れるために言った。嘘は彼女の声にはっきり現れていた。

一瞬、全員が黙り込んで、ベックを見つめた。やがてエレンが立ち上がった。

「まだ帰らないで！」ベックは言った。喉が締めつけられた。

「あきれたわ。何が問題なの？　すごく心配してたのよ、ベック。ここで何かが起きてるんだと思った、何か恐ろしいことが。けど、あなたは注目されたいだけなのね。こんなとんでもない真夜中に、私は忌々しいティーンエージャーなんかじゃないのよ！」

エレンの首から頬へと発疹のような赤いまだらが広がっていった。彼女は声を張り上げたわけではない。でも、その言葉はとても鋭くて、顔を張られたような気がした。彼女は踵を返して、まっすぐガレージから出ていった。ルークが立ち上がってあとを追った。

「彼女が心配だ」彼はベックを見ずに出ていった。

ドアが開いて閉まると、お皿からベックの髪が吹き飛ばされた。リジーは燃やすつもりだったのだろう。ベックは身を乗り出して拾い上げた。とても柔らかくて軽い。これが黒くなるのを見なくてよかった、と急にうれしくなった。と、全身が極度の疲労に襲われた。

「ごめんなさい、ベック。こんなふうにするつもりはなかったのに」

「すぐ行けば、二人に追いつけるわよ」

「今夜は泊まるつもりだったわ」

ベックは手の中の髪をじっと見た。

「だめよ」静かに言った。

「いったいどうしたの？　あなたむちゃくちゃよ！」

ベックは髪を握りしめた。顔をあげた時には、その目は痛烈でも、声を荒らげることはなかった。

「べつにむちゃくちゃじゃないわ。能無しが親友だというのにうんざりしてるだけよ」

「ベック！」リジーは平手打ちを食らったような顔をした。

ベックは危うくほほ笑みそうになった。「ごめんなさいね、でも本当のことよ。あなたはどうしようもない馬鹿。お兄さんは負け犬だし、パパは変態だわ」

「違うわ！」

リジーはもう傷ついたようには見えなかった。むしろベックを憎んでいるみたいだ。

「取り消しなさいよ」リジーは要求した。冷たい声だ。

ベックはリジーを見ることができなかった。見れば、謝らなくてはならない。もう悪かったと思っているのだから。謝れば、リジーは泊まることになるだろう。でも、今はひとりになりたい。ひょっとしたら永遠に。だから、黙って聞いていた。リジーがすべてを箱に詰め直すのを。立ち上がった時のスカートがシュッと鳴る音を。洗濯室を抜ける小さな足音を。そして後ろ手にそっと閉めた時の玄関ドアの静かなバタンという音を。

それからは、ベックは洗濯室からの光で幽霊のように光る白いシーツにひとりで座って、みんなを憎んだ。

朝、ベックの枕は濡れていた。漂白された白いコットンに濡れたしみがついている。夢は覚えていないが、そのせいで泣いたのだろう。もしかしたらあれは夢ではなく、昨夜の出来事がエンドレスに繰り返されていたのだ。これまでリジーと喧嘩したことはなかった。五年近い友だち付き合いで一度も。スマホを見る。彼女からのごめんなさいメールか、ベックの様子を心配するルークからのメールを期待したが、画面には何もなかった。みんな、ベックのことを嘘つきだと思ったのだ。

そんなつらい考えが身にしみてこないうちに、シーツを押しのけてベッドを出ると、そのまま部屋を出た。ビッグ・スプラッシュへ行く日で、これだけは忘れるわけにはいかない。双子の部屋を通り過ぎながら、中を覗いた。二人はポールのベッドのそばに立って、リュックの中を見ている。「日焼け止めを忘れないで」ベックは言った。

二人はその声に飛び上がって、素早く振り向き、後ろにあるものが見えないようにした。

「ホントに口うるさいんだから」アンドリューが言った。

「あら、それ以上そばかすはいらないでしょ？」

二人は目をぐるりと回してみせた。ベックはしばらく疑わしそうに二人を見ていたが、そのままバスルームに向かった。今日これをするのはよいかもしれない。子供たちと日向でのんびりして、ウォータースライダーで肝を冷やすのだ。

ベックはシャワーを浴び、水着を着ると、日焼け止めをたっぷり塗り、ワンピースを頭からかぶった。タオルを丸めてバッグに入れる。体はまだ虚ろに感じていても、何かするのは気分がいい。弟たちはキッチンで待っていた。

「コーヒーだけ飲ませて。それから出発よ、いいでしょ？」

二人は顔を見合わせてにっこりした。見るからに興奮している。ベックはやかんをかけ、二人と一緒に出かけるのがとてもうれしいと実感した。二人もすぐにティーンエージャーになって、もう彼女を必要としなくなるだろうから。彼女を好きですらなくなるかもしれない。二人とも体臭がするようになって、声は低くなり、ガールフレンドだってできるかもしれない。そんな考えは滑稽な気がした。コーヒーを持って座り、ふっくらした頬や子供らしいぽっちゃりした体つきがなくなった二人を想像してみようとしたが、できなかった。

「ちょっと待って」ベックは気がついて言った。「二人ともタオルを忘れてるわよ！」

二人は顔を見合わせ、ポールはオーバーに憤慨して自分の頭をぴしゃりと叩いた。

「この大馬鹿者！」彼が言って、二人は大笑いした。

「それじゃ取ってらっしゃい！」ベックは言った。

二人は勢いよく立ち上がった。が、飛び出していく直前、ベックはポールが立ち上がりながらリュックに目をやったのに気がついた。持っていこうかどうしようかと考えるかのように。見られたくないものが入っているのだ。

ベックには見たくない気持ちもあった。今日はこのまま素敵な一日にしたい。でも、そうはいかない。

最初のポケットには、ポータブルCDプレーヤー、マジックテープ付きの汚らしい布製の財布、それに家のキーが入っていた。ポケットに戻してチャックを閉めながら、いくらか気がとがめたが、べつのチャックを開けた。ワナのための品だ。ゾッとした。それだけでもう想像がついた。プールの水がピンクに変わるのが目に浮かび、内臓がよじれる気がした。

ベックはリュックのチャックを閉めることもせず、立ち上がって、まっすぐ家を出ると、後ろ手にドアをバタンと閉めた。心のどこかでは、家に残って、あの中に入っていたものについて二人に話すのが姉の務めだというのもわかっている。行動には結果が伴うことを理解させるのだ。人を傷つけるのがどういうことか、それはもうゲームではないことを、冗談ではすまないことを説明するのが。でも、ベックには荷が重過ぎた。あの家のせいだ。あの家が、中にあるすべてを醜悪にねじ曲げてしまうのだ。自分と家の間にできるだけ距離を置かなくては。今日は無邪気で楽しい一日になるはずだったのに。

ベックはどこに向かっているのかもわからず、ひたすら歩いた。タオルが不格好な角度でバッグから突き出ていて、一歩歩くごとに背中に当たった。頬は熱く濡れている。涙なのか汗なのか、自分でもわからなかった。

足がルークの家に向かっていると気づく前に、もう近くまで来ていた。頭のどこかでは無意識に、彼に自分は嘘つきではないと話さなくてはいけないと思っていた。すべてを話したい気持ちもあった。触れると痛い心のあの部分を打ち明けて、すべての毒を外に出したい。

ユーカリのある広い私道が、道路から建物を隠している。私道を少し進んで角を曲がると、茶色の煉瓦のずんぐりしたアパートがあった。どこと言って目立つところは特にないが、ルークの住まいだとなれば、ベックにはある種の息を呑むほどの神秘的雰囲気が感じられた。ノートルダム寺院かタージマハルだと言ってもいいくらいだ。四階建てのようで、実用的なコンクリートのバルコニーがどの階からも突き出ている。でも、ベックは彼が一階に住んでいるのを知っていた。友だちが彼を起こすために窓を叩いたものだと、前に話してくれたのだ。ある夜、マティが全員を車で送ってくれて、ここでルークを降ろした。ベックはすぐさま住所を暗記したのだった。

木陰があり、セミが鳴いていて、ユーカリの刺激臭が鼻をくすぐって、穏やかな気持ちになる。住むにはよい場所だろう。ベックはドアまで行って、ノックした。心臓がドキドキする。縫いぐるみの人形のように郵便受けにもたれて、しばらく待った。辺りを見回してブザーに気がつき、途端に気恥ずかしくなった。周りに誰がいるわけでもないけど。アパートでノックするなんて、何て馬鹿なのかしら。ただ、ブザーには部屋番号だけで、名前は書かれていない。ストーカーよろしく表に座り込むか、運よく行き当たるまでブザーを順番に押していくしかないらしい。でも、それでは彼が他の住人と面倒を起こしかねない。

でも、他に行ける場所はない。家には帰れない。リジーの家にも行けない。手のひらに爪を食い込ませて、必死で泣くまいとした。ルークが戸口に座っている彼女を見つけるより悪いことは、戸口に座って、正気を失ったように泣いている彼女を見つけることだろう。

張り出した枝の下にかがんで、建物の横をそっと回っていった。彼の部屋がどこかわかれば、それでオーケーだ。最初の窓を覗き込んだ。部屋は薄暗い。目が慣れるまで少し時間がかかった。ベックは唖然として、またしゃがんだ。巨大な太鼓腹の中年男性が素っ裸で寝ていたのだ。もう少しでヒステリックに笑い出しそうになったが、何度か深呼吸してから、落ち葉を踏んで、次の窓へ移動した。

一階にはたかだか三軒しかないはずなので、もう裸のでぶ男はいませんようにと指を十字に重ね、体を伸ばして中を覗いた。誰もいない。古いデスクトップのパソコンの向かいに、寝起きしたままのベッドがあるだけだ。あとはキッチンを隔てる壁があり、開いたドアがある。そのドアからカーペットはひびの入った白いタイルに変わる。バスルームね、ベックは思った。床には、丸めたマクドナルドのシャツ。覗き込んでいる窓は大きく開いている。でも、彼は絶対に留守だ。ベックはそこまで考える間もなく、体を引き上げて窓枠に載ると、彼のベッドに飛び降りた。

彼の部屋の真ん中に立つと、してしまったことが信じられなかった。でも、出てはいかない。それどころか、ベッドに横になって、彼の匂いを大きく吸い込んだ。ベッドで手足を伸ばし、彼の枕の温かさを、コットンのシーツの柔らかさを感じ、彼が仕事から帰って、シーツに滑り込むところを想像した。足をくるりと回して立ち上がり、バスルームへ行って、彼の歯ブラシを見て、彼が毎日使っているに違いないシェーバーとマウスウォッシュをじっと見た。キッチンの食器棚を開けて、ドライパスタとスパイス類、それに半分空になったヌテラ（ヘーゼルナッツ入りのチョコレートスプレッド）を調べた。シンクに汚れた食器があるのに気がつくと、むちゃくちゃな話だが、一瞬彼のために洗ってあげようかと思った。

でも、このこと自体がむちゃくちゃだ。頭ははっきりしているようだし、何をしているかもわかっている。ここを出なくてはならない。今すぐ。ところが、寝室に戻って、窓から出ようとした時、音が聞こえて、心臓が止まった。キーが錠に差し込まれたのだ。

その一瞬、頭は明晰だった。距離を測って、窓から出るのは間に合わないのがわかった。ベックはカーペットに体を伏せると、ベッドの下に入り、ドアが大きく開いた時にはバッグとビーチタオルを引き入れていた。

彼はTシャツと短パン姿で戸口に立っていた。片手にコーヒー、もう片方には食べかけのクロワッサンを持っている。彼がドアを閉めるために後ろを向くと、肩甲骨の間に汗の筋が見えた。ベックは過呼吸が始まりそうな気がしても、息をこらえた。ドアを閉める音が、静かな部屋には大き過ぎる気がする。彼が最後のクロワッサンを噛む音が聞こえ、紙袋を丸めてゴミ箱に投げ込む音も聞こえた。彼が部屋を横切ってきて、ベックの上でマットレスが軋んだ。彼がコーヒーを飲むのが音でわかった。それから、彼がメールを書く間、スマホが低くビーッと鳴っていた。と、手遅れになる寸前、ベックは彼が自分宛にメールを書いている可能性もあると気がついた。まあ、大変。震える手をバッグに入れて、スマホをそっと出した。スマホが光った。ベックは途中で落としそうになりながら素早くボタンを押して、アラートが鳴る前にメールを開いた。〝昨夜はひどいことになって残念だったね。君が大丈夫だといいが〟そう書かれていた。

ベックはごくりと唾を飲み込んだ。あまりに近過ぎるわ。手が震えた。カーペットが首にチクチクしてきたし、古い煙草の匂いがして、しかも湿っぽい。ボックススプリング（ベッドのマットレスの下に置かれるバネ入りの台）は鼻からほんの数インチしか離れていない。それに、手を伸ばせば、ルークのくるぶしの後ろに触れることもできる。ブラウンのすね毛の一本一本も見えるし、その毛穴だって見える。

さらに何通かメールを送る気がかりな数分があったが、ベックのスマホにはもう届かなかった。と、マットレスがまた軋んだ。ルークは一歩前に出て、短パンを脱ぎ、パンツも脱いだ。それから、Tシャツもカーペットに落ちるのが見えた。彼がバスルームのドアを入る前に、彼の首から下が見えた。青白い尻から、背中の吹き出物、だらりとしたペニスをほとんど覆っている黒い縮れ毛まで。バスルームのドアが閉まり、パイプがキューッと音を立て、シャワーが流れ出した。

多くても数分しかない。

ベッドの下から出て立ち上がり、間に合ううちに部屋から飛び出そうと身構えた。と、その時、彼のスマホがメールを受信した。スマホはベッドの上にあるので、発信者が見える。リジーだ。心臓は早鐘を打っていても、スマホを拾い上げずにいられなかった。〝私なら大丈夫よ。心配してくれてありがとう〟

ベックは送信済みホルダーを開いた。ルークはベックに送ったのとまったく同じメールをリジーに送っていた。リストはほとんどすべてが女の子の名前で、その大部分がベック、リジー、それにエレンだ。適当にいくつか開いてみた。〝君と一緒の夜はいつだって最高だよ。今日はずっと君のことを考えてる〟これらは彼がベック宛に書いたものだが、彼は他の多くの人にも送っていた。

水の音がやんだ。ベックはスマホをベッドに投げ戻し、窓に上った。一連の素早い動きで、夏の明るい朝の中に下り立った。しゃがんで、寝ている太った男の窓をまた這うように通り過ぎ、低く張り出した枝の下を戻って、表の私道のギラギラ輝くコンクリートに出た。それからは走り出して、もう振り向かなかった。

15

二〇一六年

昨夜、また夢を見た。でも、今回は違っていた。私はベックが通りを歩いているのを見守る。車が停まるが、彼女は怖がらない。彼女は運転手に挨拶する。そして、ほほ笑みながら乗り込む。初め、運転手はリジーだが、次にリジーの父親になる。と、運転手はベックの母親に変わる。その目は私が見たこともないほど輝いていて、彼女がピエロのようににやりと笑うと、歯がいくらか尖って見える。車は走り去り、私には自分が死ぬと知ってベックが泣いているのが聞こえる。

私はゆっくりコーヒーをすする。でも、カフェインは助けにならない。あの記者があのメールを送ったとは考えられない。最初のメールも送ってはいなかった。そう決め込むなんて、本当に馬鹿だった。

誰かが私を狙っている。ベックにしたことを私にもしたがっている。私は出ていかなくてはならない。昨夜出ていくべきだった。でも、通りはまだ封鎖されているし、記者たちは私が姿を現すのを待っている。あそこまで歩いていけば、私の顔は国中の新聞の一面に載るだろう。でも、それだけではない――私がただ出ていけばすむことではないと、内心感じているのだ。ベックの命を奪った犯人を、それが誰であれ、正常な人の仮面をかぶって歩き回らせることになるのだから。それでは、彼女をこの世から消し去った責任を誰も負わないことになる。自分を守るために出ていくべきなのはわかっている。でも、できない。ただここに座って、コーヒーを飲んでいる。追いつめられた気がしている。

スマホが鳴って、私は心臓が飛び出しそうに驚く。リジーからだ。

「こんにちは、私よ」と彼女。「聞いて。ジャックからあなたの言ったことは聞いたわ。ちゃんと話がしたいの。ドライブに行く気はある？　コーヒーでも飲むとか？」

「いいわよ」私は答える。ノーと答えるべきなのはわかっているのに。黙って立ち去って、二度と振り返ってはいけないのはわかっているのに。「けど、道路は封鎖されてるの。警備してる警官から家に連絡してもらわなきゃならないわよ」

「かまわないわ。それじゃ」

私は急に神経過敏になって、前窓から外を観察する。何がなんでも、誰かに話したい。誰かに話す必要があるのだ。実際には私が連絡すべき人はアンドポリスだ。でも、メールのことを話せば、私自身の真実も話さなくてはならない。刑務所には行きたくない。詐称にクレジットカード詐欺となれば、間違いなく懲役になるだろう。でも、もっと悪いのは、帰らなくてはいけないことだ。継母と顔を合わせなくてはならない。それよりは刑務所の方がマシかもしれない。

リジーが紫色のフォルクスワーゲンを停めた。私は家から走り出て乗り込み、またジャケットをかぶった。彼女がゆっくり記者の群れの中を抜けていくと、彼らの叫び声がどんどん大きくなった。

「レベッカ？　ベック？　君なのか？」

「いったいどこにいたんだ、ベック？」

手が窓を叩く音がする。シャッターの音、足がセメントにこすれる音。記者はどこにでもいるみたいで、心臓が早鐘を打ち出し、私は頭を膝に押しつけた。

「どいて！」リジーが怒鳴って、クラクションを鳴らし、エンジンをふかす。集まった人々が一瞬静かになったところで、彼女は走り抜けた。

「フン、あなたにも見せたかったわ。あの人たちの顔……。私がホントに轢くと思ったみたい！」彼女が声をあげて笑った。

私はゆっくりジャケットをおろし、窓の外を見る。車はもう幹線道路に出ている。

しばし、気詰まりな沈黙が訪れた。

「で、あなたとジャックは、なの？」と、彼女が沈黙を破った。

「どうかしら」と私。彼のことは話したくない。今朝何度もメールをくれたが、私は返信していない。残酷なのはわかっていても、何を言ってよいかわからないのだ。

「私には恥ずかしがらなくていいわ。彼は昔からずっとあなたにぞっこんだったんだから」

「知ってるわ」

「このふしだら女」彼女が私にほほ笑みかける。でも、私は笑みを返さない。

「ヤラルムラの森のカフェに行きましょうよ。私がテイクアウトして、公園の中に座れば、あなたを困らせる人もいないわ」と彼女。緊張をほぐそうとしているのだろう。「戻ってから、あそこへは行った？」

車に乗り込んだ時には、彼女にすべてを話す覚悟を決めていたのに、今となってはとても無理な気がする。

「いいえ」

「まあいいわ。あのね、あそこは本当に運がよかったの。ほとんど山火事の影響を受けなかったのよ」

「それはいいわね」私はかろうじて耳にとめる。「山火事の被害はすごかったの？」

「住宅地をいくつか焼き尽くしたのよ、ベック」彼女が私を見た。「恐ろしかったわ。人が死んだの。ジャックと私は家の屋根に座って、火が迫ってくるのを見ていたわ。結局私たちも避難しなきゃならなくなったの」

「怖そう」

「怖かったわよ」

車内がまた静まり返った。

「あなたのママはお元気？」

「元気だと思うけど」

「この間伺った時に少しヘンな感じだったから」

私はリジーが戸口に立って泣いていたあの日、母親が何をしていたのか思い出そうとした。いつもと変わらなかったと思う。

「どうヘンだったの？」

「もう長いことお会いしていなかったけど、彼女がとても厳格だったのを覚えてるの。でもこの間は夢遊病者みたいだった。まるで別人だったわ」

厳格というのは、私があの母親を描写するのにまず使わない言葉だろう。それに近い姿を想像することもできない。昨日のガレージでのことをべつにすればだが。あの時には、言ってみれば、私に出ていくように命じた。

「私は彼女が少し怖かったの。私なんか馬鹿なブロンドで、あなたはもう少しマシな親友を持つべきだと思ってらっしゃると思い込んでたわ」

私はジャケットを脱いで、シートにもたれる。もしかすると、このコーヒータイムは悪くないかもしれない。少なくとも、昨日のメールや、私が帰った時のジャックのひどく傷ついた顔から注意を逸らしてくれるだろう。

「子供をなくすってそういうものなのかもね。きっと様々な形で人に影響を及ぼすんだわ」リジーが言った。

彼女は私の方を見てから、私の服をじっと見下ろした。顔には奇妙な表情が浮かんでいる。ベックのクロゼットの中でもいくらか大人っぽい服の一つで、薄い茶色のギンガム地のものだ。

「その服をゲットした時のこと、覚えてる？　バスデポマーケットだったわ」

「そうね」と私。彼女はまだ私を見つめている。それだけでは満足できないとでもいうように。「楽しい日だったわね」

リジーは何も言わず、私は彼女が車を停めようとしているのに気がつく。大きな湖のそばで、近くにカフェは見当たらない。

「大丈夫？」私は尋ねる。

彼女はエンジンを切るが、何も言わない。ただぼんやり前を見ている。大きな青い湖とそこに漂っているコクチョウを。雲はいくらか灰色で、やがて雨になると教えているようだ。

「あのね、あなたの声はベックと全然似てないの」彼女がだしぬけに言い出した。

私の心臓が止まる。

「今となってはほとんどの人が彼女の声を忘れてるんでしょうけど、私は忘れてない」

「わからないわ」私は言いながら、もっと努力すればよかったと絶望的な気分になる。

「あなたは彼女にとてもよく似てる——それは認めるわ。でも、あなたの振る舞いはまるで彼女と似ていない」

「リジー」私はうまく切り抜けようとして言った。「私よ。私はベックよ」

彼女が急に私を見た。目がギラギラしている。

「もう私に嘘をつかないで。あなたが誰か知らないけど、ベックではないわよ」

私は何も答えない。答えられない。ただただ恥ずかしい。

「彼女に何があったか、あなたは知ってるの？」

こうなっては隠しても意味はない。彼女にはわかってしまった。

「いいえ。彼女には会ったこともないわ」

リジーの頬に涙が伝った。

「どうしてこんなことを？　あなたが戻って、私はベックが無事だったと思った。これじゃもう二度彼女を失うようなものだわ」

「ごめんなさい」声が小さくなった。

二人とも黙って座っていた。湖をじっと見ながら。寒気がする。

「お願いだから誰にも言わないで、リジー。お願い。彼女の家族にそんなことはとてもできないの」

「まるで気づかってるみたいじゃない！」

「そうよ」私は本気だった。

「お願い、リジー。私は出ていくわ。彼らにはやり直したいからって言う。二、三週ごとに電話するからって。あなたも二度と私に会うことはないわ」

「車から降りて」彼女は私を憎んでいる。

「誰かが私を脅してるの。怖いのよ」

「ええ、そうでしょうとも」

「あなたの助けが必要なの」彼女が何も言わないので続けた。言葉が重なり合って転がり出た。「ベックを襲った犯人がまだうろついているんだと思う。私の考えでは犯人は彼女の知っていた――」

「でたらめはもうやめて！」彼女が叫んだ。

「でたらめじゃないの、断言するわ」

彼女は私を信じない。でも、そんな彼女を、実際誰が非難できるだろう？　彼女が私を助けてくれることはあり得ない。

「お願い。せめて明日まで時間をちょうだい。私には犯人が誰か知る必要があるの」

「どうかしらね。考えてみるわ。でも、今すぐ車を降りて。あなたを殴ってしまいそうで心配なの」

私はシートベルトをはずして車から飛び降り、振り向いて彼女を見た。彼女の目は虚ろだが、口は想像もつかない苦痛のせいで歪んでいる。

頭が熱くて重い気がするし、胸にはひどい圧迫感がある。私は木にもたれて、無理やり深呼吸した。背後でリジーが走り去るのが聞こえた。

私は自分のしてきた悪事にひどい衝撃を受けていた。これは許されるものではない。他者に対してこれほどひどい行為はない。私は本気で去らなくてはいけないはずだ。でも、去りたくない。もし私が去れば、人はまだ私をベックだと考え、彼女はどこかで安全に新しい人生を生きていることになり、それですべては行き止まりだ。それを最後に、彼女の身に本当に起きたことで責めを負うべき者が罰せられることはなくなる。

私は湖を見渡した。水面は完璧に空を映している。ベックの遺体はあそこにあるのかもしれない。ゴミ袋に入れられて漂って、岩の重しで沈められて。彼女はどこにいてもおかしくない。彼女の所在を知っているのは犯人だけ。私にメールしてきた人間だ。でもそれは私に有利に働く。私が自称している人間ではないと、すぐにわかった人でもあるからだ。

ここに来てからの時間を思い起こしてみる。何かあるはずだ。人が嘘をついている何らかの証拠が。

スマホの地図に道案内してもらって、私は家に向かって歩き出す。寒くなってきた。こんな荒れた地形の中を歩いていると、無防備な気がしてくる。薄れゆく光に輝くまばらなユーカリの木々の白い幹の中にたったひとりだ。

私は前からふりをするのが得意だった。役を演じるのが。思えば、私がここでしていたのもそれだ。ベックで通るかどうかやってみたのだ。他人の人生の旅行者。パラサイトだ。ベックを襲った犯人と同じで、私もずっと仮面をつけて、役を演じていた。たぶん仮面の下にあるものを恐れているから。もしかしたら醜いから。さもなければもっと悪いことに、何もないから。

ベックの人生から去らなくてはという衝動は強くなっている。誰かが私を狙っている。私は殺されるかもしれない。でも、逃げられない。ここにいなくてはならない。ベックに対してそれくらいの借りはある。あと一日だけは。たとえそれで捕まることになっても。

雨が降り出す直前、家に帰り着いた。スマホのバッテリーが切れてしまい、暗闇の中、歩き回ることになったのだ。と、何やら見慣れたものが浮かび上がった。近づくと、警察が規制した記者エリアの光だった。彼らはライトを配置していた。彼らは当分動くつもりはないのだ。陰に隠れて、しばらくぼんやり見ていた。彼らは煙草を吸い、暖を取るために手をこすり合わせている。二、三人ずつ集まって笑っている。

でも踵を返そうとは思わなかった。引き返さない。心を決めたのだから。私はブロックを回って、袋小路の反対側に出た。二階建ての私たちの家があるせいで、前の小さな家がさらに小さく見える。こっそり横に回り、かがんで明かりのついた窓の下を通ってから、垣根を飛び越え、うちの裏庭に入ると、大急ぎで家の正面に回った。そして今、最初の雨粒が落ちてきたところで、気持ちを引き締めた。リジーはもう彼らに電話したかもしれない。かじかんだ手でドアを解錠する。

「よう、ベッキー！」ポールが言った。リビングに足を上げて座り、膝にアイパッドを載せている。「アンドリューと僕は、姉さんは僕たちが明日帰ることを忘れたんじゃないかと心配してたんだよ」

「さもなきゃ、今夜は新しいボーイフレンドと過ごすことにしたのかと!」アンドリューがキッチンから叫んだ。

リジーは電話しなかったのだ。なぜか私に最後の一日を与えることにしてくれた。

「もちろん忘れてないわよ」と私。安堵の気持ちは圧倒的だ。私はポールのいるソファに座る。隣にいる彼の温かさが心地よい。ほんの一瞬だが、また安らかな気持ちになる。

「よかった」彼が言って、私に腕を回す。私は彼がメールをスクロールするのを見守った。

それで、ジャックの父親のことを思い出した。妙な感じで、アイパッドから目を上げて私を見たことを。あの日、他の人たちとは違って、私を見ても驚いた様子はなかったのだ。身震いが出る。まだ寒くて震えていると思ったのか、ポールが私の腕をさすってくれる。

私を見た彼の様子は絶対におかしかった。知っていたから? 私がベックではないと知っていたのは、彼がベックを殺したから? 彼は警察に嘘をついた。それはもうわかっている。嘘をつくには理由があったに違いない。徹夜の祈りの集会で、制帽を置く彼の姿が思い出された。どうして今まであれを見落としていたのかしら? 彼がベックの〈マクドナルド〉の制帽を持っているはずがないじゃない。あの夜、ベックは絶対に帰り道にもあの制帽をかぶっていたのだ。

　両親が何を料理しているにせよ、すごくよい匂いがする。私はソファから立ち上がって、キッチンへ見に行った。ママはお鍋の中の何かをかき回し、父親は野菜を刻んでいる。アンドリューはテーブルについて、スマホを叩いている。

「チーズをおろしてくれるか？」パパが言って、おろし器を私の方へ押してきた。

「いいわよ」

　今夜は最後の夜だ。双子に加えて、私も明日出ていくことを誰も知らない。私は喪失感を押しのけて、彼らとこの貴重な最後の時間をただ楽しもうとした。

「それで、明日は何をするつもりだい？」アンドリューが尋ねた。「またヴィンスに会うのか？」

「たぶん」と私は嘘をつく。「リジーにも会いに行くかもしれないわ」

　でも、私が会いに行くのはリジーではない。彼女の父親だ。

16

ベック、二〇〇五年一月十七日

すっかり疲れ果て、呆然として、世の中がイヤになった時には、家を独占するのが一番だ。

双子は彼女と口をきかず、自転車でどこへともなく出かけてしまった。両親は仕事だ。

ベックはまだパジャマを着たままで、よほどのことがないかぎり着替えるつもりはなかった。今日ばかりは、嵐になってしまった生活の中で家が安全な場所に感じられた。ここなら、リジーとの喧嘩から逃れられるし、ルークと目を合わせる心配もないし、エレンの失望に直面する恐れもない。リビングの黒い革のソファに寝転がり、天井を見上げて、心を空っぽにしようとした。考える代わりに、素足に触れる革の感触や、それがこすれるとキューキュー鳴る音に集中しようとした。この涼しくて静かな家が自分の世界だと想像しようとした。焼けつくような明るい外など存在しないと。仕事に行くまでに三時間ある。ありがたいことに、今日はリジーともルークとも一緒に働かなくていい。ゆっくりソファから立ち上がって、コーヒーカップを拾い上げ、キッチンへ持っていって洗った。石鹼の泡が表面から滑り落ちて、配水管にごぼごぼ流れ込んでいくのを見守ってから、そっと拭いて食器棚にしまった。まるでまったく使わなかったかのように。テレビをつけると魔力が解けてしまいそうで心配だ。他にすることもないので、寝室に戻った。

昨日は家に帰りたくなかった。弟たちと顔を合わせるのが怖かった。だから、一日中ひとりで街をぶらついた。水着の下で汗をかき、結局ビーチタオルを持ち歩いているのにすっかりうんざりして、ゴミ箱に投げ捨てた。

ルークの顔が目に浮かんだ時にはものすごく腹が立って、両手をこぶしに握った。そして何かを殴りたい強烈な衝動に駆られた。あんな気分になったのは生まれて初めてだった。怒りと恥ずかしさが激しく入り交じって、一日中胃がよじれていた。そのせいで気が滅入った。

今日は少し気分がよい。何も感じないことがよい気分とみなされるのならだけど。ベッドに座って、時間が刻々と過ぎるのを待った。仕事に行って何とか笑顔を作る前、ひとりで過ごす最後の数時間を楽しんだ。ここにひとりでいるのは、すごくしっくりする。すごくのんびりできる。でも、見栄えがよくないのはわかっていた。カッコよくないと。ちょっとの間、自分を遠くから見てみた。背中を丸め、目は虚ろ、油っぽい髪が顔の周りにだらりと垂れ下がっている。よく知っているイメージに胸をえぐられるようだ。マックスが最初に退院してきた時、こんなふうに見えたのだ。

帰るように言った時、リジーの目に浮かんだ傷ついた表情を思い出した。でも、つい先日のパーティで、リジーが彼女をくるくる回し、笑いながら重なり合って倒れ込んだことも思い出した。毎年、一緒に花祭りに行ったこと、午後三時に〈ガスのカフエ〉で朝食を食べて大人になったみたいな気分になったこと、外輪船に乗りに行って、船が大きな噴水の下に入った時にリジーが悲鳴をあげたことを思い出した。リジーがいなかったら、ベックの生活はもっと暗かっただろう。結局のところ、ルークなど何の意味もない。彼のことなど知らないようなものだ。彼女自身の欲望を映し出す鏡にすぎなかった。リジーは違う。リジーは、むら気で、意固地で、うるさくて、ベックの心の半分なのだ。この世で最悪のことも、リジーが一緒に笑ったり、文句を言ったりしてくれれば受け入れられるだろう。すべてを話すべき相手はルークではない。リジーだ。そこまで考えるより早く、スマホに手が伸びていた。番号にかけて待つ。留守録につながった。でも、時間はある。今出れば、仕事の前にリジーの家に寄れる。自分の言い分を伝えて、許しを乞うのに三十分くらいしかないが、それで十分なはずだ。

玄関を出たところで、またあの感覚に襲われた。見られているという恐怖感だ。ベックは肩越しに振り返らないと決めて歩き続けた。


リジーの家に着いた時にはもうホッとしていた。バス停からの単調な道筋にさえ慰められた。門の前を通ると必ず吠える犬も、いつも臭い角の庭の肥料も。物事がすでにいつもの状態に戻ってきている。ドアをそっと叩いて待った。一瞬、もしかしたら叩き方が弱かったかしらと思って、もう一度叩こうとした時、階段をゆっくり下りてくる足音が聞こえ、ドアが大きく開いた。でも、ベックを見下ろしたのはリジーの顔ではなく、父親の顔だった。

「やあ、ベック」

「こんにちは。リジーはいますか？」

「私ではだめかな？」彼がほほ笑んだ。

ベックは無理やり笑ったが、実際何と言ってよいかわからなかった。

「ジャックと出かけてるんだ。入って待つかい？」

「はい」

　彼が一歩下がり、ベックは彼をかすめるように戸口を入った。アフターシェーブの匂いがした。階段の下で、一瞬ためらった。リビングで待つか、それともリジーの部屋に上がるか。ひとりでリジーのパパと一緒に時間を過ごすというのもヘンな感じだが、リジーがいないのに彼女の部屋にひとりで座っているのもストーカーみたいだ。結局ソファに座った。リジーのパパが向かいに。引き戸が開いていて、プールの水面が揺れて日差しを反射している。塩素の薬品臭が部屋まで漂ってきた。ベックはしばし目を閉じて、プールに浮かんで無重力になった感じを思い出した。

「喧嘩したのか？」

「えっ？」

「君とリジーだよ。昨日からあの子が少しおとなしいから」

「おとなしい？　彼女が一秒でも黙ってるところなんて想像できないわ」

　彼が声をあげて笑ったが、その目は真剣だ。ベックの顔を見つめたままだ。リジーは私が言ったことを彼に話したのかしら？

　彼がため息をついた。「もう一度若くなれたらなあ。この世の終わりみたいに感じる口喧嘩でも、一週間も経てば、何についてだったかも思い出せなくなるんだ」

　ベックはもう一度無理やり笑った。実際にはムッとしたのだが。大人に自分の人生をそんなふうに矮小化されるのは大嫌いだ。でも今日は、言い争うだけの闘志はなかった。

「いつ戻るかわかりますか？」

「さあな。どうしてそんなに急ぐんだい？」

「仕事があるんです」ベックは言って、バッグから〈マクドナルド〉の制帽を出すと、彼に見せた。

「ああ、そうか、人のために働く。いいかい、私も昔は〈ハングリー・ジャックス〉で働いていたんだよ」

「ホントに？」ベックにはどうでもよかった。

「ああ。あれは一九七〇年代で、私はひと夏バーガーをひっくり返していたんだ。髪も長かったな。肩より長かった」

「えーっ！　さぞダサかったでしょうね」

「当時の女の子たちはそうは思わなかったよ。リジーのママの前にも、ガールフレンドがいてね。本物のフラワーチャイルド（一九六〇―七〇年代のアメリカのヒッピー）で、美しかった」

この家でリジーのママの話を聞いたことはない。一度も。

「長い爪をしててな。あの夏の間ずっと、私の背中は引っかき傷だらけだった。セックスのたびに、私を切り刻んでるようなものだった」

ベックはどう反応してよいかわからなかった。どうしてこんな話を聞かせるの？

彼がセックスしている姿が浮かんで、気持ちが悪い。

「去年の夏、リジーがいない間に君がここに来た時のことを覚えてるかい？」

いいえ。その話をするつもりはない。一瞬、クリーム色のカーペットの上に吐きそうになった。ベックは腕時計を見て、ひどく驚いたふりをした。

「まあ、大変、遅刻しちゃうわ！」

いつもはリジーの家はとても居心地よいのに、今はソファから飛び出して、走るようにドアまで行った。

「君が来てくれたことをリジーに話してほしいかい？　それとも私たち二人の小さな秘密にしておこうか？」彼がウィンクした。

「どうでもいいです」ベックは答えた。彼がいったい何を言いたいのかよくわからなかった。

彼が前に一歩進み出た。ベックは一瞬彼が自分と玄関の間に入るつもりかと思った。でも、身を乗り出して、ドアを開けてくれたのだ。ベックがすり抜けると、腕が彼のお腹をかすめた。その温かい感じがすごくいやだった。後ろで玄関ドアが閉まる音が聞こえて初めて、ベックは心臓がバクバクになっていたことに気がついた。

17

二〇一六年

　玄関ドアがガチャンと閉まる音が、私の部屋でも聞こえた。双子がきっと車に荷物を積み込んでいるのだ。二人はもうすぐ立ち去る。私もだ。絶対にうまくやれる。リジーに会いに行き、それからジャックのパパの家へ行く。話すために、ただ確かめるために。それで立ち去れる。ここを出たら、アンドポリスに電話する。私が見つけ出したことを彼に話す。みじめな気持ちもある。ジャックの家族にはもうひどいダメージを与えているのだ。でもこれは自分のためではない。ベックのためだ。

　外はまだ雨が降っている。屋根にパラパラ当たる音が聞こえる。今日はこの寝室で過ごす最後の日だ。リジーがまだ家に電話しないでくれてラッキーだが、私は天から与えられたこの時間につけ込んでいる。彼女がいずれ電話してくるのは間違いないのだから。

階下に下りていくと、両親は双子を空港に送る準備でバタバタしていた。ジャックの父親に会ったら、私は出ていく。二度と戻れないだろう。たぶん今度はメルボルンに行く。

「フライトはお昼頃だと思ったけど?」私は訊いた。まだ午前九時なのだ。まだ数時間はあると思っていたのに。

「そうだよ」とポール。「それに今じゃあの新しい高速があるから、空港までは車でほんの十五分だ」

「ママは早めに行くのが好きだというふりをしてるけど、僕たちを追い出したいだけだと思うよ」アンドリューが続けた。

「ベックを早く独り占めしたいんだろ?」車に歩いていくママに、ポールがふざけて尋ねた。彼女は何も答えない。実のところ彼女は少し堅苦しく見える。息子たちと別れるのが悲しいのだろう。

「少し顔色が悪いよ」アンドリューが私をしげしげと見た。「気が進まないなら、送りに来なくてもいいよ」

彼らが来てほしいと言い張るのを期待していたくらいなのに。そうすればもう少し時間が稼げるのに。

「ひどい頭痛なのよ」私は言った。

「いいんだよ」アンドリューが私を引き寄せて、強く抱きしめた。

「今夜電話するよ、なっ？」ポールが言って、私の髪をくしゃくしゃにした。

「わかったわ」と私。今夜はもうここにはいないけど。

「鎮痛剤はいる？」ママが戻ってきて尋ねた。私は彼女をハグして、最後となるその甘い香りを吸い込んだ。短い間でも、彼女は本当に私の母親だった。別れるのはつらい。

「大丈夫よ」私は彼女を見ないで答えた。

彼らが私道を出る間、私は戸口の陰に立ち、部屋着をしっかり体に引き寄せた。車が角を曲がるまで、笑みを浮かべて手を振った。それから、中に入り、ドアを施錠する。荷造りにはせいぜい三十分しか時間がない。

二階に戻り、スマホを充電器につなぐ。バッテリー切れになっても、わざとそのままにしていたのだ。ジャックがきっと電話してくるだろうし、彼にすべてをどう説明していいかわからなかったから。さっとシャワーを浴び、メモを残すかどうか決めなくてはと思った。残すべきだ。ただ出ていくわけにはいかない。でも、何と書けばよいかわからない。そもそも彼らは私の家族ではなかったのだと、自分に言い聞かせようとした。それでも、悲しみに打ちのめされそうだ。

スマホを再び手にした時には、少なくともジャックからの電話を一本取り損なっているだろうと思った。でも、電話はない。メールが一通あるだけだ。リジーからだ。急いで開けた。

〝ごめんなさい。話さないわけにはいかなかったわ〟

メールは、昨日の五時十五分に発信されていた。

18

ベック、二〇〇五年一月十七日

仕事の時間まではまだ十五分ある。ベックはゆっくり歩きながら、もう一度リジーに電話してみた。応答はない。だんだん苛立たしくなってきた。大声で口論したわけではないのだ。リジーは過剰反応している。

〈マクドナルド〉の店内にはすごい行列ができていた。でもベックは駐車場の後ろに座って、ぎりぎりまで中には入らないと決めていた。ひどく暑いし、バッグを丹念に調べてみると、リジーの家に制帽を置いてきてしまったらしいことが判明した。けっこうだこと――おまけに日焼けしちゃうなんて。それでも、中には入らなかった。ルークのシフトは彼女と入れ替わりに終わるのだが、今日は彼に会いたくないのだ。

十五分が過ぎる頃に、ベックはドアを開けた。もう汗まみれで、エアコンが凍えるほど寒くて、背筋に震えが走った。エレンは相変わらず疲れきっているように見えた。髪は顔の周りで乱れているし、眉間のしわはいつになく深い。いつもはエレンに対して尊敬しかないのだが、今はひどく哀れっぽく見えた。エレンが素っ気なくうなずいてベックに気づいたことを示した時には、目をぐるりと回しそうになった。どう見ても、まだ腹を立てているし、まだベックのことを芝居がかった子供だと思っている。でも、ベックは不意に気がついた。エレンにどう思われてもちっともかまわない。この女性は二十代で、〈マクドナルド〉で働いていて、ティーンエージャーなんかと付き合っているのだから。ずっと第二の家族、もっと本物らしい家族だと感じていたものが、今ではぽっかり開いた穴を失望と嘘で埋めていただけだという気がする。自分の人生を諦めた哀れな人たちで埋めていたのだと。

ベックはさっそく最初の客の注文を取り始めた。ルークがリュックを持ってトイレから出てくるのが見えて、彼と話さないですむ口実が必要だったのだ。平静を装うのは絶対に無理だから。客のためにLサイズのカップにレモネードを注ぎながら、ルークがキッチンにいるエレンに別れの挨拶をするのを見守った。自分だけに向けられていると思っていた穏やかな笑みを浮かべ、片方の腕をごく自然にエレンに回すのを。怒りが彼女の内面をまた激しく叩いたが、今のベックには、こんなに愚かで、こんなに簡単に引っかかったのが、彼なのか自分なのかわからなかった。冷たいレモネードがカップからあふれて、ベックの袖をくねるように流れた。大急ぎで止めて、腕を振って液体を払ったが、今夜はずっとべたべたするのはわかっていた。

まぶしい太陽はゆっくり傾いていった。月は空に押された柔らかな拇印からまん丸な幸い客がひっきりなしに続いたので、エレンともマティとも大声で注文する以外話さないですんだ。

エレンのシフトはすぐに終わり、それからは自分とマティだけで掃除をすることになるのはわかっている。そんなに悪いものではないだろう。それならできる。客は汗まみれの日焼けした家族から酔っ払ってキャーキャー騒ぐ若者グループへと変わってきている。幸い知っている人は誰もいない。今は無理に笑顔を作ることすらできそうもないのだ。でも、単調な繰り返しにはどこか慰められた。考えないですむようにしてくれるのだ。気苦労も、激烈な悲しみも、彼女を怯えさせ始めている怒りも入る余地のない、言葉と動きだけだから。ただ「何になさいますか？」を何度も繰り返すだけだから。

「何になさいますか？」ベックは尋ねた。ポロシャツの男のグループが慌ただしく出ていくと、その後ろから汗だらけの巨大な肥満体が現れたのだ。

ベックは太った男の顔を見上げて、フライドポテトとバーガーのお決まりの大量注文を待った。肥満体の人が入ってきた時には、いつもは自分の考えが何とか顔に出ないようにするのだが、今回は気にしなかった。男の頭のてっぺんから足の先までゆっくり視線を動かした。

「何になさいますか？」もう一度言った。耳が聞こえないのではないかというように声を大きくした。でも、男はまだカウンターから三歩離れた位置で彼女を見ている。どんよりとした目は焦点が合っていない。そして、ベックが何かおかしいと気づいた時には、男は床に崩れ落ちていた。

「エレン！」ベックは叫んだ。

肩越しに振り向くと、エレンはもう電話を手にしていた。ベックは彼女がオペレーターに住所をすらすら伝えてから、男のところへ行って膝をつくのを見守った。

「大丈夫ですか？　聞こえますか、お客さま？」彼女が尋ねた。太った男の顔は真っ青だ。エレンが顔を上げて、ベックを怖い目でにらんだ。

「ベック！」彼女は怒っているように言った。

「何？　私は何をすればいいの？」

「注文を取るのよ」エレンが言った。

救急隊員はすぐに来た。ベックは外の救急車のせいで客は寄り付かないだろうと思ったが、違った。人々は男の巨体をまたいでやって来て、彼女に注文すると、バーガーを持ってテーブルにつき、壁のテレビの中で起きていることだと言わんばかりに現場を見守った。

その後、男の尿を拭き取るのがベックの仕事になった。男がある時点で失禁して、店の中央で水たまりがきらめいていたのだ。これまでで最悪、とベックは思った。フライヤーの後ろを磨かなくてはならなかった時より悪い。油が凝固して脂の山を作っていて、ハエの死骸がぽつぽつ混じっていたのだが。でも、これよりひどいことはなかった。

みんながいなくなると、マティと二人で黙って掃除をした。彼は話しかけてこようともしなかった。いつもなら怒っているのかしらと心配になるのだが、今はどうでもよかった。今ではこの場所が大嫌いだった。自宅と同じみたい。冷たい場所だった。

19

二〇一六年

〝誰に話したの？　誰も何も言わなかったわ！〟

リジーから返事はない。待っている間に、頭の中ではっきりと思い当たった。リジーの家にいた時にずっと引っかかっていたこと、頭では重要だとわかっても十分にまとまっていなかった記憶。どうしても適合しなかったこと。

両親は一度も訊かなかったのだ。誰もが何らかの形で質問を仄めかすか、単刀直入に訊いてきた。でも、両親のどちらも何も訊かなかった。警察から電話で母親と最初に話した時から今に至るまで。二人は私がどこにいたのか、一度も訊かなかった。寒気が全身に走った。タオルを巻いた濡れた身体の上から部屋着をもう一度着て、スマホをポケットに入れた。

　ガレージへのドアは軋んで開いた。一昨日の夜と同じ場所に立って、肩越しに振り返る。母親は二つの大きな段ボール箱を見ていた。箱は入念にマスキングテープで閉じられている。

　最初の箱からマスキングテープを剝がすと、引き裂くような鈍い音がした。一瞬ためらうが、震える両手でふたを引き開ける。中にはびっしり本が入っている。本を引き出しながら、人間の毛髪か骨が出てくるのを予期して待った。でも、何もない。埃が舞って、くしゃみが出た。部屋に響き渡る大きな音に、自分でもギョッとした。

　二つ目の箱のマスキングテープも剝がす。でも、見ることができない。何を見つけてしまうかわかるからだ。彼女の顔を見たくない。でも、開けるしかない。ゆっくりふたを開けた。やはり本だ。結果も顧みずに取り出すが、入っているのが本だけなのは明らかだ。本を箱に戻す。鼓動がゆっくりになった。

　私は間違っていた。

　よかった、私は間違っていた。

　笑い出しそうだ。頭がふらふらする。すべてが常軌を逸している。筋が通らない。私はここを出なくては。洗濯室への階段を上る裸足の足の下で、階段が軋んだ。私はぴたりと立ち止まり、汚い足先を見下ろす。洗濯室の前には階段が二つあるのだ。

段ボール箱を脇に寄せて、床下に続く小さな扉を見つめた。もうためらっている場合ではない。かがんで引き開けた。即座に口をふさがなくてはならなかった。匂いが凄まじい。吐き気がしてきても、やめるわけにいかない。勇気を奮い起こしてひどい匂いの暗闇を覗き込んだ。そこに彼女がいた。レベッカ・ウィンターだ。眠っている子供のように体を丸めている。骨は茶色になり、肉らしきものがまだいくらか残っている。後頭部が陥没していた。

20

ベック、二〇〇五年一月十七日

ベックはバスを降りると、ゆっくり丘を登っていった。急いではいなかった。どんな慰めも待っていないことはもうわかっている。汗が首を伝った。汗を拭くと、肌が脂っぽい感じだ。仕事のあとはいつも、キッチンの油脂が顔の細かい肌理《きめ》にくっついているのだ。鼻と頬の間とか、耳の後ろとか、あごのくぼみの下に。ベックは拭くのをやめた。むしろ毛穴から汗を噴き出させて、死んだ牛の濃厚な油脂を自分自身の皮脂で押し出そう。熱気が息苦しい。大気自体が焦げ臭くて、喉がヒリヒリする。

仕事を終えた時には、スマホを見た。つかの間リジーからの不在着信があるのを願った。でも、画面には何もなかった。先のことを考えたくない。リジーなしで夏を過ごすなんて想像したくない。学校に戻っても、もう友だちがいないなんて。何よりこれまでの人生の最後の一週間を取り戻せればいいのにと思った。リジーにあんな卑劣なことを言わなければよかった。そもそもあんな下らない悪魔払いなんて計画しなきゃよかった。いつもしていることをするだけで、部屋にいる幽霊のことや家で起きた奇妙なことをきれいに忘れたら、今もすべては普段どおりだったでしょうに。誰も私に憤慨することも、私がすべての人とすべてのことに腹を立てることもなかったでしょうに。

角を曲がると、丘の頂上に家が見えた。一瞬、喉がふさがりそうな気がした。しばし立ち止まって、家から目を背け、ゆっくり呼吸をした。鼻から吸って、口から吐いて、喉がゆるむまで続けた。スマホが鳴って、喜びと安堵が一気に全身を流れた。ポケットから出した。急いだので手が少し震えた。でも、ルークからだった。

〝元気だといいが、ずっと君のことを考えてるよ〟

メールを処理する間もなく、ベックはスマホを投げ捨てていた。今回ばかりは激しい怒りをこらえられなかった。何かを殴りたい。何かを壊したい。ベックは丘を駆け登った。こんな激しさも憎しみも自分の中に持ちたくない。何とか追い出せればいいのに。そうっと玄関ドアの鍵を開けて、階段を駆け上がり、暗闇の中で服を脱ぎ捨てると、ベッドに入った。目を固く閉じて願った。今朝のように何も感じない心が何とか戻ってきて、体を乗っ取っている憎しみと入れ替わりますように。

21

二〇一六年

私は骨を見下ろしている。背を向けなくてはならないのはわかっている。逃げなくてはならないのはわかっている。でも、どうしても小さな扉を閉められない。彼女を再びひどい匂いの暗闇に閉じ込めるなんてできない。頭がくらくらして、映像が脈打って流れる。私には彼女の匂いがわかる。毛髪や腐った肉の最後の匂いが。絶対に吐くと思って身をかがめた。何も出てこない。

ガレージのドアがかすかに震えた。車が通りをこちらに向かってくる音が、静寂の中で増幅された。タイヤが方向を変えるとゴムがキーッと鳴り、車は私道に停まる。吐き気を催す一瞬、私はドアが開くかもしれないと思う。彼らはだらしない身なりでここに立って娘の骸骨を見ている私を見つけるだろうと。でも、車が停まり、エンジンが切られ、車のドアが開く音が聞こえた。私にもわずかながら時間はある。

　床下への扉はカチッと元に収まった。段ボール箱を滑らせてその前に戻す。彼らは小道を歩いている頃だ。キーが錠に差し込まれて、金属同士がこすれる音がする。私は洗濯室に駆け戻り、玄関ドアが開くより一瞬早く、ガレージのドアを閉める。ああ、いけない。ここから出るところを見られてしまう。私が見たことを知ってしまうだろう。私は音を立てないように洗濯室にじっとたたずむ。

「ベック？」

　裸足の足にタイルが冷たい。乾燥機が静かにグルグル回っている。私があれを見たと彼らが思わないかぎり、私にもまだ少し時間がある。この家さえ出られれば。

「ベッキー？」

　母親の足がカーペットにこすれる音がした。もう少しで洗濯室だ。二階に上がって私の部屋に行きかけている。でも、前を通れば私が見えるだろう。

「どうだった？」私は大声で応じて、洗濯機のボタンをでたらめに押した。

「ここで何をしているの、ハニー？」ママが言った。戸口に立つ彼女の顔が違って見える――目は輝き、肌は妙に滑らか――それでも、彼女はほほ笑んでいる。幸せそうに見える。

「使い方がどうしてもわからないの。使いたいのだけど」

「私がやるわ、ハニー。頭が痛いなら寝てなきゃだめよ」彼女が言った。

「わかってるわ。でも手伝いたくて」私は無理をしてできるだけ普通にしゃべる。手足は走り出そうと躍起になって震えているのだけど。私の声から恐怖を聞き取るだけでも十分かもしれない。でも、知られるわけにはいかない。

「それはありがとう、ベック。でも衣類はどこにあるの？」

「上に置いてあるわ」

「それじゃ取ってらっしゃい」

私は勇気を奮い起こしてゆっくり向きを変え、走らずに歩こうとする。彼女が洗濯機のスイッチを入れる。空のドラムに水が流れ込む。

「ベック？」私の肩が緊張した。

「はい」

「あなたの部屋着、汚れてるわ」

私は部屋着を見下ろす。ガレージで膝をついたせいで、裾に泥がついて黒ずんでいる。

「きっと見送るために外に出た時についたのね」私は意気地なく答える。彼女は私が外まで出なかったことを知っているのだが。

「そう、それもちょうだい」

「他の物とまとめて持ってくるわ」声がヘンに聞こえる。高くなって不自然だが仕方ない。

「しみにならないうちに」彼女が腕を伸ばす。

彼女は頼んでいるのではない。私は急いで脱ぐ。タオルだけになって、ひどく無防備になった気がする。彼女が私から部屋着を受け取ったちょうどその時、私のスマホが鳴り出して、部屋着のポケットが明るくなった。でも、彼女は動きを止めない。返してこない。

「何をしてるの？　私のスマホよ！」私がわめいても、彼女は洗濯機に放り込む。私は飛び出して、流れ込んでいるお湯の中に両手を肘まで突っ込んだ。水中に沈むと、音は低くなり、部屋着のびしょ濡れのポケットから取り出した時には震えていた。が、音はやみ、画面は真っ暗だ。

母親は私を無視して、洗剤と柔軟剤を戸棚から出す。彼女はわざとやったのだ。鳴っているのが聞こえなかったはずはない。もしかしたらポケットに入っているのすら見た。だから、部屋着を渡すよう求めたのだ。私は体を覆っている小さなタオルを腕で包み込んで彼女から離れ、階段を駆け上がった。

部屋のドアを閉め、下に椅子を押し込んでから、新しい服を着た。ビニールの匂いがして、ムズムズしても、裸でいるよりずっといい。私はベッドに座り込む。これは現実だ。体が震え出した。

両親が彼女を殺した。二人のうちのどちらかがベックを殺して、あの暗い穴に押し込んだ。呼吸が早く浅くなってきた。彼らは知っていた。少なくともどちらかひとりは初めから知っていた。二人は時間を稼いでいただけだ。アンドポリスが興味をなくし、ポールとアンドリューが帰るのを待っていた。私は体を小さく丸めて、浅い呼吸音を抑え込もうとする。パニックを起こすわけにいかない。ここを出なくては。でも、家の下にある彼女の骸骨のことしか考えられない。怯えた小さな子供のように体を丸めていた。暗がりに隠されて、ずっとここにあったのだ。

窓だわ。私は立ち上がった。記者は離れ過ぎていて声は聞こえないけれど、あそこにいる姿は見える。ミニチュアのカメラを持ったミニチュアの人間だ。私に見えるなら、彼らにも私が見えるかもしれない。私は窓に体を押しつけて、乱暴に手を振った。男のひとりが煙草を消した。他の人たちは動きもしない。彼らを大声で呼ぶことはできても、彼らより先に両親に聞こえてしまうかもしれない。飛び降りることもできる。二階なので、どこか折ってしまう危険がある。でも、空中を落ちていけば、きっと私に気づいてくれる。他に方法はない。私は窓を開けようとする。が、びくともしない。筋肉が裂けそうになるほど渾身の力を込めて引っ張っても、微動だにしない。塗り固められている。下に爪を差し入れ、声にならない悲鳴をあげて引っ張ると、力に耐えきれず爪が裂けた。だめだ。指先はズキズキして血まみれだ。私は息を弾ませて泣き出す。私には開けられない。こうなると出口は玄関だけだが、ガラスは厚いし、私が階下には戻りたくない。塔のてっぺんに閉じ込められたラプンツェルになった気がする。逃げ道はない。窓を割るという手もあるけど、ガラスは厚いし、私が逃げるチャンスをつかむより先に、まず間違いなく彼らに聞こえてしまう。そして、彼らは知る。私はベックの隣に包み込まれる。一緒に腐っていく双子だ。

いいえ。私が真相を知っていると彼らが思わない限り、まだ出ていけるチャンスはあるかもしれない。何度もしてきたように、玄関から出ていけるかも。濡れた頰を拭いて、無理やり息をする。私は名優だ。できる。

私がベックの部屋をこっそり出ると、家は静まり返っている。聞こえるのは、洗濯機のかすかなウィーンという音だけだ。私は念のため汚れた衣類の山を抱え、心臓をドキドキさせて、階段を静かに下りる。玄関が近づいてくる。あと五歩、あと三歩。やがて私は階段を下りきる。玄関ドアまでほんの数歩だ。

「ベック？」振り向くと、母親がリビングに立っている。キッチン鋏を持っている。パパはソファに座って、私を見つめている。

「えっ？」

「どこへ行くの？」

い。

「アンドポリスに会わなきゃいけないの」私は嘘をつく。「そろそろ来る頃なのよ」

「彼に自分の洗濯物を持っていくのか?」とパパ。私はどう答えてよいかわからない。

「一度くらい彼に入ってもらいなさい。頭が痛いなら、気分が悪くなるかもしれないわ。寒い中を外で待つことはないのよ」彼女が当たり前のように言う。前で鋭い銀の鋏など手にしていないかのように。

私は二人からドアへと目を移す。あの鋏を背中に突き刺される前に、たどり着けるかもしれない。と、パパが立ち上がって、私とドアの間に入る。そして、私の手から洗濯物を取り上げる。

「ママの言うとおりにしなさい」

「あなたの髪を整えさせてもらえないかと思って」彼女が言って、私の枝毛をじっと見る。私はごくりと唾を飲み込む。

「わかったわ」

彼女は私をキッチンに座らせて、肩にタオルをかける。パパは私たちの後ろに立って、見守っている。

「あなたの髪はいつもとても美しかったわ。こんなにひどくしてしまったなんて信じられないの」彼女が優しく髪にブラシをかける。ブラシの硬い毛が頭皮にこすれた。

「時間はかからないわ。心配しないで。ヴィンスは家に入って、私やパパとおしゃべりすればいいのよ。私も進捗状況を知りたいもの」

私は父親がまだ一緒に部屋にいるかと振り向いて見ようとする。でも、彼女がグイッと頭を戻すので、私は前を見るしかない。

「不揃いになったらいやでしょ」

首筋に当たる鋏が冷たい。髪をカットしていく鋏の鋭さが音でわかる。私はタオルの下で両手をしっかり握る。

「ずっと素敵に見えるようになるわ」

「ありがとう」私の声はまた奇妙に高くなる。自分でも自分の不安が聞き取れる。でも、彼女には聞こえていないようだ。

「昔のように上品でオシャレになるわ」彼女が話すと、息が私の素肌にかかった。

奇妙な音が家のどこかから聞こえる。押し殺した泣き声のような音だ。

「あれは何？」

「何って、ハニー？」

「あの音よ」

「私には何も聞こえなかったわ」

「パパはどこ？」

「たぶんお昼寝よ」

また音が聞こえる。悲痛な音だ。

「あごをあげて」母親が言って、私の顔をグイッと引き上げるので、私は彼女を見ることになる。彼女は私の耳のすぐ近くで鋏を滑らかに動かす。

「やっぱりアンドポリスが来てるかどうか見ないと」と、私は彼女の目を覗き込んだ。彼女の目がすごく変わってることに、どうしてこれまで気づかなかったのかしら？　どんよりしていながら輝いていて、絶対にこちらに焦点を合わせない。

「もう終わるわ」と彼女。

大きく響くバーンという音がして、私は座ったままギクッとする。

「気をつけて、ハニー。髪を台無しにしたくないわ」

「あれは何だったの？」

彼女は答えない。鋏はチョキチョキ動き続ける。涙がこぼれ出したのがわかっても、私には止められない。あれは銃声のようだった。私は出ていかなくては。でも、この鋏で彼女は私の喉を切り裂くことができるのだ。

「お願い、ママ！」

「もう少しよ、ベッキー」

私はひっそり泣きながら、父親の動きを知ろうと耳を澄ませる。でも、何も聞こえない。やがて彼女がタオルをとった。

「鏡を見てご覧なさい！」彼女が言った。「きっと気に入るわ」

私はすばやく向きを変えて、玄関まで半ば走っていった。彼女は私を解放してくれた。私は出ていける。ノブを回した。でも動かない。鍵はかかっていないのに、ドアは開かない。私は体当たりする。必死で無理やり開けようとした。

「気をつけて、ベック。壊しちゃうわよ」ママが言いながら、ちり取りと小ぼうきを手に通り過ぎた。

私はドアの下に両側から何かが詰め込まれているのに気がつく。もう一度体当たりする。肩が苦しげにグシャッと音を立てる。でも、ドアはびくともしない。

目の端にベックの顔が見えた。痛みに口元が歪み、目は不安でいっぱいだ。私はくるりと振り返る。私が見たのは玄関の鏡に映った私自身だ。私の髪はベックと同じさっぱりしたショートにカットされている。私は彼女が死ぬ直前に見たものを見ているのだ。私はようやく彼女に何があったのかを知った。そして今では、同じ運命を負っている。

その時、煙の匂いがした。

22

ベック、二〇〇五年一月十八日

ベックは休日をちゃんと始めたかった。ゆっくりミューズリーを作り、それに混ぜ入れるためにリンゴをスライスした。毎朝しようと思っていたのに、これまで一度もそんな手間をかけたことはなかった。ちゃんとした朝食は重要だ。ママはいつもそう言っている。ゆっくり食べた。慌てる必要などないのだ。友だちと会う予定があるわけでもない。皿洗いもすることにした。たぶん一日の過ごし方を決めるのを先送りするためだ。ボウルとコーヒーカップを慎重に洗うと拭いて乾かし、ママがいつもしているように食器棚に戻した。

睡眠がもたらす効果は驚くほどだ。昨夜は、悲運が差し迫っている気がして打ちのめされていた。でも今日は、そんなことはひどく馬鹿げている気がする。ひどく大げさだと。過去にもそんな気がしたことがあったが、悪いことは何も起きなかったと思い出した。

今朝は、何もかもうまくいくと心の底から思える。前夜の暗い気分はすっかり消えて、もうそれほど無力な気もしない。今日、状況を変えるつもりだ。エレンに電話して、閉店の片付けはもうしたくないと告げる。それから、リジーにメールで、あなたに必要なだけ時間を作るわ、ごめんなさいと伝える。それですべてが元どおりになるわけではなくても、計画があるというだけで気分はずっとよくなった。すべては元に戻せる。そう確信していた。スマホさえ見つけられればだけど。昨夜あんなふうに投げ捨てるほどの怒りがたまっていたなんて信じられない。どんな姿だったかと想像して、笑いそうになった。でも、自分がどんなに勇ましく見えたかと思うと少し誇らしくもあった。

シャワーを浴びて、清潔なコットンのワンピースを着た。くよくよして一日中ゴロゴロするようなことはしない、と決めた。どこかへ出かけよう。しばらく会っていない学校の友だちに連絡してもいいかもしれない。やっぱり親友がひとりだけというのも無茶な話に思われてきた。もっと彼女と付き合いたいと思っている人が学校には山ほどいるのだ。ただ、これまでの生活にいつもすごく満足していたので、その人たちを無視していた。でも、今日は違う。鏡の前でたっぷり時間をかけて、髪が完璧にまっすぐになったことを確かめ、これまでに見たこともないほど最高のメークをしようとした。見栄えをよくすると、すべてが自分の思いどおりになるという気分がより高まるのだ。

立ち上がり、後ろを向いて三つ数えてから、くるりと向き直って、自分を点検する。自分の見慣れた顔に目が慣れるほんの一瞬前、気苦労のない若く美しい女性が見えた。いいわ。それじゃ出かけて、誰か知らない人の前庭でスマホを探し回らなくては。

戸口を何かが横切った。イメージにそぐわない何か。ポールなのだが、キッチンナイフを持っていたのだ。彼はベックの部屋を覗き込むことなく歩き続けた。彼が軽い足取りで階段を下りていくのが聞こえ、ガレージへのドアが開いて閉じた。

ベックはゆっくり化粧品をしまい始めた。マスカラ、頬紅、ファンデーション——すべてがいつも入れている箱に戻った。手は震えていない。もう一度鏡に映る自分を見た。目の焦点が合わない。ガラスに映る白い円形が見分けられない。爪が手の肉に食い込んで、なぜか考えるのをやめなくてはならなくなった。手のひらに小さな三日月型の跡が残った。

何も決めないまま寝室を出て、階段の上に立った。一段下りる、そしてまた一段。そうするうちに、秘密について考えるのをやめさせた心の障害物が徐々に消えていく。

ベックはそれを止めようとしたが、間に合わなかった。障害物はなくなり、考えたくなかったことがすべて自分の前に現れた。

彼らは自分たちだけが現実だと言った。彼らの寝室に立って、ドアに向きかけたことを覚えている。二人の入浴時の匂いや清潔な子供の肌も覚えている。長い夏の日の最後の光は閉じたブラインドでさえぎられていた。

「それは私が嫌いだってこと？」

「そうだよ」

二人のクロゼットで見つけたカブトムシの死骸のコレクションが頭をよぎった。ベック自身は努力して無視できるようになった、彼らが時折目に浮かべる奇妙な感情のない表情のことや、時々庭で見つける羽毛の塊や、たまに見つけためった打ちにされた鳥の死骸のことを。ベックとしては猫の仕業だと願った。でもそれはあの前のこと。当時は簡単に無視できた。知る前だったから。

あの日。去年の夏だ。ベックは二人の面倒をみることになっていた。このことは考えたくないのに、脳裏に浮かんできて、自分では止められない。彼女の機嫌がよいと、二人は決まって彼女は醜いと言った。彼女が怒ったりふさぎ込んだりしていると、彼らは決まって冗談を言って、彼女を優しく抱きしめた。リジーがいてくれたら、状況は違っただろう。もし〈マクドナルド〉でアルバイトをしていたら、あんなことは起きなかったかもしれない。ママは二人の世話をしてくれたら一日十ドルあげると言った。引き受けた時には、世話がどんなものか知らなかった。結局家を飛び出すことになった。地元の店の階段に一時間座り込んで、ヘビの形をした細長いゼリーをゆっくり貪りながら、家族連れが行き来するのを眺めていた。砂糖水になるまで吸い込むうちにゼリーの尻尾はどんどん小さくなった。

丘を登っている時、芝刈り機の音が聞こえたが、べつに気に留めなかった。何の意味もない夏の音の一つにすぎなかったからだ。カササギのさえずりや、セミの鳴き声と同じだ。と、その音が自分の家の庭から聞こえることに気がついた。ベックはいきなり駆け出した。何が待ち受けているかはわからないが、何かまずいことなのはわかる。小さな子供は芝を刈ったりしない。

ベックはそこで思い出すのをやめようとした。無理やり違うことを考えようとした。こんなふうに階段に立っている自分が、外からどう見えるか考えようとした。服は素敵に見えるかしら、スカートは短過ぎないかしら。でも、記憶を外に押し出せない。今ここにいる自分のことを心に描くことができない。当時の自分の姿が見えるだけだ。走って家の横に行ったこと。息を切らして裏庭に立ったこと。

何が起きているのかわかるまでに少し時間がかかった。芝刈り機が走り、弟たちはキャッキャッと大笑いしていた。でも二人とも背を向けているので、その理由がわからなかった。やがて、モーターの音にも負けない猫の悲痛な鳴き声が聞こえた。

　飼い猫のモリーが地面に首まで埋められ、弟たちはモリーに向かって芝を刈っていたのだ。猫は目を見開き、耳を頭にぴったり伏せて、懸命に逃れようとしていた。でも、間に合わない。もう手遅れだった。ベックには芝刈り機がモリーを轢く前に目を背けることしかできなかった。エンジンはしばし詰まったが、やがて元に戻った。彼女が悲鳴をあげると、弟たちが振り向いた。辺りは血だらけだった。ベックはリジーの家に走った。彼女がいないことを忘れていたのだ。

　リジーのパパとお兄さんは、彼女の留守中に訪ねたことに何らかの意味があるというようにほほ笑みかけてきた。

　これは自分の頭では処理できないことだ。ベックはこのことはいっさい考えない方がよいとすぐに悟った。その後のポールとアンドリューはいつも彼女に優しかったので、どうしても二人を愛してしまうのだった。あの醜悪さは彼女の人生に相応しくなかった。

　ベックは階段の下に立った。体が冷たく、感覚がない気がする。部屋に戻って、バッグと靴を取ってきて出かけてもいい。でも、カブトムシ、小鳥、猫、犬。双子が大きくなるにつれて、えじきも大きくなったのだ。

洗濯室のドアが音もなく開いた。照明がついているが、誰もいない。二人がどこかに隠れているという気がして、足を踏み入れると、ドアがバタンと閉まった。くるりと振り向くと同時に、ポールが背後の戸棚から飛び降りてきた。煉瓦を頭の上に掲げている。思わず突き出した片腕が煉瓦に当たって、吐き気のするような鈍い音をたてた。

一瞬目の前が真っ白になり、腕に熱く鋭い痛みが走った。

「仕留められなかった！」

ベックは衝撃のせいで床に倒れた。

「お前がドアをバタンと閉めたりするからだ」

「僕にやらせるべきだった。この前すごくうまく仕留めたんだから」

「まあな、けど僕の番だった。どっちにしろこの方がいい」

ベックの視界が揺れて歪んだ。吐くかもしれないと思った。

何かが手首を引っ張った。アンドリューが手首に彼女の古い縄跳びの縄を結んでいる。縄には赤いしみがあった。

先日、二人が地下室で拷問していたマルチーズのまだ新しい記憶がどっと甦って、肺の空気が一気に抜けそうになった。映像はかすんでぼやけて混ざり合っている。でも、犬の開いた胸から血が噴き出していたのは覚えている。ポールがその死にかけた犬を縄跳びの縄で地面のあちこちに引き回していたことも。犬の発する音は人間の悲鳴のようだった。

ベックはどうにか立ち上がると、アンドリューを突き飛ばした。今ではアドレナリンが全身を巡っていて、もう腕の痛みも感じない。

「私を尾けてたんでしょ？」

二人はそっくりのブルーの目で彼女を見つめるばかりだ。

「どこに行くのか知りたかったんだ」

「あの日私の頭を殴ったのもあなたたちね？」

「プールに連れてってくれるのを忘れたからだよ」

ベックは車から家に歩いていきながら、私道に二人の自転車が放り出されて山になっていたのを見た。車輪の一つがまだゆっくり回っているのにも気がついた。たぶんあの時、彼女にはわかったのだ。

「今こんな目に遭わせてるのもそのため？　ビッグ・スプラッシュに連れていかなかったから？」

ポールのリュックにあった瞬間接着剤と安全剃刀の刃の映像はまだ鮮明だ。滑りやすい濡れた脚がウォータースライダーをフルスピードで剃刀に向かって滑ってくる様子が目に浮かんだ。あれは無視できないことだった。

「僕たちはただ姉さんにうんざりしてるんだ。僕たちのことを告げ口するつもりだし――」

「それに、僕たち、人に対しては一度もやったことないよ」

その時、ベックにはちらりと見えた。ナイフはポールのポケットに入っている。

「あんたたち、ぶっ壊れてるわ！　二人とももうメチャメチャよ！」

その言葉に二人は顔をほころばせ、クスクス笑い出した。彼女がずっと好きだった笑い方だ。

「下品だよ、ベッキー。そんな言葉は使っちゃいけないんだ」

彼女の中で何かが壊れた。ベックは渾身の力をこめてポールを突き飛ばした。ポールは横倒しになって、ギャッと声をあげた。ベックは彼のポケットからナイフをつかみ出して、頭の上に構えた。アンドリューがしがみついてきて、腕や背中を引っかいて、体をよじ上ろうとした。ベックは彼を押しのけた。アンドリューは部屋の向こうへ飛んでいった。ベックは彼がそんなに軽いとは思っていなかった。衝撃のあまり何も言えなくなったが、アンドリューがすぐに鼻をすすり、その目に涙があふれた。

「痛いじゃないか、ベッキー」

ベックはすっかり戸惑った。体全体が彼のそばへ行って、大丈夫なことを確認したがっている。

ポールがアンドリューに目をやった。その時、ベックは二人の間で何かが交わされたのを見た。

「ごめんなさい」ポールが言って、彼の目にも涙があふれた。「ふざけてただけなんだよ。僕たちは姉さんを愛してるんだ」

二人とも何とか立ち上がると、彼女に近づいて優しく腕を回してきた。ベックはまだナイフを高く掲げていた。

「僕たちともっと一緒に過ごしてほしいだけなんだよ、いいでしょ？」

「いいわ」ベックは言った。声がしゃがれた。

その後、ベックがキッチンへ入っていくと、山火事のせいで空が赤く変わっていた。

23

二〇一六年

家は静まり返っている。両親の寝室からも何の音も聞こえない。ママがキッチンをうろつき回っている音は聞こえる。煙の刺すような匂いはまだ大気に漂っている。どこから来ているのかわからないのだが。初めはかすかだった。夕食が焦げてるみたいな匂いだった。それが今では、うっすらした煙霧に目がしょぼしょぼし出したのがわかる。

私はベック。彼女の最後の時間を生きている。

私はソファに座って待つ。彼女のように死ぬのを待つ。これなら筋が通ると実感する。私は彼女の人生を生きていたのだから、彼女の死を死ぬべきだ。逃げ道はない。ベック私はコットンの服に両手を走らせて、自分をなだめ、何かが起きるのを待つ。

は死ぬ前に何を考えただろう。弟たちのことを思い出しただろうか。持つこともかなわないキャリアのことを考えただろうか。出会うこともかなわない夫のことを？　この最大の裏切りに、両親に腹を立てただろうか。それとも、その時が来ても、まだ両親を愛していただろうか？　これが自分の運命だと受け入れただろうか？

私は相変わらず服の両側に手を滑らせている。私が泣くと、母は私の背中をこんなふうに撫でてくれたものだ。母の思い出は何もないと思っていたが、これだけははっきりと甦った。膝も撫でた。グレーのコットンから覗いていて、寒くて、鳥肌が立っている。ストッキングをはく暇がなかったのだ。膝の湾曲部には白色の細い傷痕が走っている。指先で触れると、急にヒステリックなクスクス笑いがこぼれた。八歳の時、自転車に乗ってスケボーのジャンプ台で軽はずみなことをしようとしたのだ。ママが死んだばかりで、向こう見ずな気分になっていて、自分の能力を示したくてたまらなかった。ティーンエージャーの笑い声を、世界が逆さまになったことを、衝撃を受ける直前には怪我をしてしまうと気づいたことを、今でも覚えている。熱いコンクリートと鋼鉄の匂いも。

その記憶とともに、すべての焦点がきっちり合った。

私はベックではない。こんなことになる前に、私には私自身の生活があった、私自身の名前があった。そして、私にはそれを取り戻すことができる。

助けを呼ばなくては。危険はある。彼らに気づかれたら、終わりだ。それでもやってみなくては。せめて今を生き抜くための努力をしなくては。私は深呼吸をして、静かにキッチンへ入っていった。彼女が陶器類をすべて食器棚から取り出して、改めて手で洗っていた。ピカピカの陶器をゴシゴシこすっている。

私はゆっくり静かに動いて、長椅子に載ったスタンドからコードレスホンを取り上げた。スタンドから離れると、受話器がビーッと鳴って、私は縮み上がった。

「気に入った？」ママが言った。

「何が？」

「カットよ」

「あっ、ええ、気に入ったわ」

「よかった。うれしいわ。弟たちもその方が好きだと思うわ」

「彼らは帰ったのよ。覚えてるでしょ？」

「私がきれいに仕上げてあげたのを見て、二人とも喜ぶわ」

「そうね」

彼女はまだ私に振り向かない。皿洗いを続け、几帳面に一枚ずつきれいにしている。

「ヴィンスに電話するのはいいアイデアだわ、ハニー」と彼女。「なぜ遅れているのかわかるし」

脅してるの？　私がやろうとしてることくらいわかると伝えようとしてる？　やれるものならやってみろと？　私はキッチンから出た。彼女は相変わらず前を向いたまままで、洗う手をゆるめることも早めることもない。

私は警察の番号をダイヤルして、小声で話すつもりで受話器を耳に当てた。でも、呼び出し音はしない。むしろべつの部屋の深い静寂が聞こえる。べつの受話器がはずれているのに違いない。両親の部屋の電話機だ。ためらっている場合ではない。父親がベッドに座って私を待っている姿は思い浮かべないようにする。

ドアがほんの少し開いているが、中は見えない。開け放すつもりで手を伸ばしても、どうしても開けられない。怖いのだ。心臓がバクバクで、全身が震えている。手のひらに当たるノブが冷たい。でも、やらなくてはならない。

前に映像が広がり、私の口が開いて、悲鳴をあげようとする。が、声は出ない。白いシーツは真っ赤だ。凝固した血がしみている。父親が真っ赤なプールの中に横たわっている。それが父親だというのも衣服からわかるだけだ。彼はベッドに背中を預け、銃身を切り詰めたショットガンを両手で握っている。後ろの壁一面に顔と脳が飛び散っている。そばにはウィスキーの空のボトル。そばの枕の上に乱暴な走り書きのメモ。

『すまない。私には偽り続けることができなかった』

床には、本体からたたき落とされた受話器が転がっている。私は、足下のクリーム色のカーペットに血まみれの頭蓋骨のかけらがあるのに気がつく。ママがいやがるだろう。絶対にしみが残るはずだ。

視界がかすんできた。すべてが冷たく感じられる。私は顔を背け、壁にもたれる。筋肉がピリピリして、床まで壁を滑り落ちていくのがわかる。でも止められない。倒れるに任せる。頭が床に当たると、ドサッと低い音がするが、何も感じない。目の前に継母が見える。私が出ていった夜の彼女の姿だ。怒りに顔をくしゃくしゃにして、そのせいでこめかみから汗が滴っていた。彼女がわめくと、口から唾が飛んだ。

彼女は私を刑務所に入れたかった。私が彼女の新しい家族に加わらないのがうれしかった。私は彼女を押すつもりなんてなかった。でも突然、彼女は私の足下にいた。食洗機の扉が開いていて、突き出たお腹がその角にぶつかって横向きに倒れたのだ。ゾッとするような大きな音がした。彼女は転がって仰向けになった。ベージュのマタニティパンツの股に赤い色が広がった。

私は呼吸に集中する。吸って、吐いて。止めちゃだめ。吸って、吐いて。呼吸さえ続ければ、すべてはうまくいく。視界が明るくなってくる。床に触れている頭が冷たく感じられるようになった。床板を拭いたレモン漂白剤の匂いもわかる。それに煙の匂い。煙の匂いが今では強くなっている。かすかな蒸気が私の前の床板を逃げていく。

私は無理やり立ち上がり、今し方浮かんだ映像を頭から追い出して、呼吸だけに集中する。吸って、吐いて。煙は洗濯室から来る。私は体を壁に押しつけて戸口に向かってよろよろ歩いていく。私の部屋着がぐるぐる回っている洗濯機の音に向かって。初めはそこでも何も見えない。と、ガレージにつながるドアの下の隙間から煙の細い指先がひっそり入ってきた。

静寂の中、母親の声が聞こえる。彼女がしゃべり、少し間があって、また続ける。他にも誰かいるみたいだが、他の声は聞こえない。私は思い切り唇を嚙む。痛みが吐き気をはねのけてくれる。私は目を落として、父親に向かって歩いていった。彼の顔は見ない。ぐずぐずしてはいけない。彼の手から銃を引っ張り出す。手についた彼の血が熱い。こらえるより先にすすり泣きが口から漏れても、気持ちを押し殺して、銃を見た。これまで銃には触れたこともなかった。銃身の先がギザギザに切れている。きっと自分でやったのだろう。私はしばし、グレーの仕事用スーツ姿で銃身を切り落としている彼を思い浮かべた。

私は耳を澄ませてキッチンに向かう。そっと息をする。

「いいのよ、ハニー。心配しないで」

そこで、間。

「ええ、私はずっとここにいるわ」

間。そこに何かが聞こえる気がする。かろうじて聞こえるほどの低い何かが。

「ええ、もちろんよ」

私はさらに近づく。確かに他の何かが聞こえる。べつの声だ。男の声。小さな低い声で話している。

私の足下が軋む。声がやむ。私はもう一歩キッチンに入る。母親はシンクに手を入れて、ひとりで立っている。

「ママ？」

彼女が振り向いてほほ笑んだ。腕に抱えた銃には目もくれない。

「なあに、ハニー？」

「他に誰がいるの？」

「いつ？」

「たった今よ。べつの声がしたわ。ここに誰かいるのよ」

「馬鹿を言わないのよ、ハニー。彼らならいつもここにいるわ」

「誰が？」

「あなたの弟たちよ」

何か固いものが後頭部に激突した。痛みに目がくらんで、私は床に崩れ落ちた。

「おい、僕の番だったんだぞ！」

「この前の失敗を取り戻したかったんだ」

「ほう、十年越しか」

弟たちの声が私の周りに漂う。声は区別できない。ひとりで独り言を言ってるみたいに、まったく同じに聞こえるのだ。目を開けようとすると、目はもう開いていた。でも見えない。真っ白な中にぼんやりした形が動いているだけだ。

「黙れ！」

「いいや、お前こそ黙れ！」

「喧嘩しないのよ、あなたたち」母親の声は穏やかだ。

「パパはどこに？」

「眠ってるわ」

「また酔っ払ったんだな？」

さらに足をひきずって歩き回る音がする。喉がヒリヒリしても、咳き込むこともできない。私の腕から銃が蹴り出されるのが感じられた。

「ベッキー、ベッキー、どうしてこんなものを？」

「文句を言ってるんじゃないよ。感動してるんだ。かわいいベッキーが少女を卒業して、GIジェーンになって帰ってきた」

二人が一緒に笑った。それから、ひとりが近づいてくる。その体温がすぐ近くで感じられる。

「ああ、モリーがすごく恋しいわ」双子のひとりが——アンドリューだと思う——乙女チックな甲高い声で言った。彼はもう隣に来ている。「どうして僕たちを脅す必要があったんだ、ベック?」

「ヴィンスに何かしゃべってしまったのか?」

「もしそうなら、あんたを殺す!」

「どっちにしろ殺すんじゃないのか?」

「黙れ! 彼女がそんなことまで知る必要はない」

足が頭の下に入れられて、私のあごを引き上げる。

「で、彼に何をしゃべった?」

私はしゃべれない。話したいのにできない。

「言え!」靴が脇腹にぶつかってきて、またずしんと激痛が走った。

「ああ、お願い、あなたたち。どうか彼女のことはそっとしておいて!」母親が言った。

静寂が訪れる。

「僕たち、何ていったかな、ママ？」

再び静寂。

「ルールはどうだった？」

「口答えしないこと」彼女が答えた。

「そのとおり」鼻先でせせら笑うのが聞こえる。

「それじゃ、誰かに尋ねられた時にはどう言うんだった？」

「息子たちには関係ありません」暗唱する彼女の声は低く、苦悩にあふれている。

「二人とももう搭乗手続きを終えました。娘のせいに違いありません。彼女は情緒不安定でした」

「いいママだ」

「ここを出ようぜ」ひとりが呟き込んだ。

「ここにいろよ」もうひとりが私に言った。声には薄ら笑いがにじんでいる。やがて、裏のドアが解錠され、開いて、彼らが柵を飛び越える音が聞こえた。それから、静寂が。重苦しく深い静寂。白さも濃くなって、私はまた意識が薄れるのを感じる。

白が曇ってきても、私は暗闇とは闘わず、それに乗って忘却に向かった。

24

二〇一六年

『私はパパと一緒に雪の中にいる。チェアリフトに座って、真っ白な中をゆっくり流れていく。私は怯えている。パパは優しく私に腕を回し、私はパパのアノラックの中にもぐり込む。パパと一緒なら、安全だ。すぐにキャビンに戻って、ホットチョコレートを飲むの。目と鼻がヒリヒリするけど、それは身を切るような寒さのせいではない。違う。目も鼻も燃えているのだ。白が私の周りで動いて位置を変える。雪の雲が大きくふくらむ。白の中で影が動いている。冷たいものが私の顔に触れる。チェアリフトが私を前に引き、私は白の中を滑っていく』

私の喉と鼻は燃えるような煙でいっぱいだ。私は咳き込んで、灰を体の中から出そうとする。咳は吐き気になるが何も出てこない。

「吐くなんて考えるだけでも迷惑よ」

私は辺りを見回す。私は走っている車のバックシートにいる。頭を上げて、誰が運転しているのか見ようとするが、頭は猛烈にガンガンしている。

「大丈夫？」リジーの声だ。

「いいえ。何があったの？」声がしゃがれて、またつらい咳の発作が起きた。

彼女は発作が治まるのを待ってから答えた。

「あなたのメールを見て、何かおかしいと思ったの。電話したら、あなたの電話は突然切れた。で、何が起きてるのか知りたくなったのよ。私とジャックはここまで来たけど、ゲートで警官ともめることになった。通してくれないの。で、ジャックが車から降りて、ものすごい大声でわめき出した。警官に向かってあんたに従う気はないって。馬鹿のふりをして、彼らの注意を逸らしただけだったんだけど。私もあんなに怯えていなかったら、面白がったでしょうね」彼女が笑った。気が抜けたような味気ない笑いだ。「それはともかく、ジャックが何をしゃべってるのか彼らが理解しようとしてる間に、私はあの忌々しい障害物を走り抜けた。家から煙が昇ってたわ。阿呆な警官は人を締め出すことばかり考えてて、気づきもしなかったの」

「母親は？」私は小さな声で言う。

「やってはみたの」リジーが言葉を切った。「あんな怖いものは見たこともなかった。彼女は動こうとしなかった。部屋は煙でいっぱいなのに、ただあそこに立って、お皿を洗ってるの。でも、私があなたを引っ張り出す間に、記者とジャックが入ってきたわ。きっと彼らが助けたわよ」

「ジャックは？」

「本気で知りたいの？」

いいえ。彼女にはどこに向かっているのか訊きたいが、苦しくてしゃべれない。だから、黙って横たわり、走る車のルーフを見ていた。しばらくすると、彼女は駐車場に車を乗り入れて、エンジンを切った。それから、振り向いて私を見た。

「いいこと、こういうことよ。ここはゴールバーン病院。キャンベラからは離れてるから、誰もあなたに気づかないと思う。あなたには本名を名乗ってほしいわ。それで、どこだか知らないけど、前にいた場所に戻ったら、警察に電話して、今日あったことをすべて話してもらいたいの。いい？」

私はうなずく。

「よかった。それじゃ車を降りて。もう一度あなたを運ぶつもりはないわ。あなたって見た目より重いんだもの」

私はゆっくり体を起こす。どんな小さな動きにも衰弱した体に痛みが走る。私はドアを開け、一瞬ベックの遺体を見つけたことを話すべきだろうかと思う。でも、顔を見合わせると、彼女の冷静な決意の奥では、すでに苦悩が沸き返っているのが見て取れた。

25

ベック、二〇〇五年一月十八日

世界は意味をなさない。空は真っ赤に染まり、まだお昼を過ぎたばかりなのにキッチンの中は暗くなってきた。弟たちは私を殺そうとした。

ベックはキッチンテーブルについて、自分の前に慎重にナイフを置いた。本当は引き出しに戻すべきなのだが、目を離したくなかった。眠っている間にナイフが脇腹にするりと刺さるところを思い描いた。この冷たい銀が肌と筋肉に食い込むのはどんな感じか想像した。

静かに階段を上がって寝室に戻った。階段の上まで来ると、弟たちの部屋のささやき声がぴたりとやんだのがわかった。

クロゼットの奥には、去年マイヤーデパートで盗んだ大型のジムバッグがある。万引きにまだスリルを覚えていた頃のことだ。自分では絶対に使わないのはわかっていたが、こんなに目立つものをもって店から逃げ切れるかどうか知りたかった。結局、できることがわかった。

ベックはしばし動きを止めて、ママに見せたことがあったかどうか思い出そうとした。絶対に見せていないと思う。間違いないだろう。

荷造りの途中で、腕が痛み始めた。本当にひどく傷ついている。煉瓦が当たったところが擦りむけている。それだけならよいと思っていたが、ズキンズキンという鈍い痛みがどんどん強くなっている気がする。ためらいがちに皮膚に指を押し当てた。痛みは痛烈だった。たちまち目に涙があふれた。瞬きをして素早く払った。

なくなったことをママに気づかれないものを選んだ。クロゼットの奥にある分厚いジャケットは一度も着たことがなかった。あまりに普段着っぽいとずっと思っていたのだ。去年のジーンズ。古いTシャツ数枚。一瞬ためらってから、〈マクドナルド〉の制服を床から拾い上げて、バッグに入れてから、ベッドを整えた。

化粧品は置いていかなくてはならない。あまりに見え透いているだろう。写真も壁に貼ったままにしておかなくては。それでも一枚は取った。一枚だけは持っていかなきゃ。リジーと二人、頬を寄せ合ってほほ笑んでいる写真だ。

鏡に映った姿にギョッとした。メークは目の周りににじんでいる。膝は両方ともかさぶたができている。顔には泥がつき、両腕にはアンドリューの爪の引っかき傷。メーク落としを使って、精いっぱいきれいにした。怖くてシャワーは使えなかった。それから、人形の背中を開けて、お金を取り出し、バッグのポケットに詰め出した。心のどこかで、こういうことが起きると知っていたのに違いない。長い時間をかけて準備していたのだ。

玄関ドアを出て、丘を下りていく間も、鼓動は穏やかだった。振り返らなかった。山火事のせいで空は暗赤色になり、煙った大気に目から涙が出た。赤い霧が太陽まで覆っているので、太陽は鮮やかな深紅色に輝いていた。

少しの間、リジーのことを考えた。初めて本物の悲嘆に襲われた。ベックはそれを追い払おうとした。どうしてもこうしなくてはならないのだ。弟たちのことは、何があろうとずっと愛し続けるのはわかっている。ここにいれば、いずれは二人に殺されるだろう。たぶん眠っている間に。さもなければ、二人はこちらを圧倒できるほど大きくなるのを待つ。両親に話すこともできるが、内心では両親には何もできないのはわかっていた。実のところ、真剣に考えてみると、両親はきっともう知っているのだ。私が出ていけば、問題を取り除ける。弟たちも言い逃れをする必要はなくなる。この方がいい。

街に向かって歩いていくと、通りはますます暗くなっていった。交通信号がオレンジ色の光を放っている。暑さはすさまじい。体は汗でぬるぬるし、肌は焼けつくようだ。バス停までたどり着けるかしらと思った。シドニー行きのバスに乗せてもらえるかしら。最後の審判の日について、マティはきっと正しかったのだ。黒い灰が彼女の周りに雪のように空から降り出している。それでも歩き続けた。やみくもに歩き続けた。二度と戻らないのはわかっていた。

26

二〇一七年

私は煙草をやめた。
やめて一年になるが、今でも誰かのニコチンの雲の中を抜けていくだけで、息が詰まる。

私が着いた時には、病院の人はしゃべるのを禁じ、顔に酸素マスクのストラップを留めた。私に何とか言えたのは名前だけだ。本名だ。彼らは肺から黒い汚いものを吸い出すために私の喉にチューブを押し込んだ。

医者は、君は運がよかったと言った。現場にあと数分でも留まっていたら、煙の吸入であっさり死んでいたかもしれない。不快なほど暑い日だったのに、私は震えた。避けられないことでも、あの家のことは考えまいとした。

ラッシュアワーの人ごみを縫うようにかわしながら、鉄道駅に向かっていた。午前八時で、太陽は輝き、私は他州行きのプラットホームに行くところだ。行かなくてはならない場所に着くには長い時間がかかるだろう。でも、それはかまわない。行く価値のある旅だ。会わなくてはならない人がいるのだ。

私はパース中央駅が大嫌いだ。押し合いへし合いするビジネスマンであふれているか、物陰からこちらをじっと見ている気味の悪いやつが数人いる以外誰もいないかのどちらかなのだ。その中間は絶対にない。それに加えて、いつもいくらか不快な尿の匂いがするみたいで。夏は最悪だ。コンクリートが日光を吸収して、そのためにムッとする熱い尿のような匂いがする。私は乗車券を買うために列に並ぶ間、鼻をつまんで、匂いが自分につかないことを願った。私は一張羅を着て、髪をセットしようとさえしたのだから。理想的な状況ではないにもかかわらず、私は興奮にぶるぶる震えていた。私は辺りを見回し、人々にほほ笑みかけた。これまで一度もしたことのないことだけど。と、駅の構内の売店に気がついた。興奮は一瞬のうちに消えた。今日の新聞の見出しは、『ウィンター家の双子、無罪』。

予想はついていたのでかまわない。それでも精神的に応えた。あの病院のベッドでひと言もしゃべらず寝ていた数日の間に、自分が引き起こした混乱を片付けるつもりだと、自分に言い聞かせた。しばしばベックのことを考えた。彼女を追悼し、私が壊してしまったものを元どおりにすると、自分に誓った。あの弟たちに彼女を殺した罰を免れさせない、と彼女に誓った。

ようやく医者からしゃべる許可が出た時には、銀貨をたくさん握りしめて、公衆電話のあるロビーに下りた。一番つらい電話から始めた。継母だ。どれほど申し訳なく思っているか話した。彼女は何も言わずに、受話器をパパに渡した。彼はやはり私のことが心配になり出していた。クレジットカード詐欺の件で自首するつもりだと告げると、実家のあるパースまでの航空券を買ってくれた。また一緒に住ませてとは頼まなかった。私たちが昔の生活に絶対に戻れないのはわかっていた。私があんなことをしてしまったのだから。彼は私のために優秀な弁護士を雇ってくれると言った。今思えば、彼を動かしたのは、愛ではなかった。ひとり娘が刑務所に入るという不面目を避ける必要があったのだ。

当時それに気づいても気にかけなかったと思う。社会奉仕活動をして、カードを盗んだ人たち全員に謝罪するつもりだった。いざとなれば刑務所にも入ると。人に本名で呼んでもらえるなら、それだけの価値はあるというものだ。

通話を切って、大きく深呼吸した。これ以上引き延ばせない。銀貨を一つ一つ公衆電話に入れた。そして、ゆっくり番号を入力して、呼び出し音に耳を澄ませた。

「アンドポリスです」

「こんにちは」

「ベック！　どこにいるんだ？」

「本物のレベッカなら家の下にいるわ」

私は彼にすべてを話した。あの恐ろしい日にあったことを詳細に。そして、彼が言葉を発するのも待たずに通話を切った。再びしゃべったことで喉が痛かった。これで、郷里に帰って、もう一度私自身に戻る時が来た。私の人生に残ったベックの痕跡は前腕の深い傷痕だけだ。

パースでも、新聞の記事になっていた。『誘拐被害者、自宅に放火』私は怒りをこらえて、これを修正すべくアンドポリスがやるべきことをやってくれるよう、せつに願った。この話は何ヵ月もニュースになっていた。でも幸いなことに、新しいベックが本物のベックではなかったことに触れられることはなかった。それについてだけは、アンドポリスはずっと口を閉ざしていたに違いない。顔をつぶすことになっただろうと思う。結局、母親も助かった。少なくとも身体的には。消防士たちが、留まると暴れて抵抗する彼女を燃えている家から引っ張り出したのだ。

司会者が素っ気なく、消防士たちは黒こげになったガレージで古い死体を回収したと語ると、見ていた私は手で口を覆った。死体袋が慎重に救急車の後部に運び入れられた。

「検死の結果、遺体はマックスウェル・ブレナン、四十一歳のものと確認されました。彼は二〇〇六年に失踪するまでウィンター家の隣に住んでいました」

あれはベックではなかった。私はぴょんぴょん飛び跳ねたい気分だった。これだけのことがあっても、彼女がまだ生きている可能性はあるのだ。

火事について、双子には立派なアリバイがあった。メディアには、両親が彼らを後ろに乗せて家を出る写真も、彼らの乗っていない車で戻ってきた写真もあった。二人はきっと毛布か何かの下に横になっていたのだ。航空会社にはカウンターを開けたと同時に二人の荷物を預かり、その三時間後に二人がちゃんとフライトに乗り込んだ記録があった。三時間の空白という事実があっても、アンドポリスは有罪にできる証拠が十分でないと考えたようだ。

ところが驚いたことに、数日後、双子は逮捕された。私はアンドポリスが二人を署に連行するのを見守った。二人はTシャツを頭からかぶっていた。アンドポリスは厳しい顔をしようとしていたが、口元が得意げな笑みに引きつっていた。これだけの歳月が経っていても、マックスの遺体には二人のDNAがべったりついていたのだ。

執拗な捜査を開始するとすぐに、警察は双子をアンドリューがボランティアをしていたメルボルンの老人ホームにおける連続殺人と結びつけた。ホールデン・ヴァレー事件だ。殺人はおぞましくて汚らわしいものだった。そのために、当初警察は何らかの動物が施設に入り込んだと考えた。迫りくる公判のニュースが繰り返し新聞をにぎわせている。無視しようとしても、とてもできなかった。新聞は、社会奉仕活動として高速道路の道端で拾うゴミの大部分を占めていたのだ。

道路端にいたあの長い時間、私はジャックのことをほとんどずっと考えていた。彼に電話したが、出てくれなかった。メールしても、返事はなかった。私はキングスレーのブログを取り憑かれたように追った。が、ブログはネットから消え、ジャックの顔を新聞で見ることになった。最終ページに載ったほんの小さな写真だ。収容施設にカメラをこっそり持ち込もうとしたのが見つかって、逮捕されたのだ。アンドリューやポールの場合とは異なり、ジャックの場合は迅速だった。六ヵ月の懲役になった。

私は善人になろうと一生懸命努力している。それでも、彼の投獄がチャンスを提供してくれたと思わずにいられなかった。正確に彼の居場所がわかるのだから。今日、私は彼に会いに行く。彼は私の話を聞かなくてはならないだろう。文字どおり囚われの聴衆なのだ。

「あの？」

私の前の列が消えて、切符売り場の女性がじれったげに私をにらんでいた。私は弱々しくほほ笑んでみせて、料金を払いに行った。私の中には新聞を読みたくない気持ちがある。何が書かれているかわかるからだ。双子のポールとアンドリューのＤＮ

Aは同一だ。従って、マックスを殺したのがどちらであって、どちらではないのか立証できないのだ。もちろん、メディアはすでに二人を有罪としている。それで十分かもしれない。

私は売店に向かった。黒い髪の女性が背中を向けて、やはり新聞を見ていた。あんなにひっそりしたたたずまいでなかったら、私も彼女に注目しなかっただろう。ラッシュアワーのビジネスマンが彼女にぶつかって、イライラして舌打ちしている。どうも私の視線を首筋に感じたらしく、彼女がゆっくり振り向いた。私はその顔をまっすぐ覗き込むことになった。自分の顔と同じようによく知っている顔。髪は染めていても、眉はブラウンで、髪の付け根は銅色にかすかに光っている。服装は完璧な仕立てでスタイリッシュだ。ファッション界で働いているようだ。十二年が経っていても、それは紛れもなくベック・ウィンターだった。

頬を涙で濡らして、彼女は私と顔を見合わせた。彼女の悲しみはすぐにパニックに変わった。私の顔にはすっかり慣れてしまった表情が浮かんでいた。誰かわかり、衝撃を受けて目を見開いた表情だ。まるで幽霊を見たかのような。私は彼女に近づくために人をかき分けようとした。

「待って！」私は叫んだが、彼女はもう駆け出していた。

プラットホームに向かって彼女を追いかける私を、人々が目を見開いて見つめた。

でも、発車する列車はたくさんあり、人々はどこにでもいる。私は彼女の後頭部から目を離さなかった。

「失礼！」女性が乳母車を私の向こうずねにぶつけてきた。

「ちょっと！」私は彼女にわめいた。どんな間抜けがラッシュアワーの駅に赤ん坊を連れてくるのよ？　私は女性の不機嫌な言い訳を無視して、辺りを見回した。死に物狂いでベックをもう一度見つけようとしていた。でも、遅かった。

彼女は人ごみの中に消えてしまっていた。

謝辞

下記の皆様に感謝します。エージェントのマッキンジー・フレイザー＝バブは持ち込み原稿の山の中からこの作品を引き出してくれました。彼女は並外れた人物で、私は彼女を味方にできたことをとても幸運だと思っています。担当編集者のケリー・バックリーとは実際に会う前から、校閲作業を通して素晴らしい関係を築きました。それに、ミラ社の素晴らしいチームはあらゆる段階において傑出していました。ニコール・ブレブナーとジョン・カシアのお二人は、この作品の可能性を信じてくれました。

もちろん、この小説の構想はずっと前から始まっていました。映画館での友人たちはポップコーンを掃除したり、チョコトップのアイスクリームを作ったりしながら、いつも私を激励し、元気づけてくれました。幻想小説同人サークルの面々は、執筆が苦しくなった時でも、私が本題から離れないようにしてくれました。イアン・プリングルはとっくに卒業している私をまだ教えてくださいます。グレアム・シムションにはその素晴らしい助言に、ジェニー・レイロアにはその法律の専門知識に感謝します。ニューサウスウェールズの失踪者捜索班のカイリー・ホワイティング巡査部長とウェスタンシドニー大学警察活動部のコーディネーター、ケン・ウッデンのお二人は、重箱の隅をつつくような私の質問に辛抱強く答えてくださいました、ありがとうございます。

私には幸いにも支えとなる大切な友だちが数多くいます。女友だちのフィービ・ベイカー、ララ・ギッシング、それにルー・ジェイムズはすべてをもっと楽しいものにしてくれました。脚本家のジョー・オズボーンは不可思議なものに対する私の好みを共有してくれました。言葉の職人、デイヴィッド・トラヴァース、マルティナ・ホフマン、それにレベッカ・カーター・ストークスは本書の草案を読んで、苛ついた個所があった時には恐れず教えてくれました。アレグラ・ミーはティーンエージャー時代の二人の多くの思い出をつかうことをいやがらないでくれました。アダム・ロングはいつも耳を傾けてくれました。ありがとうございます。

それにもちろん、真っ先に私の家族に感謝します。姉のエイミー・スヌクストラは小説を書くべきだと言い続けてくれました。それこそ私自身の考えだと私が思うようになるまでずっと。知的で素晴らしい両親のルードとリズは、私自身が幸せになれることをするように励ましてくれました。それに、陽気で優しい親戚のデイヴィッドとテスに感謝します。

最後に、生涯の恋人のライアンに感謝を捧げます。

訳者あとがき

とてもキュートで、スリリングな作品をお届けします。ミステリーといえば英米のものという時代から、北欧・フランス作品のブームを経て、ドイツや東欧の作品も楽しめるようになった今、満を持して、オーストラリアからフレッシュな風が吹いてきました。本書はアンナ・スヌクストラのデビュー作です。

家出をして、着の身着のまま、とうとうホームレスにまで落ちぶれた『私』は、パンとチーズとりんごを万引きして捕まったのでした。名前を訊かれても、『私』には名乗れない事情があり、取調室でいよいよ追いつめられた時には、「私の名前はレベッカ・ウィンター。十一年前に誘拐されたの」と言ってしまいます。それは以前テレビで見た失踪した少女の名前で、自分によく似ているのに驚いたことを覚えていたのです。

「自分にそっくりな人は世界に三人いる」と言われますが、『私』はこの似ているだけで縁もゆかりもないレベッカになりすまして、窮地を脱しようと考えたのでした。

そして驚いたことに、レベッカの両親はそんな『私』を迎え入れたのです。十一年間そのままにしてあったレベッカの部屋へ。離れて暮らす双子の弟たちも帰ってきます。

物語は、レベッカの失踪前の日々と、ウィンター家での『私』の手探りの日々が交互に語られながら進みます。

レベッカは、親友がいて、密かに恋心を抱く男性がいて、アルバイトもしていて、親友と一緒にちょっといけないことをしたりもする女の子。ただ、最近は不穏な気配に怯《おび》えていました。誰にも言えない悩みもありました。

一方、急場しのぎのはずだったのに、居心地のよさに味をしめた『私』は、そのままレベッカとして暮らすことにします。以前から嘘にも演技力にも自信がありました。でも、レベッカの失踪を担当する刑事は、執拗に尋ねるのでした。今までどこにいたのか？　どんな犯人だったのかと。

表向きはごく普通の中流家庭のウィンター家。でも、レベッカは確かに何かに怯えていました。そして『私』も、じわじわと何とも言えない不安を感じるようになります。そう、どこかおかしい。読んでいる私たちまでが、背中にひんやりしたものを感じて、思わず辺りを見回してしまいます。作者は十六歳のレベッカと、彼女になりかわった『私』の日常を描きながら、見えないけれど、確かにそこにある恐怖を伝えてくるのです。

十一年前、レベッカにいったい何があったのでしょう？　誰が何を知っていて、誰が何を隠しているのでしょう？　そして今、いくら似ているからといって、『私』はなぜすんなり娘として受け入れられたのでしょう？

もし『私』の嘘を見破る人がいるとしたら、それはレベッカの失踪に関わった犯人？　さもなければ……レベッカのことを本当にわかっている人？

過去から逃げて、べつの人生を生きるチャンスをつかんだ『私』ですが、自分の嘘をはるかにしのぐ現実を前にして……。そう言えば、作者は『私』を、こっそり「セーラ」と名付けていたそうです。そのセーラの決断に、訳者は拍手を送りたいと思います。

因《ちな》みに、本書はすでにユニヴァーサルピクチャーズが映画化権を獲得し、準備を進めているそうです。『私』とレベッカ、どんな女優さんが演じられるのでしょうか。今から楽しみです。

また、本デビュー作でオーストラリア推理作家協会の最優秀デビュー長編賞にノミネートされ、練り上げられた巧みなプロットが絶賛された著者は、すでに二作目の『Little Secrets』を上梓、ますますの活躍が期待されています。

最後になりますが、本書訳出にあたっては、いつもながら文庫出版部の渡部達郎氏をはじめ多くの方々のお世話になりました。改めて、心よりお礼を申し上げます。

|著者| アンナ・スヌクストラ　オーストラリアの首都・キャンベラ生まれ。メルボルン大学で文芸創作と映画制作を、ロイヤルメルボルン工科大学で脚本を学ぶ。卒業後は、自主映画やミュージックビデオの制作、映画評論などを手掛ける。2017年に来日。本書で小説デビューを果たす。

|訳者| 北沢あかね　神奈川県生まれ。早稲田大学文学部卒業。主な訳書にJ.ディーヴァー他『死者は眠らず』、T.スティーヴンス『ドールマン』、D.ハンドラー『ゴールデン・パラシュート』(いずれも講談社文庫)、R.ハーヴェル『天使の鐘』(柏書房・共訳) などがある。

偽《いつわ》りのレベッカ
アンナ・スヌクストラ | 北沢《きたざわ》あかね 訳

講談社文庫
定価はカバーに
表示してあります

2017年12月15日第1刷発行

発行者──鈴木　哲
発行所──株式会社　講談社
東京都文京区音羽2-12-21　〒112-8001
電話　出版 (03) 5395-3510
販売 (03) 5395-5817
業務 (03) 5395-3615
Printed in Japan

デザイン─菊地信義
本文データ制作─講談社デジタル製作
印刷───豊国印刷株式会社
製本───株式会社国宝社

ISBN978-4-06-293844-0

講談社文庫刊行の辞

二十一世紀の到来を目睫に望みながら、われわれはいま、人類史上かつて例を見ない巨大な転換期をむかえようとしている。

世界も、日本も、激動の予兆に対する期待とおののきを内に蔵して、未知の時代に歩み入ろうとしている。このときにあたり、創業の人野間清治の「ナショナル・エデュケイター」への志を現代に甦らせようと意図して、われわれはここに古今の文芸作品はいうまでもなく、ひろく人文・社会・自然の諸科学から東西の名著を網羅する、新しい綜合文庫の発刊を決意した。

激動の転換期はまた断絶の時代である。われわれは戦後二十五年間の出版文化のありかたへの深い反省をこめて、この断絶の時代にあえて人間的な持続を求めようとする。いたずらに浮薄な商業主義のあだ花を追い求めることなく、長期にわたって良書に生命をあたえようとつとめるところにしか、今後の出版文化の真の繁栄はあり得ないと信じるからである。

同時にわれわれはこの綜合文庫の刊行を通じて、人文・社会・自然の諸科学が、結局人間の学にほかならないことを立証しようと願っている。かつて知識とは、「汝自身を知る」ことにつきていた。現代社会の瑣末な情報の氾濫のなかから、力強い知識の源泉を掘り起し、技術文明のただなかに、生きた人間の姿を復活させること。それこそわれわれの切なる希求である。

われわれは権威に盲従せず、俗流に媚びることなく、渾然一体となって日本の「草の根」をかたちづくる若く新しい世代の人々に、心をこめてこの新しい綜合文庫をおくり届けたい。それは知識の泉であるとともに感受性のふるさとであり、もっとも有機的に組織され、社会に開かれた万人のための大学をめざしている。大方の支援と協力を衷心より切望してやまない。

一九七一年七月

野間省一

講談社文庫 最新刊

川瀬七緒
メビウスの守護者
〈法医昆虫学捜査官〉
捜査方針が割れた。バラバラ殺人で、法医昆虫学者・赤堀が司法解剖医に異を唱えた！

古野まほろ
身元不明《ジェーン・ドゥ》
〈特殊殺人対策官　箱﨑ひかり〉
元警察官僚によるリアルすぎる警察小説。若き女警視と無気力巡査《ゴンゾウ》部長の名コンビ誕生！

栗本　薫
新装版 **鬼面の研究**
見立て殺人、首なし死体、読者への挑戦——探偵小説の醍醐味が溢れる幻の名作が復刊！

島田雅彦
虚人の星
二重スパイと暴走総理は、日本の破滅を食い止められるのか。多面体スパイミステリー！

法月綸太郎
新装版 **頼子のために**
十七歳の愛娘《まなむすめ》を殺された父親が残した手記。そこから驚愕の展開が。文句なしの代表作！

堀川アサコ
芳《ほう》**一**《いち》
琵琶法師の芳一は、鎌倉幕府を滅ぼした《北条文書》の行方を追うことに！ 圧巻の歴史ファンタジー！

平山夢明
魂《たま》**豆**《どう》**腐**《ふ》
〈大江戸怪談どたんばたん（土壇場譚）〉
江戸奇譚33連弾、これぞ日本の怪！ そこはかとない恐怖と可笑《おか》しみ。〈文庫オリジナル〉

アンナ・スヌクストラ
北沢あかね 訳
偽りのレベッカ
11年前に失踪した少女・レベッカになりすました女の顚末とは。豪州発のサイコスリラー。